Ruth Glover

Und die Herzen zieht's nach Westen

Ruth Glover

Kanada:
Leben für den Traum

Und die Herzen zieht's nach Westen

BRUNNEN
Verlag Basel · Giessen

Bibliografische Information der Deutschen Nationalbibliothek
Die Deutsche Nationalbibliothek verzeichnet diese Publikation in der Deutschen Nationalbibliografie; detaillierte bibliografische Daten sind im Internet über www.dnb.de abrufbar.

Titel der im Amerikanischen erschienenen Originalausgabe:
The Shining Light
© by Ruth Glover
Published by Beacon Hill Press of Kansas City. A division of Nazarene Publishing House, Kansas City, Missouri 64109, USA.
This edition published by arrangement with
Nazarene Publishing House.

Übersetzung aus dem Amerikanischen:
Anja Findeisen-MacKenzie, Neumünster

Umschlag: Spoon Design, Olaf Johannson, Langgöns
Bild Umschlag: conrado, Sandra Cunningham/Shutterstock.com
Bilder vordere und hintere Umschlagklappe:
Mayer George Vladimirovich; MrKornFlakes/Shutterstock.com
Satz: Innoset AG, Justin Messmer, Basel
Druck: CPI – Ebner & Spiegel, Ulm
Printed in Germany

ISBN 978-3-7655-1530-9

Kapitel 1

«Hiiiiiiiier, putt, putt, putt!»

Ein endlos blauer Himmel wölbte sich über Abbie Rooney, während ihre Füße durch den Hühnermist stapften. Die wunderbarsten Düfte der Landschaft ringsum waren nur einen Windhauch entfernt – ein Potpourri aus spät aufblühenden Blumen, reifendem Getreide, frisch gemähten Wiesen und in der Sonne getrockneten Beeren. Doch Abbies sensible Nase umwehte vor allem der Geruch von nassen Federn.

Und während Felder und Himmel von Vogelgesang erfüllt waren, vernahmen ihre Ohren nur das Gegacker und Geschnatter der Hühner, die aus allen Richtungen auf sie zuflatterten. Es war zum Lachen – oder auch zum Weinen, je nachdem.

Abbie war sich bewusst, wie paradox das Leben im Buschland war – oder im «Parkland», wie manche es beschönigend nannten. Sie selbst nannte es «der Busch», und es erstreckte sich quer durch Saskatchewan wie ein breiter, grüner Gürtel, der die Prärien des Südens von den Wäldern des Nordens trennte. Fruchtbar und schön – ein Land, das man entweder liebte oder mied.

Oh ja, es war schön. Aber auch rau. Es war verlockend und bedrohlich zugleich. Es schenkte, und es raubte. Was an ihm so bezaubernd war – die ineinander verwachsenen Büsche und die hohen Bäume –, das trennte auch ein Haus vom anderen und einen Nachbarn von seinem Nächsten. Und fruchtbar war es tatsächlich: Die schwarze Erde konnte reiche Ernten hervorbringen. Doch die frostfreie Zeit von kaum mehr als hundert Tagen im Jahr machte den Ertrag ungewiss. Die so ergiebigen Felder waren von unzähligen Erdhörnchen-Höhlen durchlöchert. Und den Weizen, hart und von guter Qualität, musste man sich mit unvorstellbaren Horden gieriger Mäuse teilen.

«Wenn's schiefgehen kann, geht's schief», sagte der alte Hubert Runyon, als sein Pferd auf der verzweifelten Flucht vor den Moskitos im Sumpf gelandet war, Hubert und den Pflug hinter sich herziehend. Und selbst das abkühlende Bad für Mensch und Tier wurde einem durch die im Wasser lauernden Blutegel verleidet.

Die Sonnenuntergänge, so majestätisch wie sonst nirgends auf der Welt, wurden meistens durch den unheimlichen Ruf des Seetauchers gestört, der den Betrachter aus seinen Träumen auf den Boden der Tatsachen zurückholte. Und das Gezeter eines Huhnes übertönte die fröhliche Stimme des eigenen Kindes. Abbie seufzte, als ein eindringliches Rufen vom Haus her an ihre Ohren drang.

«Maaaaama!», tönte Corcoran. Oder war es Cameron?

Abbie blinzelte in den herrlichen Morgen. Das Kind, das nun endlich ihre Aufmerksamkeit erlangt hatte, rief noch etwas, doch die Worte verloren sich inmitten des Tumultes, den die Hühner, Enten und schwerfälligen Puten veranstalteten; sie drängten sich gegenseitig grob beiseite und reckten ihre Schnäbel nach dem Eimer in Abbies Hand.

Hin- und hergerissen zwischen den gefiederten Wesen zu ihren Füßen und ihren eigenen «Küken» im Haus – Corcoran, Cameron und Merry –, die alle nach ihrem Frühstück verlangten, warf Abbie einen glänzenden Bogen Getreide um sich und rief: «Ich komme gleich rein!»

Weitere Satzfetzen, die ihr Sohn ihr zurief, gingen in dem Lärm um sie herum unter. Abbies Mann Matthew erschien im Scheunentor und versuchte zu übersetzen: «Er will wissen, ob er den Porridge schon auftragen kann.»

«Auf gar keinen Fall! Corky! Bleib bloß vom Herd weg!» Matthew und Abbie waren stets um Gesundheit und Wohlergehen ihrer Kinder besorgt. Das Schreckgespenst von Krankheit und Unfall, wo doch jegliche medizinische Hilfe so weit entfernt war, ließ sie nie ganz los.

Abbie brüllte ihre Anweisung. Und im selben Moment schämte sie sich über ihre laute Stimme. «Verbuchen wir es als weiteren Minuspunkt für den Busch», murmelte sie.

Doch was machte es schon aus? Wer außer Matthew – und der lachte nur darüber – konnte sie hören? Sie könnte, so dachte sie bitter, halbbekleidet über den Hof rennen, die Haare brennend, und zum Himmel schreien, und niemand, niemand auf der ganzen weiten Welt würde sie hören oder sehen.

Nicht dass die Nachbarn zu weit entfernt wären – eine Farm umfasste normalerweise eine Viertel-Quadratmeile. Nicht dass es die Leute nicht interessierte – die Pioniere verband eine enge Gemeinschaft. Es war einfach nur so, dass der Busch jeden in seiner eigenen Welt einschloss, als wäre er in Einzelhaft. «Ein luxuriöses Gefängnis», gab Abbie zu, «aber dennoch ein Gefängnis.»

Abbie fuhr fort, ihre Hühner zu füttern, und wünschte, sie hätte sich nicht zu einem Benehmen verleiten lassen, das sie als unschicklich für eine Dame empfand. «Aber ehrlich», schäumte sie, «selbst ein Heiliger würde hier über Gebühr versucht werden.» Dahinter stand der Gedanke, dass auch in diesem Fall wieder einmal der Busch an allem schuld war.

Das Frühstück war fertig; der Haferbrei brodelte hinten auf dem Herd, das Wasser für den Tee köchelte, und der Toast würde auf dem Ofen schnell gebräunt sein. Matthew war gerade dabei, Aschenputtel zu melken – den Namen hatten die Jungen ausgewählt, in einer Zeit, als sie sich gerade sehr für Märchen begeisterten. Wenn Matthew die Kuh zusammen mit ihrem brüllenden Kalb in den Pferch zurückgebracht haben würde, dann würde auch Abbie fertig sein, könnte ins Haus zurückkehren und mit der sonntäglichen Routine beginnen.

Bis dahin trödelte Abbie und genoss die frühe Wärme der Sonne auf ihren Armen, die gebräunt waren, so wie ihre Nase voller Sommersprossen war, obwohl Abbie regelmäßig «Dr. Roses Teint-Waffeln» verzehrt hatte. «Nach Vorschrift eingenommen», lautete die Garantie, durch die sie sich hatte verleiten lassen, ein Dutzend Packungen zu kaufen, «entwickeln die Waffeln eine positive, heilsame und wundersame Wirkung auf alle Hautprobleme, Unansehnlichkeiten und Makel; sie sind ein zuverlässiges Heilmittel für Sommersprossen, Mitesser, Pickel, Rötungen, für raue, gelbliche oder braune Haut.» Abbie berührte ihre Sommersprossen und bereute ihre Dummheit und die verschwenderische Anschaffung aus der Zeit, als sie Vorbereitungen für das Leben auf der Farm im Busch getroffen hatte.

Eine rotbraune Rhode-Island-Henne, die hoffnungsvoll an der Metallschnalle von Abbies Schuh pickte, brachte Abbie in die Wirklichkeit zurück. Wenn sie die Hühner füttern und ihre Familie versorgen wollte, sich selbst und die Kinder ankleiden und sich fertigmachen für die lange Fahrt zum Schulhaus, wo der Gottesdienst stattfand, dann musste sie jetzt zum Ende kommen und ins Haus gehen.

Abbie tauchte ihre schlanke, von der Arbeit raue Hand in den ramponierten Eimer und warf noch eine Handvoll Getreide aus. Unwillkürlich musste sie lachen, als die Vögel sich flatternd und strampelnd, mit glänzenden Augen und aufgesperrten Schnäbeln auf ihr Futter stürzten. Es war ein so lustiger Anblick, und der Morgen war so schön, und die Kinder waren so kostbar und Matthew ein so lieber Ehemann, und bald schon würden sie ihre neuen Freunde beim Gottesdienst treffen, und Gott war so gut, dass Abbie einfach laut lachen musste.

Der fröhliche Klang verbreitete sich über den taunassen Hof, bis er von den grünen Mauern, die ihre Welt umgaben, widerzuhallen schien. Abbie fühlte sich ernüchtert; sie und der Busch hatten sich immer noch nicht miteinander arrangiert.

Sie erhob ihren Blick zu den drei schmalen Öffnungen, die ihre belaubten Mauern durchbrachen: der Weg zur Landstraße, zum Garten und zu den Feldern – nur ein winziger Hauch von Freiheit. Sie sah zu, wie eine Krähe sich mit einem schrillen Krächzen von einem Baumwipfel erhob und über die Lichtung zum Garten und zum Maisfeld flatterte. «Seht die Vögel unter dem Himmel an», murmelte sie, «sie sammeln nicht in die Scheunen, und euer himmlischer Vater ernährt sie doch.»

«Das ist alles schön und gut für die Raben», sagte sie und rümpfte die Nase, «wenn's aber um die Hühner geht, liegt das Füttern bei mir!»

Doch ihre Augen, so golden wie der Weizen, den sie ausstreute (ein galanter Vergleich, den Matthew gezogen hatte), wurden sanft, als sie ein Pfeifen aus der unteren Scheune hörte. Matthew war immer guter Laune, voller Zuversicht; man konnte nicht leugnen, dass er ein glücklicher Mann war. Angesichts seiner Zufriedenheit und angesichts seines Herzenstraumes, der Wirklichkeit geworden war, hatte Abbie das Gefühl, dass auch sie eigentlich Grund zum Lächeln hatte – wenn auch manchmal etwas verbissen. Und dass sie Mutmachendes sagen und willig arbeiten sollte.

Und die Arbeit macht mir eigentlich auch nichts aus,

sagte sie wahrheitsgemäß zu sich selbst. Dabei betrachtete sie einen abgebrochenen Fingernagel und fragte sich, wie sie es nur schaffen sollte, ihre Hände für den Kirchgang fein zu machen. Auch das beengte Leben in dem kleinen Haus störte sie nicht. Und auch nicht der Mangel an Kaufhäusern, Limonadengeschäften, Büchereien und Bürgersteigen. Sogar die Trennung von ihrer Familie konnte sie um Matthews willen gefasst ertragen.

Die Ehrlichkeit gewann wieder die Oberhand in ihr, und Abbie gab zu, dass sie und Matthew Glück gehabt hatten. Oder besser gesagt, dass sie gesegnete Menschen waren. «So weit, so gut», lautete ihre vorsichtige Einschätzung der wenigen Monate, die sie im Distrikt von Donnybrook-Wildrose verbracht hatten. (Ihre Lieblingsblume war die Rose. Doch hier in den Siedlergebieten mussten die Rosen natürlich «wild» sein!) Trotz ihrer Befürchtungen war kein medizinischer Notfall eingetreten, kein Kind war im Busch verlorengegangen. Das Getreide sah gut aus, und die Tiere waren gesund. Die Rooneys hatten einen hektischen Frühling überstanden und trotzten einem anstrengenden Sommer. Der Winter – Abbie erschauerte bei dem Gedanken an den Winter im Norden. Wenigstens hatten sie gute Schuhe! Abbie kicherte und stöhnte mit derselben Mischung aus Freude und Sorge, die ihren Tag bis zu diesem Augenblick geprägt hatte.

Ja, mit Schuhen waren sie genauso überversorgt wie mit Dr. Roses Teint-Waffeln: Abbie hatte den Familienladen noch schamlos geplündert, bevor sie ihn verkauften. Manchmal fragte sie sich schuldbewusst, ob Matthew ihr den fieberhaften Kaufrausch nur deshalb nachgesehen hatte, weil er vermutete, dass sie ihr komfortables Leben ungern für ein Leben in der Wildnis aufgab. Zu Hause in Ontario hatte Matthew im Schuh- und Ledergeschäft seines Vaters gearbeitet, und in den ersten zehn Jahren ihrer Ehe hatten die Rooneys ein angenehmes Leben gehabt. Als Matthews Vater starb und kurz nach ihm die Mutter, gehörte das Geschäft und vieles andere Matthew, denn er war das einzige Kind, das noch lebte. Er hatte nicht einen Moment gezögert: Verkaufen! Nach Westen ziehen, wo es auch sein Herz hinzog! Eine Farm gründen!

Die Geschwindigkeit, mit der ihr Mann seine Ziele verwirklichte, machte Abbie fast schwindelig. Offensichtlich hatte Matthew schon lange von diesem Vorhaben geträumt und es geplant; er hatte Kontakte geknüpft und die Kosten berechnet. Man schätzte, so erfuhren sie, dass mindestens tausend Dollar nötig waren, um die Ausrüstung und die Tiere zu kaufen und den Lebensunterhalt der Familie zu bestreiten, bis die erste Ernte eingefahren werden konnte. Wenn ein Siedler kein Geld hatte, musste er jede Arbeit annehmen: als Fallensteller oder Fischer im Norden, bei der Eisenbahn, in Sägewerken oder Mühlen. Wie auch immer er sich entschied, auf jeden Fall wurde die Familie auseinandergerissen, und die Ehefrau und Mutter musste eine fast unerträgliche Last allein auf sich nehmen.

Dank des Erbes, das Matthew erhalten hatte, ging es den Rooneys von Anfang an besser als manch anderen Farmern; dies würde das Erste sein, wofür Abbie Gott an diesem Morgen im Gottesdienst danken wollte. Allerdings: Ganz waschechte Farmer waren sie eigentlich nicht, hatten sie doch ihren Grund und Boden direkt von dem Spekulanten gekauft, der das Land eintragen ließ, es rodete, ein Blockhaus und mehrere Nebengebäude baute und Getreide anpflanzte.

Ja, sinnierte Abbie, sie und Matthew waren gesegnete Menschen. Sie waren nicht getrennt voneinander, sie waren gut ausgerüstet und hatten genug Geld, um sich über

Wasser zu halten, bis die erste Ernte eingebracht war. Abbie atmete erleichtert auf. Ihre verschwenderischen Ausgaben vor der Abreise waren töricht, ja lachhaft gewesen, doch wenn sie nun mit ihrem Geld klug umgingen, würden sie es schaffen.

Außerdem sahen sie auch wohlhabend aus, dachte Abbie, wenn sie sich so umsah – besonders wenn man sich mit manchen Nachbarn verglich, die wirklich von Armut gebeutelt waren und alle Hände voll zu tun hatten, um für Leib und Seele zu sorgen. Die angrenzende Farm war ein abschreckendes Beispiel dafür. Abbies Gedanken wanderten zu den Jamesons – eine traurige Geschichte!

Das Wenige, was Abbie über die Jamesons wusste, hatte sie von Samuel Morris erfahren. Die Familien Morris und Jameson waren ihre nächsten Nachbarn, die einen nördlich, die anderen südlich von ihrem eigenen Zuhause, das von nun an den Namen «Rooney-Farm» tragen würde.

Sam war Matthews erster Kontakt in der neuen Heimat gewesen. Wie vereinbart, erwartete Sam die kleine Familie am Bahnhof von Meridian, als der Zug einfuhr. Er begrüßte sie herzlich, wobei sein kräftiger englischer Akzent sich von den verschiedenen slawischen, schottischen und französischen Akzenten abhob. Man konnte es hören, wie unterschiedlich die Wurzeln der Siedler waren. Sams Freundlichkeit und seine «guten Manieren», wie Abbie es deutete, waren von Anfang an zu spüren. In ihm würden sie einen guten Freund haben, und Abbies Anspannung und ihre Befürchtungen legten sich ein wenig.

Sam, Matthew und einige von den umstehenden, hilfsbereiten Leuten luden die Koffer und Kisten der Rooneys auf die Kutsche. Die Kinder rannten ausgelassen um die offensichtlich neue Bahnhofsstation herum, erleichtert, nicht mehr in dem ungemütlichen Zug zu sitzen. Matthew unterbrach seine Arbeit kurz und kramte ein paar Münzen aus der Tasche, und die Kinder liefen fröhlich zum einzigen Laden in der Siedlung, um Pfefferminzbonbons zu kaufen. Abbie dachte kurz nach und folgte ihnen, um einen Essensvorrat mitzunehmen, denn sie ahnte, dass sie nach der Ankunft auf ihrer verlassenen Farm mit der unmöblierten Hütte (ihr Vorgänger hatte nur den Herd dagelassen) dringend eine Mahlzeit brauchten.

«Wir kommen morgen wieder und holen euren Hausrat», versprach Sam. «Ihr kommt doch heute Abend auch so klar?» Matthew warf seiner Frau einen besorgten Blick zu, versicherte dann aber, dass sie das schon schaffen würden.

Dann konnte es endlich losgehen. Die Kinder mit ihren geröteten Wangen und klebrigen Fingern wurden auf die Kutsche gehoben und setzten sich auf die Kisten. Matthew stand hinter dem gefederten Sitz, auf dem Abbie mit Sams Hilfe Platz nahm, die müde Merry auf dem Schoß.

Sam war ein Mann mittleren Alters, bucklig wie ein vom Wind gebeugter Baum, aber durch so manche Zerreißprobe stark geworden. Er kletterte neben Abbie auf den Sitz, nachdem er ein paar Pakete und die Post verstaut hatte, und sagte: «Regina, meine Frau, wartet auf diese Briefe von zu Hause – von England, meine ich. Das hier ist jetzt unser Zuhause.»

«Und es wird auch unser Zuhause sein», stellte Abbie überrascht fest; die Endgültigkeit ihrer Entscheidung wurde ihr erst allmählich bewusst, nach den Strapazen und Qualen einer Reise über Tausende von Meilen, nach vielen tränenreichen Verabschiedungen.

Fast sofort verschwand das kleine Dorf aus ihrem Blick und verlor sich hinter dem Laub der Büsche, als die Kutsche ihren Weg auf verschlungenen Pfaden in Richtung Donnybrook-Wildrose nahm. Das Gebiet hatte einen passenden Namen bekommen. «So wie viele andere Distrikte auch», sagte Sam. «Es gibt zum Beispiel das Deer Run, den Wildsprung, Duck Lake, den Entensee, und Moose Jaw, den Elchkiefer.»

Sam, der einer der ersten Siedler in der Gegend gewesen war, fuhr oft die Straße entlang. Und da er ein freundlicher Mensch war, schien er auf dieser Strecke fast jeden zu kennen.

«Zunächst einmal», erklärte er, «werdet ihr bemerken, dass die besser ausgestatteten Farmen diejenigen in der Nähe der Eisenbahn sind. Dieses Land wurde zuerst erschlossen. Spätankömmlinge wie ihr müssen mit den weiter entfernten Grundstücken Vorlieb nehmen. Als wir kamen, hätten wir zwar noch mehr Auswahl gehabt, wir haben uns aber trotzdem für Donnybrook entschieden und haben es nie bereut. Manche Leute», sagte er mit einem forschenden Blick zu Abbie, «lieben den Busch. Anderen jagt er Angst ein.»

«Aber mit harter Arbeit kann man ihn in die Schranken weisen», bemerkte Matthew, als sie an einer kleinen Lichtung vorbeikamen, wo ein schweißgebadeter Mann gerade eine Pause beim Roden einlegte, sich auf seine Hacke stützte, die Stirn abwischte und winkte.

«Ja, in der Tat. Aber wenn er auch nur die geringste Chance kriegt, übernimmt er schnell wieder das Zepter. Oder er schlägt sogar gewaltig zurück.» Sam winkte. «Dieser Mann und seine Familie», erklärte er, «sind mit einem Red-River-Wagen gekommen, einem simplen zweirädrigen Holzkarren, hatten nur ein paar wenige kostbare Habseligkeiten dabei, als sie hier angerumpelt kamen.»

Der Saskatchewan-Fluss, erzählte Sam, war einst die Hauptverkehrsader für den Pelzhandel gewesen. Später befuhren Dampfschiffe das unruhige Gewässer, und die Siedler kamen mit dem Schiff oder mit Booten an. In der Jahrhundertmitte wurde der Red-River-Wagen zum allgemeinen Transportmittel. Er war leicht, aber stabil, und man konnte ihn mit bis zu einer Tonne Gewicht beladen. «Wenn man die Räder abnimmt, schwimmt er wie ein Floß», sagte Sam.

Die ratternde Kutsche erschien Abbie plötzlich wie ein fürstliches Transportmittel, und sie fasste den Entschluss, dankbar zu sein für alles, was sie hatte.

«Hier übrigens», sagte Sam, als sie einen Bogen fuhren, und deutete auf eine niedrige Hütte, die fast vollständig von Büschen und Bäumen umgeben war, «hier übrigens wohnen Leute, die auch gerade erst angekommen sind.» Rauch stieg von einem Ofenrohr aus Blech auf, die Tür stand offen (Abbie erschauerte bei dem Gedanken, wie viele Fliegen die Hausfrau wohl verscheuchen musste), und ein paar Hühner scharrten auf dem Hof. Unter den Bäumen mühte sich eine Frau an einem Waschzuber ab, den sie auf ein einfaches Gestell gehievt hatte, und eine Wäscheleine bog sich unter dem Gewicht schwerer, wassergetränkter Kleidung, dem stillen Zeugnis einer mühevollen Arbeit. Die Frau richtete sich auf und winkte fröhlich.

«Brrrr!» Sam brachte sein Gespann zum Stehen, langte unter den Sitz und brachte einen zerknitterten Umschlag zum Vorschein. Er hob ihn über seinen Kopf und schwenkte ihn hin und her. Auf ein Zeichen der Frau hin lief ein Junge mit flachsfarbenem Haar den Weg herunter zur wartenden Kutsche. Keuchend streckte er seine gebräunte Hand nach dem Brief aus. Seine blauen Augen funkelten in einem sonnenverbrannten Gesicht.

«Dankescheen», grinste er, den Blick auf die Zwillinge gerichtet, die plötzlich schüchtern taten, sich auf den Kisten wanden und unter dem forschenden Blick des Jungen erröteten.

«Miko», begann Sam.

«Mike», verbesserte der Junge.

«Mike», lächelte Sam, «das hier sind die Rooneys. Du wirst sie bald kennenlernen. Frag deine Eltern, ob du mal rüberreiten und mit ihnen spielen darfst, okay?»

«Okay», antwortete Mike mit einem frechen, aber warmherzigen Grinsen. Mannhaft spuckte er auf den Boden, drehte um und lief rasch auf seinen bloßen Füßen zurück zu seiner Mutter, um ihr die Post zu bringen.

«Sie sind Ungarn», sagte Sam. «Und sie sind nicht nur arm, sondern haben auch Probleme mit der Sprache. Ich bin bei ihnen zu Hause gewesen – ihre Möbel sind aus Brettern und Kisten.»

«Sie sind zu bewundern», sagte Abbie und empfand zum ersten Mal Gewissensbisse über die vielen Dinge, die sie mitgebracht hatten; Dinge, von denen sie allmählich glaubte, dass sie nutzlos (oder sogar lächerlich?) sein würden angesichts der Nöte, in denen sich diese Menschen hier befanden.

«Die Gebäude hier scheinen alle sehr solide zu sein», bemerkte Matthew. «Wenigstens müssen die Leute nicht in Grashütten leben, wie wir sie in der Prärie gesehen haben.»

Sam stimmte ihm zu. «Bäume gehören zu den Dingen, von denen wir viel haben. Die Männer tun sich zum Hausbau zusammen und stellen in kürzester Zeit eine Hütte auf.

Je kleiner die Hütten sind, umso einfacher sind sie natürlich zu beheizen. Wie ich schon in meinem Brief an euch geschrieben habe, hat eure Hütte vier kleine Räume und eine angebaute Küche. Nicht schlecht für den Anfang. Und wenn das eigene Haus bei der Ankunft schon steht, ist das eine große Hilfe.»

«Ja, das stimmt», gab Abbie nachdenklich zu und warf noch einen Blick auf die Hütte, die von frisch abgeholzten Baumstümpfen umgeben war. Im Fenster flatterte kühn ein Stück Vorhang in leuchtenden Farben, und auf der Lichtung blühte ein rosa Meer von Feuerkraut-Röschen. Zum ersten Mal erkannte Abbie die Rauheit und zugleich die Schönheit des Lebens im Busch, nicht ahnend, dass dies von nun an ihr Denken prägen sollte. Diese Menschen, so viel war deutlich, waren entschlossen, hier in dieser Gegend zu bleiben. Ihre Gebäude waren einfach, aber solide. Sie würden hier zurechtkommen, auch wenn sie Kopf und Kragen dafür riskieren mussten. Manche hatten leider schon den höchsten Preis bezahlen müssen. Und so würde es auch für viele andere noch sein.

«Hier ist der Hof der Jamesons», sagte Sam und unterbrach damit die Gedanken, die Abbie durch den Kopf gingen, während sie fast wie hypnotisiert auf dem gefederten Sitz hin- und herschwankte und dagegen ankämpfte, einzuschlafen (und vom Wagen zu fallen!).

Sam deutete mit dem Kinn auf ein heruntergekommenes Blockhaus, das hinter dicht stehenden Bäumen zum Vorschein kam. «Und hier fängt auch der Distrikt von Donnybrook an.»

Sam drehte sich kurz um und warf einen Blick über die Schulter auf die Zwillinge, die von ihrer Kiste heruntergeklettert waren, um dem sich entfernenden Mike hinterherzusehen. «Ab hier», erklärte er, «gehen die Kinder zur

Schule von Donnybrook.» Und mit einem Seitenblick auf Merry fügte er hinzu: «Weiß ja nicht, wie es mit dem kleinen Mädchen ist.»

«Merry ist erst drei», murmelte Abbie und zog das müde Kind höher auf ihren Schoß.

«Die Jamesons haben keine Kinder – nicht mehr», sagte Sam.

Abbie musterte die Gebäude. Der Gegensatz zur vorhergehenden Farm war auffallend. Das ungestrichene Haus war zu einem trüben Grau verwittert. Die Nebengebäude sahen ähnlich trist aus – wie eine Kohlezeichnung in einem gepflegten Bilderrahmen. Hätte nicht ein Hund pflichtgemäß gebellt, ein Laut, der in der stillen Szenerie fern und fremd klang, so hätte man die Farm für eine verlassene, verfallene Ansiedlung halten können. Unwillkürlich lief Abbie ein Schauer über den Rücken, und dies würde nicht das letzte Mal so sein, wie sie später feststellte.

«Sieht trüb aus», sagte Sam mit einem Seufzen. «Doch es ist nicht immer so gewesen. Früher ging es hier lebendig und fröhlich zu ... Jetzt interessiert es keinen mehr, wie es hier aussieht, am wenigsten Dora. Und Jamie hat nicht die Zeit und vielleicht auch nicht den Sinn dafür. Blumen und Ähnliches, das ist immer noch Sache der Frauen, nicht wahr?»

Sam warf Abbie wieder einen Blick zu, und es schien ihr, als erfasse dieser Blick auch ihre weißen, weichen Hände, mit denen sie Merry an sich drückte, und ihre schmalen Füße mit den hübschen Schuhen, die sie auf den Absatz vorne am Wagen neben Sams abgetragenen Stiefeln aufgestützt hatte.

«Frauen haben es hier nicht leicht», bemerkte Sam.

«Die Jamesons», sagte Abbie schnell. «Sie sagten, sie hätten keine Kinder – nicht mehr?»

«Dorrie und Jamie haben ihre beiden Jungen vor drei Jahren verloren. Diphterie.»

Eine Welle des Mitgefühls für das Ehepaar erfüllte Abbies Herz.

«Wie traurig», seufzte sie, hielt die schläfrige Merry noch fester, drehte schnell den Kopf zu den Zwillingen und warf ihnen einen sanften Blick zu.

Matthew, der hinter Abbie stand, schlang seine Arme um die Schultern seiner Frau und zog sie an sich, um sie still an seine Gegenwart und Stärke zu erinnern.

Mit einem Zuruf und einem Klatschen der Zügel auf den breiten Rücken trieb Sam seine Pferde an und fuhr an der Jameson-Farm vorbei.

«Ihr werdet sie höchstwahrscheinlich im Gottesdienst treffen. Falls ihr dort hinzugehen pflegt.»

«Das tun wir», antwortete Abbie ein wenig steif. «Normalerweise.»

«Hier werdet ihr das auf jeden Fall tun», sagte Sam weise. «Man geht sehr gerne hin, wenn man einsam genug ist, und die meisten Leute sind es.»

Was für eine Vorstellung! Zum Gottesdienst zu gehen, weil man einsam ist. Welch ein merkwürdiger Grund für den Kirchgang!

Als ob er Abbies Reaktion spürte, sagte Sam vorsichtig: «Für einen in der Abgeschiedenheit lebenden Siedler bringt das Treffen mit anderen das Heil, in mehrfacher Hinsicht. Im Winter, wenn das Reisen am mühsamsten ist, haben wir den höchsten Gottesdienstbesuch.»

Abbie blickte verwirrt drein.

«Wenn man so an das Haus gebunden ist, fällt einem leicht die Decke auf den Kopf und man sehnt sich danach, eine andere menschliche Stimme zu hören – selbst wenn es die des Predigers ist.» Sam grinste.

Während Abbie darüber nachdachte, kam Sam wieder auf die Jamesons zu sprechen: «Das Problem ist, dass sie nicht sehr oft hingehen.»

Abbie, in ihre Gedanken vertieft, schaute ihn fragend an.

«Ich meine die Jamesons – Dora und Jamie», erklärte Sam. Er hielt inne und fügte zögernd hinzu: «Dora ist nicht mehr so ganz ... gesund, seit sie die Jungen verloren hat.»

Die Andeutung war beunruhigend, und wieder lief Abbie ein Schauer über den Rücken. Matthew schlang seine Arme noch fester um sie.

Zwei Söhne, und beide tot! Abbie drehte sich trotz Matthews fester Umarmung nach hinten, um sich zu vergewissern, dass ihre beiden kräftigen, gesunden Jungen noch da waren. Corcoran und Cameron hingen über der hinteren Ladeklappe und spuckten auf die staubige Straße.

«Du wirst schon noch sehen!», hatte Abbies Mutter dunkel prophezeit, und es war, als hörte Abbie in diesem Moment ihre Stimme, wie sie sich laut wehrte gegen die Situation, die ihre geliebten Kinder und Enkel von ihr trennen würde: «Diese Jungen werden zu wilden Indianern werden!», hatte sie als besorgte Großmutter gewarnt.

Doch die Indianer waren nicht wild. Die Métis, also die Mestizen, das stolze Halbblut-Volk, hatten sich nach ihrem Aufstand und dem Scheitern der Riel-Rebellion ihren vollblütigen Brüdern in den Reservaten angeschlossen oder sich unter der «Nord-West-Halbblut-Kommission» um Landbesitz beworben. Sie wurden von den anderen Farmern mit relativ wenig Abneigung aufgenommen.

Vor wilden Indianern musste Abbie sich also nicht fürchten. Die einzige Gefahr für ihre Jungen bestand darin, dass diese sich zu spuckenden Rowdys entwickelten. Im Moment war Abbie allerdings zu müde, um sich dieses Problems anzunehmen.

Doch als der verwaiste Hof der Jamesons und seine verfallenen Gebäude im weiten Buschland verschwunden waren und selbst das Bellen des Hundes nicht mehr zu vernehmen war, wusste Abbie, was sie wirklich fürchtete: den Busch und die ganze Eigendynamik, die er seit jeher entfaltete.

Obwohl die Herbstsonne ihren Körper wärmte, gab es doch etwas, das Abbie immer wieder erschauern ließ. Es hatte ihr Herz in den Griff bekommen und es nicht wieder losgelassen seit jenem ersten Tag, an dem sie den Busch kennengelernt hatte. Und manchmal schien es sie geradezu zu überwältigen. Der Umzug hierher – es sah alles so endgültig aus. Dieses Leben, das sie nicht selbst gewählt hatte, sondern das ihr verordnet worden war, würde es immer so bleiben? Die Dauerhaftigkeit, mit der sie sich eingerichtet hatten, wies darauf hin, Matthews fröhliches Pfeifen zeugte davon, und die pure Freude der Kinder bestätigte es. Sie war die Einzige, die sich nach dem Entkommen sehnte, doch da sie Matthew liebte, stand diese Option außer Frage.

Abbie schaute zum Himmel, achtete nicht auf das Getöse zu ihren Füßen und betete das selbstloseste Gebet ihres jungen Lebens: *Oh, Vater! Wenn dies der Ort ist, an dem du mich haben willst, hilf mir, diese Führung anzunehmen! Wenn das der Weg ist, den du für mich bestimmt hast, dann lehre mich, ihn willig zu gehen, vielleicht sogar* – und dieser Abschluss des Gebets fiel ihr schwer –, *vielleicht sogar glücklich.*

Kapitel 2

Der Morgentau funkelte so hell wie die Tränen, die an Abbies Wimpern zitterten. Matthews Pfeifen, das durch die dicken Bohlen der Scheune gedämpft worden war, brach kräftig hervor mit dem Refrain des «Milchmädchen-Walzers», als er, den Milcheimer in der Hand, durch das Scheunentor nach draußen trat.

Abbie konnte oft am Pfeifen hören, wo Matthew sich gerade befand. Und meistens konnte sie sogar sagen, was er gerade tat. Auf dem Weg zu den Feldern pfiff er «Die grünen Wiesen». Beim Holzspalten oder beim Auffüllen der Holzkiste war es «Der Herd ist das Herz des Heimes». Bei Sonnenaufgang ertönte «Oh, güldene Sonne, die sich erhebt», und beim Sonnenuntergang «Im Dämmerlicht». Dazwischen kamen noch Dutzende von anderen Liedern.

Matthew richtete seinen schlanken Körper auf und drehte sich in Abbies Richtung. Sein Pfeifen verstummte (hatte er die Tränen auf ihren Wangen glitzern sehen?), und sein Blick schien sich an ihren zu heften. Selbst aus dieser Entfernung konnte sie sehen, wie ein fragender Ausdruck seine tiefgrauen Augen verdunkelte.

In diesem Moment erkannte Abbie die Wahrheit, und sie fragte sich, warum sie es nicht schon früher geahnt hatte: *Er weiß es!* Vielleicht war es nur ein kurzer Moment, in dem ein trauriger Ausdruck in seinem Gesicht ihn verriet.

Leise begann er zu pfeifen. «Sei nicht böse mit mir, mein Liebling», sagte er dann leise, und so gab es keinen Zweifel mehr. Matthew wusste es. Er wusste von ihren Ängsten und ihrer Unzufriedenheit. Doch er wusste nichts von ihrem Gebet.

Abbie wischte sich schnell die Tränen ab, kehrte den Eimer um, so dass das restliche Hühnerfutter zu Boden fiel, und ging mit entschlossenen Schritten auf ihren Mann zu. Ihr Lächeln war warm, und es war echt. Während Romeo und Julia um Matthews Beine strichen (Matthew hatte seinen Jungs auch Shakespeare vorgelesen ...) und ihn beinahe zu Fall brachten, ihre Schwänze in die Luft gestreckt und erbärmlich nach Milch miauend, ging er Abbie entgegen, und in seinem Gesicht spiegelte sich wieder die gute Laune, mit der er durchs Leben ging.

Er grinste, als er Abbie den Hühnerhof verlassen und das Gatter fest verriegeln sah. Bezüglich des Geflügels hatten sie verschiedene Meinungen. Für Abbie kam ein Hof mit freilaufenden Hühnern nicht in Frage. Bei ihr mussten sie innerhalb des Zaunes bleiben – basta! Der Grund dafür war übrigens nicht die Befürchtung, dass die Kojoten oder andere räuberische Vierbeiner sich mit den Hühnern davonstehlen könnten, sondern dass Abbie den Gedanken nicht ertragen konnte, ihre Kinder barfuß durch einen mit Hühnermist verschmutzten Hof laufen zu sehen.

Was das Barfußgehen betraf – diese Runde hatte Matthew gewonnen. «Im Sommer laufen sie frei herum wie alle anderen Farmerskinder auch», sagte er mit fester Stimme. Und wer konnte den Kindern auch einen Vorwurf daraus machen, dass sie ihre schweren Stiefel abstreifen wollten, wenn die Erde sich endlich erwärmte und der reiche Ackerboden unbedingt bearbeitet und gefühlt werden musste – mit Händen und Füßen, mit Pflug und Egge? Und das selbst dann, wenn es sich um die besten Stiefel handelte, die «Rooneys Lederwaren» zu bieten gehabt hatte.

«Pass auf, Katze!» Abbie wäre fast über Romeo gestolpert. «Um Himmels willen, ist denn die ganze Welt am Verhungern?»

«Kannst mich auch dazuzählen», antwortete Matthew liebevoll und führte sie zum Haus.

Abbie stapfte neben ihm her in den «schweren Polar-Stiefeln mit Schnallen», die zu den seinen passten, und konnte sich einen Seitenblick auf den Schuppen nicht verkneifen. Sie dachte an die schöne Truhe mit Lederbesatz und die hübschen Gladstone-Lederkoffer, die vielen Schachteln und Kisten, die vollgestopft waren mit Dingen, die sie in dem überfüllten Haus nicht hatten unterbringen können – oder besser gesagt: die sowieso nicht im Haus untergebracht werden mussten. Mit jedem Tag, der verging, wurden einige von ihnen immer nutzloser.

Das Einkaufen und Packen war lustig gewesen. Sie hatten ein Spiel daraus gemacht, sich Dinge einfallen zu lassen, von denen Abbie nicht gewagt hatte, sie für absolut überlebenswichtig zu halten. Aber auch das Auspacken und Sortieren nach der Ankunft in Donnybrook-Wildrose hatte seine komischen Momente gehabt, auch wenn das Lachen manchmal eher hysterisch als humorvoll klang.

«Ich wette, wir sind die einzige Familie im ganzen Nordwesten, die einen patentierten Schuhdehner besitzt», hatte Matthew gescherzt und hinzugefügt: «Aber was wir wirklich brauchen, ist ein Schuhlöffel.»

«Aber wir haben doch mehrere», wandte Abbie ein und wühlte sich durch eine ausgedehnte Sammlung von Schnürsenkeln, Absatz-Erhöhungen, Einlagen, Knöpfen und Zierleisten.

«Ich meine einen, der groß genug ist, um alles in unsere Hütte hineinzubekommen! Nun zu diesen hier, Madam», tönte Matthew und hielt ihr mehrere Paar «nicht knitternde Einlegesohlen» entgegen, die er zwischen Daumen und Zeigefinger hin und her baumeln ließ. «Sie sind aus echtem Rosshaar gefertigt und besitzen ein durchgehendes, feines Drahtgestell. Sie bleiben garantiert flach, ohne Knitter und Falten!»

«Wer will auch schon eine zerknitterte Sohle?», kicherte Abbie. «Aber ... oh, Matthew», klagte sie, «wo wir gerade von Knittern sprechen: Sieh dir das hier an!» Sie griff in eine Kiste mit Kleidern aus feinster indischer Baumwolle und Batist. Bestickte Rüschen, ausgefallene Borten, extravagante Biesen und Spitzenbesätze machten jedes dieser Kleidchen für das Pionierleben denkbar ungeeignet. «Merry wird darüber hinausgewachsen sein, bevor sie etwas damit anfangen kann. Und das auch nur, wenn es praktische Kleidungsstücke wären, was sie aber nicht sind!»

«Nimm zwei oder drei heraus», riet Matthew weise. «Immerhin gehen wir auch zum Gottesdienst – normalerweise.» Er grinste, als er Abbie mit diesen Worten an ihr Gespräch mit Sam über ihren Kirchgang erinnerte.

Abbie warf ein perlenbesetztes Chatelaine-Täschchen nach ihm, brachte es dann wieder an sich, wickelte es sanft in ein purpurfarbenes Tuch aus Jacquard-Seide und legte es beiseite.

Die spielerische Freude der beiden verwandelte sich allerdings bald in Bestürzung darüber, wie sich die nutzlosen Anschaffungen häuften: Teppichspanner (und auf ihrem Linoleum hatten nur ein paar kleine Läufer Platz); eine «moderne» Zitronenpresse («Was glaubst du, wo du hingehst, Abbie, nach Florida?»); ein «Anti-Wühl-Schweinebändiger» (und ihr Schwein Porcelina war eigentlich nur mit Schlafen und Fressen beschäftigt); und ein Strohhut, den aufzusetzen sich Matthew aufs Heftigste weigerte.

«Denkst du, wir könnten ein paar von den Dingen verkaufen?», fragte Abbie zweifelnd, und Matthew rief: «Du träumst wohl! Solange man mit der Zitronenpresse keine Haselnüsse knacken oder Kälber enthornen kann, werden wir wohl darauf sitzenbleiben!»

So verstauten (oder besser gesagt: versteckten!) sie all diese Dinge wieder, zusammen mit (weißen!) Damast-Handtüchern und mit so vielen Schals, Mützen, Kopftüchern und ausgefallenem Haarschmuck, dass man ein ganzes Regiment damit versorgen konnte.

Sie öffneten den Schuppen nicht mehr, es sei denn, um Bücher und ein paar Wollschals herauszuholen oder weitere unnütze Dinge darin unterzubringen. Vielleicht hatten sie einfach nur sehr gründlich aussortiert; viel wahrscheinlicher aber war es, dass sie angesichts ihrer schwindenden Rücklagen und der offensichtlich törichten Anschaffungen nur noch wenig Grund hatten, darüber zu lachen, umso mehr Gründe aber, ihr Verhalten zu bereuen. Und sie wollten weder an das eine noch an das andere erinnert werden.

Nun näherten sie sich dem Haus, wo die Kinder hinter der Fliegentür (in Abbies Küche würde es keine Fliegen geben!) einen ungeduldigen Tanz aufführten. Matthew trug den Milcheimer, und die Katzen miauten um seine Füße herum. Abbies Gesicht heiterte sich auf. «Gib zu, Matthew», zwinkerte sie, «dass ich zumindest *eine* gute Anschaffung gemacht habe.»

«Eine Bratpfanne?», fragte er angesichts des überfälligen Frühstücks und mit dem Quengeln der Kinder und der Katzen im Ohr.

«Das auch», sagte sie.

Matthew und Abbie blieben stehen, bevor sie das Haus betraten. Ihre zueinander passenden «schweren Polar-Stiefel mit Schnallen» aus dem vielgepriesenen «reinen Gummi von erstklassiger Qualität und feinem Jersey-Futter auf einem schönen Leisten gefertigt» traten sie auf umgekehrt angenagelten Schlittschuhkufen unten auf der Stufe ab. Denn bei Abbie gab es keine Spuren von Hühnermist auf dem Linoleum!

Kapitel 3

Harry Runyon trat nach draußen und hielt sich noch einen Moment lang am Türknauf fest, bis er sein Gleichgewicht wiedergefunden hatte. Mit vorsichtigen Schritten überquerte er die rauen Bretter der kleinen Veranda und taumelte, bis er den Pfosten zu fassen bekam, der die Überdachung stützte. Mit der anderen knorrigen Hand machte er sich an den wenigen Knöpfen seiner ausgeleierten Strickjacke zu schaffen.

«Hey, Bert!», rief er über seine Schulter. «Zieh besser die Jacke an, es ist ganz schön frisch hier draußen.»

Dann schien die Szene sich zu wiederholen: Ein weiterer alter Mann trat mit einem Ächzen aus dem Schatten des Hauses, balancierte vorsichtig und begab sich mit der gleichen Vorsicht zum anderen Pfosten der Veranda.

«Harry, du Dussel», tadelte die zweite Erscheinung sanft, «es ist doch noch nicht Winter.»

«Nicht? Ja, welche Jahreszeit haben wir denn dann, Bert?»

«Es lohnt sich nicht, dir das zu sagen, Harry. Du würdest es ja doch vergessen, noch bevor du deine Jacke aufgeknöpft hast.»

«Du bist genauso vergesslich wie ich, Bert. Vergiss das nicht!»

Hubert Runyon schnaubte. Diese Art von nonverbaler Antwort gab er seinem Bruder jeden Tag bei zahllosen Gelegenheiten.

«Gegen dieses Problem solltest du wirklich etwas unternehmen, Bert», erwiderte Harry, wie er es oft tat. «Schon mal an ein Taschentuch gedacht?»

«Dran denken tue ich schon», antwortete Hubert wie gewöhnlich. «Aber dann fällt mir ein, dass es oben in der Kommodenschublade ist. Und dann überlege ich mir's noch mal anders. Wie dem auch sei», fügte er hinzu, «das ist gar nicht das Problem. Das Problem ist, dass du so entnervend bist, so stur, ein solcher Griesgram.» Da ihm keine geeigneten Bezeichnungen mehr einfielen und er sowieso außer Atem war, gab Hubert es auf.

«Das alles bin ich, nicht wahr?», gab Harry selbstgefällig zu. «Aber ich kann dir sagen: Eins trifft auf mich nicht zu.» Er hielt inne.

«Spuck's aus, Harry!»

«Kalt! Mir ist nicht kalt, Bert, während du vor Kälte schlotterst. Oder zitterst du nur, weil du dich schon so lange aufrechtgehalten hast?»

Hubert drückte seine eingeknickten Knie durch, atmete die klare, frische Herbstluft tief ein, hustete, klammerte sich an den Pfosten und brachte schließlich hervor: «Nun, ich gehe nicht wieder hinein, wenn ich es schon mal nach draußen geschafft habe. Wahrscheinlich gelingt mir das drei Wochen lang nicht mehr.»

Die beiden betagten Brüder standen in trauter Schweigsamkeit beieinander, und ihre schwächer gewordenen Augen betrachteten den vernachlässigten Hof, den ausgetrockneten Teich, die leere Scheune und die verlassenen Pferche. Huberts Blick schweifte, wie so oft, zu einem weiteren Haus, das nicht weit entfernt lag und genauso aussah wie das Haus hinter ihm. Aber es war leer – fast so leer wie Huberts Blick.

«Mir kommt es so vor, als sei es erst gestern gewesen», sagte Harry sanft, «als du aus der grünen Tür da drüben kamst, allerdings bist du meistens gesprungen oder gerannt, bevor du auf dem Boden aufschlugst.» (Hubert hatte seine Tür grün gestrichen; Harrys Tür war rot – der einzige Unterschied zwischen den beiden einstöckigen Blockhäusern.)

«Musste ja mit dir mithalten, Harry», erwiderte Bert leise. «Immer musste ich mit dir mithalten.»

«Nun», sagte Harry aufmunternd, nachdem er einen Moment nachgedacht hatte, «probier doch mal, ob du das immer noch kannst – mit mir mithalten, meine ich.»

Und mit einem Seufzen schüttelten die beiden Brüder die Erinnerung an Zeiten ab, die viel zu schnell vergangen und doch zu schön gewesen waren, um vergessen zu werden. Harry langte hinter sich nach einem Spazierstock mit Knauf, den er mühsam aus dem Holz seiner eigenen Pappeln angefertigt hatte, als das Rheuma das erste Mal zuschlug. Und Bert, der immer mit seinem Bruder mithalten wollte, hatte seinen Stock kurz danach geschnitzt. Auch er griff nun danach.

Äußerst vorsichtig, unter viel Murren («Warum bloß haben wir diese Stufen so hoch gemacht?») und gegenseitigem Necken, stiegen Harry und Hubert die Treppe hinunter – zwei alte Männer mit ungepflegten Bärten und unansehnlichen Hüten, in fleckigen, altmodischen Kleidern und Stiefeln, die bessere Tage gesehen hatten; besser, weil die Muskeln noch nicht geschrumpft gewesen waren, die Lungen nicht eingesunken, das Augenlicht nicht getrübt und die Hände nicht steif; besser, weil jeder Tag eine neue Herausforderung bedeutet hatte, um dem widerspenstigen Buschland eine neue Heimat abzutrotzen; besser, weil hinter der grünen und der roten Tür Bessie und Vergie Lieder gesummt hatten, während sie ihrer Arbeit nachgingen und die beiden identischen Häuser zu dem machten, was sie waren – Häuser, von zwei einander so ähnlichen Brüdern errichtet, Orte, an denen man Trost und Zufriedenheit fand.

Nun aber war die Farbe an der grünen und der roten Tür so ausgebleicht, dass auch sie einander ähnelten. Nun war das eine Haus geschlossen, und auf dem Friedhof senkte sich die Erde auf zwei weiteren Gräbern ab.

Die Tage vergingen nur noch langsam und gleichförmig, ohne dass sich etwas Besonderes ereignete, das einen Tag von allen anderen unterschied. Die sich dahinziehenden Stunden wurden im Schaukelstuhl neben dem Holzofen verbracht, und das kleine Nickerchen wurde zur Gewohnheit. Nur ein gelegentliches Schnarchen oder das Knistern des Feuers unterbrach die endlose Stille.

Die Mahlzeiten waren die einzigen Höhepunkte – zugleich aber auch gefürchtet. In den Ecken der Schlafzimmer türmte sich die Wäsche und wartete auf die Ankunft einer fürsorglichen Nachbarin – in der Regel Carolyn Morris –, die einen Tag für das Waschen und Bügeln opferte und nebenbei auch das Haus saubermachte.

Die Besuche von Willie Tucker montags, mittwochs und freitags wurden herbeigesehnt, als sei er der Weihnachtsmann persönlich, und die Vorräte, die er vorbeibrachte, erschienen wie Weihnachtsgeschenke. Ein Besuch von Pastor Victor war so wichtig, als sei der liebe Gott selbst vorbeigekommen. Und ein Spaziergang war ein großes Ereignis.

«Jetzt, wo wir hier sind, Bert», sagte Harry mit bebender Stimme, als sie langsam über den Hof gingen, «kannst du dich erinnern, warum?»

«Jedenfalls nicht zum Erbsenpflücken», antwortete Bert neunmalklug, als sie an einem leeren, von Unkraut überwucherten Beet vorbeikamen. «Jedenfalls glaub ich das nicht. Wir haben ja keine Eimer dabei.»

«Je älter du wirst, umso frecher wirst du, Bert», gluckste Harry. «Und genau das lässt mich das Alter fürchten.»

Hubert versuchte ein Schnauben, doch die Anstrengung brachte ihn fast aus dem Gleichgewicht. Harry, der fürchtete, es würde ihm ebenso ergehen, wenn er auf Kosten seines Bruders lachte, begnügte sich mit einem Grinsen.

Doch wussten sie beide, wohin sie gingen. Die wogenden Getreidefelder hatten bei ihnen Gefühle ausgelöst, die zwar mit den Jahren etwas gedämpfter geworden waren, sich aber nicht völlig gelegt hatten. Instinktiv reagierten ihre gebrechlichen Körper so, wie sie es jedes Jahr im Herbst getan hatten: Die Ernte musste eingebracht werden.

Hubert und Harry sprühten also für ihre Verhältnisse vor Aktivität. Sie hatten ihre Filzpantoffeln gegen Stiefel getauscht, an denen noch uralte Reste von Mist klebten, hatten die Holzscheite im Ofen zusammengeschoben, sich unförmige Kopfbedeckungen aufgesetzt, und zumindest Harry hatte seine ausgeleierte Strickjacke angezogen. Dann hatten sie sich auf den Weg zum nächstgelegenen Weizenfeld gemacht.

Dieser Weg war zugleich eine Reise durch ihre Erinnerungen. Am Nebengebäude vorbei, dem einzigen Gebäude, zu dem noch ein häufig benutzter Pfad führte, kamen sie zum Gemüsegarten, in dem sich einst zwei in robuste Baumwolle gekleidete Gestalten energisch über ihre befriedigende Arbeit gebeugt hatten.

Still gingen sie an der Stelle vorüber, wo ihr Pflug, ihr Mäher und ihre Erntemaschine vor sich hin rosteten. Ihre schwächer gewordenen Ohren schienen immer noch das Stampfen von schweren Pferdehufen tief drinnen in der verlassenen Scheune zu hören. Und ihre Nase meinte, immer noch den Duft von Mist, Heu und der warmen Milch wahrzunehmen, die in den Eimer zwischen den Knien der beiden Brüder geflossen war.

Ein Sonnenstrahl fiel durch die offene Stalltür und erleuchtete die Stelle in einer Box, wo die Kühe in vielen Jahren an endlosen Wintertagen ihre Hüfte gerieben hatten, bis das Holz so blank schimmerte wie die schönste Kommode in einem Königspalast.

So schlurften die beiden alten Männer mit unsicheren Schritten weiter, doch ihr Geist war immer noch jung geblieben und holte die Erinnerungen hervor, und ihre Herzen waren erfüllt davon.

Harry und Hubert wussten nicht viel über ihre Herkunft, sie konnten nicht einmal mit Sicherheit sagen, wie alt sie eigentlich waren. Sogar ihr Nachname Runyon war nicht ihr wirklicher Name. Er klang einfach nur nach dem, was zwei kleine Jungen mit einem sehr starken Akzent sagten, wenn jemand sich die Mühe machte, sie nach ihrem Namen zu fragen. Und nur ganz selten machte sich jemand diese Mühe. Zwei weitere Streuner auf den Straßen von New York fielen kaum ins Gewicht in dem Durcheinander von Neuankömmlingen, die die Anlegestellen und die Mietshäuser überfluteten.

Irgendwo in diesem Mahlstrom hatten Harry und Hubert plötzlich festgestellt, dass sie allein waren; sie sollten nie erfahren, was mit ihren Eltern passiert war. Ob sie ihre Kinder absichtlich im Stich gelassen hatten, ob sie krank geworden, gestorben oder von Betrügern übervorteilt worden waren – es blieb ein Rätsel. Schließlich sammelte ein engagierter Pastor einige der zerlumpten Straßenkinder auf und brachte sie in ein Waisenhaus. Hier lebten Harry und Hubert ein paar Jahre, erhielten etwas zu essen und das Wenige an Schulbildung, das ihnen in ihrem Leben zuteilwerden sollte. Doch als das Gebäude abbrannte und überall Chaos herrschte, kehrten die beiden Jungen auf die Straße zurück. Sie überlebten, fanden hier und da Arbeit und eine Unterkunft, gemeinsam mit anderen Jungen und Männern, die dasselbe Schicksal teilten.

Obwohl ihre Herkunft also im Dunkeln lag, hatten die beiden doch nie daran gezweifelt, dass sie Brüder waren. Zum einen war ihre Ähnlichkeit verblüffend. Noch mehr aber fiel auf, dass sie die Welt mit denselben Augen zu sehen schienen. Einmal sagte Harry zu seinem Bruder in dem scherzhaften Ton, der schon damals ihre Beziehung prägte: «Du musst dir dein eigenes Mädchen suchen, Bert. Die da gehört mir.» Und so wählte Bert eine Frau aus, die Harrys Frau so ähnlich wie nur irgend möglich war: ihre Schwester.

Doch um zwei solche Frauen zu finden, mussten sie die Slums verlassen. Sie sagten dem Stadtleben auf Wiedersehen, ohne es je zu bereuen, und bestiegen einen Zug, der sie weit hinaus aufs Land brachte. Schließlich fanden sie Arbeit auf einer Farm in Iowa. Dort lernten sie Bessie und Virgie kennen und brachen schließlich voller Elan, begierig nach neuen Erfahrungen und zu jeder Herausforderung bereit, in Richtung der Nordwest-Territorien auf.

Um die Besiedlung des kanadischen Westens voranzutreiben, bot die Regierung des Dominions Kanada kostenlose Ländereien in der Größe von jeweils 160 Morgen an. Eine solche Gelegenheit konnten sich zwei mittel- und heimatlose junge Männer, die voller Hoffnungen steckten, nicht entgehen lassen. Ganze Züge voller Heimatsuchender wollten sich das Land ansehen, denn der kanadische Innenminister hatte in Tausenden von amerikanischen Wochenzeitungen und landwirtschaftlichen Zeitschriften Anzeigen aufgegeben und Millionen von Broschüren verteilen lassen, in denen die Vorzüge dieser Unternehmung angepriesen wurden.

Über Nacht wuchsen kleine Städte aus dem Boden, Grashütten sprenkelten die Prärien, goldenes Getreide wogte auf den Feldern. Im Buschland weiter nördlich wurden die Felder mühsam beackert und Blockhütten gebaut.

Als die Schienen der Eisenbahn zu Ende waren, luden die beiden jungen Paare ihre wenigen Habseligkeiten auf Ochsenkarren und drangen in den Busch vor, bis sie mitten in seinem grünen Herzen das Land ihrer Träume fanden.

Das Leben war hart, aber es war gut. Es gab viel Wild und wenig Nachbarn. Während ein Siedler seinen Besitz verkleinern musste, konnte der andere den seinen ausdehnen, bis allmählich die Farmen entstanden, die die Siedler mit Nahrung versorgten. Ein Freund half dem anderen durch gute und auch durch schwere Zeiten hindurch. Niemals hatten Hubert und Harry ihre Entscheidung bereut, weder was ihre Frauen noch was ihr Land betraf.

Beide Paare hatten keine Kinder bekommen, auch hierin waren sie wieder gleich. Doch da sie glücklich und zufrieden waren, hatte es ihnen nicht allzu viel ausgemacht – bis jetzt zumindest. Nun hatten die beiden Witwer nur noch einander, sonst niemanden. Nun erkannten sie, dass sie sich nicht mehr selbst versorgen konnten. Tag für Tag wurden sie immer abhängiger von ihren Nachbarn, die im Laufe der Jahre zu ihrer Familie geworden waren, die allerdings keine Blutsverwandten von ihnen waren. Für die beiden unabhängigen Männer war dies eine schmerzliche Situation.

Als Bessie und Virgie im selben Winter an Lungenentzündung gestorben waren, hatten die beiden Männer Berts Haus geschlossen und waren in Harrys Haus gezogen. So ging ihr Leben auf dieselbe Weise zu Ende, wie es begonnen hatte – gemeinsam.

Willie Tucker war eine Gebetserhörung.

Das Beten hatten Harry und Bert immer Bessie und Virgie überlassen. Doch es kam der Tag, an dem die Probleme den beiden nun alleinstehenden Brüdern über den Kopf zu wachsen drohten, und so hatte Harry mit ungewöhnlichem Ernst zu Bert gesagt: «Bert, jemand in diesem Haus muss anfangen zu beten. Leg los! Finde heraus, ob der gute Gott nicht eine Lösung für uns hat. Wir müssen jemanden haben, der unsere Felder bestellt.»

«Hey», entgegnete Bert, «du warst immer besser als ich. Jedenfalls hast du das behauptet. Der liebe Gott wird dich schneller erhören als mich.»

Es war kein Thema, über das man sich streiten konnte, und so neigten die beiden alten Männer schließlich den Kopf, falteten die Hände und sprachen ihre Bitte aus.

Als ihr Nachbar Willie Tucker kam und ihnen anbot, ihre Felder zu bestellen, das Getreide auszusäen, es zu ernten und den Ertrag mit ihnen zu teilen, sahen sich Harry und Hubert mit strahlenden Augen an. «Willie», sagten sie, als sie die Vereinbarung mit einem Handschlag bekräftigten, «hast du gewusst, dass du eine Gebetserhörung bist?»

Natürlich wusste Willie das nicht. Ja, Willie ahnte nicht einmal, wie oft er für andere eine Gebetserhörung war. In einer Zeit und an einem Ort, wo Nachbarschaftshilfe ein Lebensstil war, wo Menschen einander oft sehr dringend brauchten, und gerade auch in den Wäldern des Hinterlands, wo die Leute ihre Schwierigkeiten in enger Verbundenheit miteinander teilten – selbst dort stach Willie in besonderer Weise hervor.

Gab es einen Sterbefall, so wurde Willie zusammen mit dem Pastor gerufen. Ob er es mochte oder nicht – und niemand machte sich darüber Gedanken: Willie war der Bestatter schlechthin. Obwohl Willie seine eigene Farm zu versorgen und alle Hände voll zu tun hatte, war er doch immer zur Stelle, wenn irgendwo ein Familienoberhaupt durch Krankheit oder Unfall ausfiel.

Willie engagierte sich im Vorstand der Schule, obwohl er selbst keine Kinder hatte. Er hatte nie geheiratet, und dies hätte auch niemand für nötig gehalten, denn er kam alleine sehr gut zurecht. In der Gemeinde wurde er als Kirchenältester sehr geachtet, und ansonsten konnte man ihn als Mädchen für alles einsetzen. «Willie wird's machen», war ein oft gehörter Satz auf den Höfen von Donnybrook.

Willie war jemand, der sich für andere aufopferte, jedoch auf eine stille, bescheidene Art. Häufig wurde er allerdings auch ausgenutzt. Doch Willie beschwerte sich nie. «Schließlich», so lautete seine Überlegung, «schließlich haben sie ihre Familien, und ich habe niemanden.»

Willies Farm war von seinen Eltern gegründet worden. Sein Vater starb jung, und so übernahm Willie die Arbeit auf dem Hof und kümmerte sich um seine Mutter. Als auch sie verstarb, blieb Willie ganz einfach Junggeselle und war, wie es schien, zufrieden damit.

Es sah Willie also ganz ähnlich, dass er die schwierige Situation der Runyon-Brüder bemerkte und sich darüber Gedanken machte. Und dann kam er mit einer Lösung an, einer «Gebetserhörung».

«Es bringt ja auch mir etwas», hatte er geantwortet und damit ihre Versuche, sich zu bedanken, mit der ihm eigenen Bescheidenheit zurückgewiesen.

Es hatte gut funktioniert. Seit mehreren Jahren brachte Willie nun schon für die Runyons die Ernte ein und sicherte ihnen damit ihren Lebensunterhalt.

Nach und nach, als Huberts und Harrys Kräfte immer

mehr nachließen, übernahm Willie noch weitere Aufgaben. Er kaufte für die beiden ein, er hackte ihr Holz, er schöpfte ihr Wasser. Er nahm ihre letzte Kuh und ihre kleine Hühnerschar bei sich auf und brachte ihnen dafür dreimal die Woche frische Milch, Butter und Eier.

Willie war viel mehr als nur der Pächter der Runyon-Felder: Er war für die beiden alten Männer zum Lieferanten geworden, zum Berater, Handwerker, Schlachter, Postboten und noch manchem mehr.

Im Haus kämpften sich die Brüder noch lange Zeit alleine durch. Doch irgendwann kamen sie nicht mehr an gegen die Berge von schmutziger Wäsche, gegen die klebrigen Fußböden, die ungewaschenen Bettdecken und die schmierigen Fenster. Und nur der Himmel weiß, wie sie mit ihren Kochkünsten überleben konnten.

So war es also kein Wunder, dass sie in Carolyn Morris einen wahren Engel und eine weitere Gebetserhörung sahen. Carolyn war schon von Geburt an der Liebling im kinderlosen Haus der Runyons gewesen, als Virgie und Bessie bei Familie Morris aushalfen. Im Lauf der Jahre waren die beiden Frauen mit großer Freude zu Tanten für das einsame kleine Mädchen geworden, dessen Verwandte weit weg in England lebten.

Als «Caro» eines Tages, während sie mit ihrem Bruder Collum zusammen Krähennester ausplünderte, vom Baum fiel und sich schwer verletzte, wurde die Verbindung zwischen ihr und den Runyons noch enger. Da sie nun körperlich stark eingeschränkt war, wurde sie zu einem zurückgezogenen, stillen und blassen Kind. Ein Besuch bei den Runyons war ein besonderes Erlebnis in ihrem sonst ereignislosen Alltag.

Die meiste Zeit wurde sie zu Hause unterrichtet. Es war deutlich, dass sie nicht mit den anderen Kindern von Donnybrook mithalten konnte, die in jeder Pause und nach Schulschluss aus dem Schulhaus stürmten und bei gutem Wetter mit einer solchen Kraft und Lebhaftigkeit herumtollten, als ob sie schon die Schneetage des bevorstehenden Winters vorwegnehmen würden. Während der langen Winterzeit über vereiste Wege zu schlittern, ging über Carolyns Kräfte; und Reiten wäre zu schmerzhaft gewesen.

Als Carolyn zu einer hübschen jungen Frau heranwuchs, wurde ihr Leben immer bedeutungsloser. Obwohl es ihr gesundheitlich besser ging, so war doch eine Gehbehinderung zurückgeblieben, und wenn sie sich mit den anderen jungen Frauen verglich, hinderte ihr schwaches Selbstbewusstsein sie daran, sich einem Freundeskreis anzuschließen, wie es sonst üblich gewesen wäre.

Doch dann legte sie plötzlich eine ungewohnte Entschlossenheit an den Tag, indem sie darauf bestand, den «Onkeln» Hubert und Harry zu helfen. Den Befürchtungen ihrer Mutter hielt sie mit einer ganz untypischen Hartnäckigkeit entgegen: «Es geht mir gut, Mama. Ich bin viel stärker, als du denkst. Und ich brauche eine Aufgabe für mich ganz allein. Und gleichzeitig würde ich den Onkeln helfen.»

So bestieg sie einmal in der Woche ein Pferd, während ihre Mutter überbesorgt um sie herumschwirrte. Carolyn ritt davon und widmete sich der Herkulesaufgabe, Ordnung in das Chaos im Hause Runyon zu bringen. Je nachdem, wie viel Zeit sie hatte, backte sie für die beiden Männer und kochte ihnen noch ein Abendessen, bevor sie gehen musste – Aufgaben, die sie zu Hause nur sehr begrenzt wahrnehmen durfte. Regina, die über die vermeintliche Tragödie im Leben ihres geliebten Kindes verzweifelt war, neigte dazu, ihre Tochter über die Maßen zu behüten wie eine Henne ihr Küken.

Doch nun, als das Küken flügge wurde und die Welt jenseits des eingrenzenden Zaunes erkundete, regte sich Regina auf und machte sich Sorgen. Und es war kaum auszumachen, was ihr mehr Kummer bereitete: ihr einst zurückgezogen lebendes Kind oder die neue Unabhängigkeit, die es nun hin und wieder an den Tag legte.

Carolyn aber ließ auf ihre eigene stille Art erkennen, dass sie zu einer Frau mit ungeahnten Kräften heranreifte. Es fing damit an, dass sie ruhig, aber bestimmt auf diese kleinen Ausflüge ohne Begleitung bestand und eine Aufgabe anging, die ihre Kräfte scheinbar überstieg.

Und sie blühte auf. Ihr schlankes Gesicht mit den großen, grauen Augen und dem sensiblen Mund verlor seinen nichtssagenden Ausdruck und nahm eine Entschlossenheit an, die es vorher nie gezeigt hatte – und die sich niemand hatte träumen lassen außer vielleicht Carolyn selbst.

Dankbar strich Hubert mit seinem Stock durch den goldenen Weizen, dessen Ähren ihre schweren Köpfe in der Morgenbrise neigten. «Sieht aus, als ob er so weit ist», stellte er fest. «Ich nehme an, Willie wird morgen rüberkommen.»

«Du *nimmst an?* Du weißt doch, dass er kommt», tadelte Harry verächtlich. «Morgen ist Montag, oder nicht? Nach Willie kannst du deinen Kalender richten!»

«Ich nehme wohl an, dass ich das könnte», erwiderte Bert in penetrantem Tonfall.

«Annehmen kannst du ja nicht so gut wie Ausnehmen. Doch dazu hast du nicht mehr genug Mumm in den Knochen.»

«Ich nehme an, ich müsste dich jetzt zu Boden ringen», drohte Hubert scherzhaft.

«Wenn du das tust, dann liegen wir hier, bis Willie kommt.»

«Ich nehme an, dass du Recht hast», stimmte Hubert zu und brachte sich vor dem Stock seines Bruders, der in seine Richtung zielte, in Sicherheit. Er bückte sich steif und untersuchte den Weizen. Den Stock unter den Arm geklemmt, riss er eine Ähre ab, rieb sie zwischen den Händen und führte die Hände zum Mund, um die Spreu wegzupusten.

«Puste nicht zu sehr», warnte Harry, «sonst wirst du noch ohnmächtig. Du hast genauso wenig Puste, wie du Mumm in den Knochen hast.»

«Ich sollte dich das machen lassen, du alter Blasebalg!»

«Dussel, Griesgram, Blasebalg – was ich heute Morgen schon alles war», stellte Harry vergnügt fest. «Ich sehe schon: Ich habe immer noch so eine gewinnende Art.»

Ihre beiden nur noch wenig behaarten Köpfe beugten sich über die Körner in Berts Hand. «Eins, zwei, drei, pusten!», kommandierte Harry, und die beiden spitzten den Mund und bliesen. Der darauffolgende Ausbruch von Heiterkeit wurde ihnen jedoch fast zum Verhängnis. Bert, der das Getreide schon in den Mund stecken wollte, hielt inne.

«Aha», stellte Harry listig fest, «zu viele Lücken im Mahlwerk!»

«Ich musste nur grade dran denken», sagte Hubert, «wie Virgie und Bessie immer einen schönen Brei aus dem ersten Weizen gekocht haben.»

«Wenn ich nur schon dran denke, läuft mir das Wasser im Mund zusammen», nickte Harry. «Wir sind aber nicht so gebrechlich, dass wir das nicht auch selber machen könnten. Immerhin kennen wir ja das Rezept: einweichen und kochen.»

Harry und Hubert pflückten reife Ähren und steckten sie in ihre Taschen, dann kehrten sie wie in einer fröhlichen Verschwörung zum Haus zurück.

«Bert, sieh dir das mal an!»

«Was denn, Harry?»

«Da hat jemand das Haus weggerückt!»

«Tatsächlich.» Beide starrten in die weite Entfernung zwischen ihnen und dem Haus; für ihre schwachen Augen und ihre schwerfälligen Beine schien sie unendlich zu sein.

Das Rattern eines vorbeifahrenden Wagens unterbrach ihr Klagen, und sie wandten sich dem Weg zu, um zu sehen, wer da kam, und um zu winken.

«Sieht nach dem Wagen von den Jamesons aus.» In Harrys Stimme schwang Überraschung mit.

«Ja, tatsächlich. Und es scheinen zwei Leute drinzusitzen.»

«Ja, tatsächlich. Ist einer davon eine Frau, kannst du das erkennen?»

«Ich meine, ja. Es sei denn, es wäre ein Mann, der gerne Rosa trägt. Wie dem auch sei, es muss wohl Dora sein. Jamie würde nie ohne sie zum Gottesdienst fahren.»

«Muss wohl Monate her sein, seit sie das letzte Mal hingegangen sind.»

«Und bei uns ist es noch länger her. Warum in aller Welt sind wir nicht zum Gottesdienst gegangen, als unsere Füße uns noch getragen haben?»

«Wir hatten halt keinen Sinn dafür», sagte Harry bedauernd. «Die Religion haben wir immer Virgie und Bessie überlassen. Jetzt können wir uns nicht mehr auf sie berufen. Wir müssen auf eigenen Füßen stehen – und auf unseren eigenen Knien knien.»

«Harry», fragte Bert nachdenklich, «denkst du, wir werden jemals wieder zur Kirche gehen?»

«Einmal noch, Bert», antwortete Harry düster. «Ein einziges Mal noch, würde ich sagen. Nun, bist du bereit?»

Hubert sah seinen Bruder verwirrt an. «Was meinst du damit – bereit?»

«Nun ja, bereit heimzugehen.»

«Heim? Wie meinst du das – heim?» Hubert stand unbeweglich da, die Augen auf seinen Bruder gerichtet, mit offenem Mund.

«Das Wort ‹Heim› hast du doch schon mal gehört, Bert. Um es genauer zu sagen: Es handelt sich um das Haus dort drüben. Hör auf zu trödeln und schwing die Hufe, sonst kommen wir nicht pünktlich zum Nickerchen nach Hause. Und mach den Mund zu, Bert.»

Beide Männer waren ungewohnt still, als sie sich auf ihren langsamen Nachhauseweg machten. Vielleicht brauchten sie einfach all ihre Kräfte, um Kurs zu halten. Vielleicht wanderten ihre Gedanken aber auch zu einem anderen Heim, das ihnen nun immer näher rückte – und es waren Gedanken, die von Endgültigkeit, Ernst und Sehnsucht geprägt waren.

Endlich im Haus angelangt, legte Harry mit großer Anstrengung seine Jacke ab, und die beiden Männer machten sich in der Küche zu schaffen, trennten den kostbaren Weizen von der Spreu, weichten die Körner in einem Topf mit Wasser ein und fegten das Stroh auf, das überall herumflog.

Schließlich gingen sie mit müden Schritten ins Nachbarzimmer zu ihren Schaukelstühlen. Trotz des milden Herbstwetters brannte ein kleines Feuer im Holzofen. Unter viel Keuchen und Ächzen zogen Harry und Hubert sich die Stiefel von den Füßen, dann lehnten sie sich zurück und streckten ihre Füße mit den Wollsocken zur Wärme hin. Bert schloss die Augen.

«Warte mal noch, Bert», sagte Harry mit Dringlichkeit in der Stimme. «Wir müssen noch nachdenken.»

«Worüber denn jetzt schon wieder?»

Harry ließ sich nicht beirren: «Wir müssen etwas gegen unser Problem unternehmen.»

Bert nickte; er brauchte keine weiteren Ausführungen. «Du willst sagen, dass wir es nicht mehr alleine schaffen.»

«Genau. Wir werden nicht noch einen Winter alleine überstehen. So gut Willie und Caro auch sind, es reicht nicht. Wir sind die meiste Zeit allein, müssen uns um Dinge kümmern, die uns eigentlich zu viel sind, wie zum Beispiel das Holz vom Stapel draußen hereinholen, das Schmutzwasser ausgießen, Mahlzeiten zubereiten. Allein schon unsere Kocherei wird uns noch umbringen.»

«Und einer von uns», ergänzte Bert grimmig, «muss jetzt bald da rübergehen und das Abendessen machen. Und das ist keine schöne Aussicht.»

«Sehen wir den Dingen ins Auge, Bert: Eines Tages wachen wir morgens auf und sind tot!»

In niedergeschlagener Stille sahen die Brüder den Ernst ihrer Lage vor sich: allein, alt, gebrechlich, keine Kinder oder Enkel, kein Ort, wo sie hingehen konnten.

«Was sollen wir also machen, Harry?» Wie es schon immer gewesen war, verließ Hubert sich auf seinen älteren Bruder.

«Ich sehe eigentlich nur eine Lösung: Wir müssen jemanden finden, der hier bei uns wohnen kann.»

«Gute Idee. Du kümmerst dich drum, Harry.» Bert legte den Kopf zurück und schloss die Augen. Doch als Harry nicht antwortete, öffnete Bert wieder die Augen und fragte in die bedeutungsvolle Stille hinein: «Irgendwelche Ideen, Harry?»

«Nicht eine einzige.»

«Dann ist es wohl Zeit zu beten, Harry.»

«Willst du das tun?»

«Nein, mach du mal, Harry. Ich misch mich schon ein, wenn du es nicht hinbekommst.»

Und so, an einem abgelegenen Ort, an einem schwachen Feuer in einem karg eingerichteten Haus, das von unendlichen Meilen Buschland umgeben war, falteten zwei alte Männer ihre abgearbeiteten Hände, beugten ihre steifen Hälse und erhoben ihre dünnen Stimmen zu einem aufrichtigen Gebet: «Gott, du hast es gut gemacht, als du uns Willie Tucker geschickt hast, um unsere Felder zu bestellen, und Caro, die sich um unser Haus kümmert. Und dafür danken wir dir [ungewohnte Zustimmung mit ‹Amen› durch Bert]. Doch wie es scheint, brauchen wir wieder Hilfe. Wir sitzen ziemlich in der Klemme, Herr, weil du uns hier so allein zurückgelassen hast und wir so hilflos sind …»

«Das weiß er doch alles, Harry! Bitte doch einfach um das, worum du bitten wolltest!»

«Nur gut, dass der Herr mehr Geduld hat als du, Bert. Und nun lass mich mal zu Wort kommen.» Harrys tadelnder Tonfall wandelte sich wieder in Ernst, als er weiterbetete: «Herr, hast du nicht jemanden für uns, der hier bei uns wohnen könnte? Vielleicht jemanden, der uns genauso dringend braucht wie wir ihn? Das wäre doch schön, Herr.»

«Amen!»

Dann legten Hubert und Harry den Kopf wieder zurück, um ihr Nickerchen zu halten, und ihre Herzen waren so leicht wie schon lange nicht mehr. Immerhin hatten sie mit ihren Gebeten schon einen Rekord aufgestellt: Auf *ein* Gebet kam *eine* Antwort. Und das war eine solide Vertrauensgrundlage.

Kapitel 4

Abbie gewöhnte sich allmählich an das Leben im Busch. Sie begann zu verstehen, warum das Bedürfnis nach menschlichen Kontakten einen Farmbewohner dazu bringen konnte, jedes Mal zum Fenster zu laufen, wenn eine Kutsche vorbeifuhr. Egal, ob es sich im Sommer um einen Buggy, ein Fuhrwerk, einen Zweisitzer oder einen Karren handelte oder im Winter um einen Schlitten: Stets bedeutete das Klingeln der Geschirre oder das Rattern der Räder menschliche Gesellschaft.

Die Frauen, die durch ihre Arbeit zwangsläufig an das Haus gebunden waren, litten besonders unter der Einsamkeit, dem Gefühl des Isoliertseins, das zu den schwersten Bürden des Pionierlebens gehörte, und Abbie fand bald heraus, dass auch sie darin keine Ausnahme bildete.

Ein anderes Lebewesen zu erblicken, das genau wie sie lebte, liebte, kämpfte, weinte, lachte und einsam war, linderte ein wenig ihr Empfinden, allein auf einem endlosen grünen Ozean zu treiben.

Anfangs kam es ihr unschicklich vor, wenn sie sich selbst dabei erwischte, wie sie den Vorhang zurückzog und den Vorüberfahrenden nachblickte. Doch dann erfuhr sie am eigenen Leib, wie enttäuschend es war, wenn man an einem Haus vorbeikam und es kein sichtbares Zeichen menschlicher Gegenwart gab und kein Winken – diesen stillen Ausdruck der Verbundenheit, der dem anderen ohne Worte sagen sollte: «Ich bin hier, und ich bin für dich da.»

Als Abbie sich gerade mit den Knöpfen an Merrys Sonntagsschuhen abmühte und zu dem Schluss kam, dass sie bald in den Schuppen gehen und größere Schuhe für ihre

Tochter heraussuchen musste, hörte sie schwache Geräusche, die nur eins bedeuten konnten: Jemand fuhr gerade draußen vorbei. Sie drehte sich zum Fenster um, zog den Veloursvorhang auf und winkte, ohne mit der Wimper zu zucken. Und tatsächlich schaute der Mann im Buggy in Richtung Haus und winkte, sehr zu Abbies Freude, zurück. Dann erhaschte Abbie einen Blick auf die Frau an seiner Seite – sie wirkte angespannt und steif und zeigte keinerlei Reaktion; ihre Augen unter der breiten Hutkrempe waren stur geradeaus gerichtet.

«Wer war das, Mama?», rief Cameron aus dem kleinen Zimmer, das er sich mit seinem Zwillingsbruder teilte. Mit einem Bein in der Hose, mit dem anderen draußen hoppelte er zum Eingang und blickte seine Mutter fragend an.

«Geh zurück und zieh dich fertig an», befahl Abbie ihrem Sohn. «Wir sind spät dran. Das waren unsere Nachbarn, und du wirst sie im Gottesdienst sehen.»

«Die Jamesons?», fragte Matthew und zog eine Augenbraue hoch.

Abbie nickte. «Sie fahren nach langer Zeit wohl wieder einmal zum Gottesdienst.»

«Ich habe James – den alle Jamie nennen – schon ein paar Mal getroffen. Netter Kerl. Seine Frau habe ich allerdings noch nie gesehen. Sie heißt Dora, nicht? Und du hast, wenn ich mich richtig erinnere, auch nicht viel von ihr gesehen.»

«Ich würde sie bestimmt nicht erkennen. Obwohl ich ihren Blick wohl nie vergessen werde …»

«Komische Frau», sagte Merry fröhlich.

«Nein, mein Schatz», erwiderte Abbie und kniete sich rasch zu ihrer Tochter nieder, um ihre Schuhe zu Ende zu knöpfen. «Sie ist krank.»

«Sie ist komisch», beharrte Merry, und Abbie beschloss,

das Thema nicht weiter zu vertiefen. Sicherlich hatte Dora krank *und* komisch zugleich gewirkt, als Abbie und Merry sie hatten besuchen wollen.

Abbie wusste, dass man Dora für «seltsam» hielt, seit ihre Söhne gestorben waren, doch man hatte ihr versichert, dass Dora auch gute Tage hatte. Als Abbie mit ihrer eigenen Einsamkeit zu kämpfen hatte, dachte sie voller Mitleid an ihre unsichtbare Nachbarin, die so sehr in ihrer verborgenen Trauer gefangen war. Und so machte sich Abbie an einem einigermaßen freien Nachmittag zusammen mit Merry zu einem Spaziergang auf und schlug den Weg hinüber zur Farm der Jamesons ein.

In der Hand hielt sie einen Blumenstrauß, den sie unterwegs gepflückt hatten, ein duftendes Freundschaftsangebot. Doch schon als sie durch das Tor traten, lief Abbie wieder ein Schauer über den Rücken angesichts der trostlosen Umgebung. Ihr eigener Hof war immer voller Lärm und Leben: Die Kinder spielten oder arbeiteten, die Tiere huschten um sie herum. Matthew war immer beschäftigt und pfiff vor sich hin. Und überall wimmelte es von zahmen und wilden Geschöpfen, die sangen, krähten, gackerten, brüllten und quiekten.

Doch hier gab es, wie sie wusste, keine Kinder – nicht mehr. Diese traurige Tatsache schien allem die Farbe und das Leben zu nehmen.

Ein gedämpftes Hämmern aus einem der Nebengebäude war wie eine Ermutigung für Abbie. Sie und Merry beschleunigten ihre Schritte über den staubigen Weg und wandten sich dem Haus zu. Die Tür war nur angelehnt und öffnete sich wie von selbst um ein paar weitere Zentimeter, als Abbie klopfte.

Die Stille schien unerträglich. Instinktiv spürte Abbie,

dass dort jemand war. Und sie fühlte voller Unbehagen, wie sich ihre Nackenhaare sträubten.

Abbie zögerte. Als sie sich gerade wieder zum Gehen wenden wollte, vernahm sie ein schwaches Schlurfen wie von Pantoffeln. Schritte näherten sich der Tür und machten Halt. Wie gebannt griff Abbie nach Merrys Hand und starrte auf die schmale Türöffnung.

Eine dünne Hand mit langen, ungepflegten Nägeln erschien und umfasste den Rand der Tür. Eine Strähne von ungekämmtem Haar kam in Sicht, dann ein Ohr, eine Wange, ein Auge. Dieses Auge, trüb und leblos, starrte Abbie an, ohne zu blinzeln.

«Hallo», brachte Abbie hervor, und ihr eigenes Lächeln kam ihr unnatürlich vor. «Ich bin Ihre neue Nachbarin, Abigail Rooney, und das ist meine Tochter Merry.»

Der einäugige Blick wanderte nach unten zu dem Kind an Abbies Seite, und das Gesicht – zumindest das, was Abbie davon sehen konnte – verzog sich schmerzhaft. Eine schreckliche Verzweiflung schien sich der halb verborgenen Gestalt zu bemächtigen, fegte den leeren Gesichtsausdruck hinweg und ließ einen Schmerz ahnen, der unerträglich sein musste.

Abbie hatte das Gefühl, als sei ein Vorhang für einen kurzen Augenblick beiseitegezogen worden und ein gesunder Verstand käme zum Vorschein, für den die Wirklichkeit jedoch zu schrecklich war, als dass er sie ertragen konnte. Der gesunde Verstand floh, und die Leere kehrte wieder.

Das Gesicht zog sich so langsam zurück, wie es gekommen war, Zentimeter für Zentimeter, bis erst das Auge verschwunden war, dann die Wange, das Ohr und schließlich die Haarsträhne. Zurück blieb nur noch die klauenartige Hand, die die Tür umklammert hielt.

Die fröhlichen Worte, die Abbie hatte äußern wollen,

blieben ihr in der Kehle stecken, und Merry lächelte unsicher. «Wir gehen jetzt wieder», sagte Abbie sanft in Richtung des Türspalts. Sie legte die Blumen auf einen leeren Sahnekrug und ging mit Merry den Weg zurück, der zur Straße führte.

Hätte sie nicht einen letzten Blick zurück über die Schulter geworfen, so hätte sie nicht gesehen, wie eine schmale Gestalt durch die Tür schlüpfte, sich die Blumen schnappte, sie an ihre magere Brust drückte und wieder im Haus verschwand.

Jamie Jameson war ein oder zwei Mal zur Rooney-Farm gekommen, immer allein und immer in Eile. Matthews Einladung, hereinzukommen, um sich besser kennenzulernen, hatte er ablehnen müssen. Ob er von Abbies Besuch bei seiner Frau wusste oder nicht, erfuhr Abbie nie.

Als er nun vorüberfuhr, winkte er, und Abbie fragte sich, ob ihr Gruß diesem einsamen Mann und der noch einsameren Frau an seiner Seite wohl eine kleine Freude bereitete.

Matthew ging hinaus, um das Pferd aufzuzäumen und an den Buggy anzuspannen, und Abbie machte sich wieder daran, ihre Kinder für den Kirchgang fertig zu machen – ihre Kinder, gesund, glücklich und hier bei ihr, so dachte Abbie voller Dankbarkeit. Sie berührte sie, obwohl es nicht notwendig war, zog an ihren Kleidern herum, die vollkommen gerade hingen, streichelte die rosigen Wangen und strich über das volle, helle Haar, bis die Jungen schließlich die Stirn runzelten und ihr auswichen, voller Ungeduld über die ihrer Meinung nach übertriebene Zärtlichkeit. Selbst diese für ihre Jungen typische Reaktion ließ Abbies Herz vor Dankbarkeit überfließen.

Als Matthew vom Hof her rief, rannten die Kinder zur wartenden Kutsche, während Abbie noch zurückblieb, um

Holz nachzulegen, die Ofenklappe zu schließen und eine Bratform in den Herd zu schieben. Mit etwas Glück würde ihr Mittagessen fertig sein, wenn sie nach Hause kamen.

Sie scheuchte die beiden Katzen nach draußen und zog die Tür hinter sich zu (abzuschließen brauchte man im Busch nicht). Dann kletterte sie hinauf auf den «Jim-Dandy-Klappsitz-Buggy», und schon ging es in rascher Fahrt die Straße hinunter, durch den hellen Sonnenschein, unter einem wolkenlosen Himmel, mit der angenehmen Aussicht, ein oder zwei sorgenfreie Stunden mit ihren neuen Freunden und Nachbarn zu verbringen – und natürlich Gottesdienst zu feiern, fügte Abbie ihrer stillen Aufzählung hastig hinzu.

Heute sah man unterwegs nur wenige neugierige Gesichter. Fast jeder, so schien es, nutzte die letzten herrlichen Tage des Jahres, bevor die kalten Nordwinde herbeifegten und die Menschen daran erinnerten, dass ein bitterkalter Winter vor ihnen lag, in dem das Reisen mühsam wurde, man sich nur selten treffen konnte und mit der Einsamkeit fertigwerden musste.

Doch heute ließen die Menschen von Donnybrook die Einsamkeit hinter sich und kamen über vielerlei Pfade, neu angelegte Wege und wenige breite Straßen herbei, die Gedanken und Herzen auf das kleine weiße Schulhaus gerichtet, das in der Mitte ihrer Gemeinde lag.

Für die Siedler spielte das Schulhaus eine wichtige Rolle, denn es war der Treffpunkt für alle. Ob gesellschaftliche oder politische Veranstaltungen, Picknicke, «Konzerte» (wobei Orgel und Klavier besonders angepriesen wurden) oder eben Gottesdienste – alles wurde dort abgehalten. Und jeder ging hin, ob jung oder alt. Zweifellos war das Schulhaus wie eine Oase in einem weiten, einsamen Land.

So fuhren die Rooneys also die Landstraße entlang. Die

Kinder waren auf Hochglanz geschrubbt und gekämmt und federten auf dem Sitz auf und ab. Matthew in seinem flotten dunkelgrauen Vicuna-Anzug saß an Abbies Seite. Abbies Ängste ließen ein wenig nach. Sie erinnerte sich an ihr frühmorgendliches Gebet, erneuerte ihren Entschluss und hoffte inständig, dass die Predigt des Pastors ihr Mut machen würde.

«Schau mal!», schrie Merry, die auf Abbies Schoß saß, und zeigte mit dem Finger in eine Richtung. «Da ist Caro!»

Der Wagen von Familie Morris bog vor ihnen in den Weg ein. Die Rooneys winkten, und die Kinder riefen lautstark ihre Grüße hinüber, bis Matthew sie zur Ruhe ermahnte.

«Caro hat mich gar nicht gesehen», beklagte sich Merry enttäuscht. Carolyn Morris war eine ihrer Lieblings-Erwachsenen.

Caros Aufmerksamkeit, so schien es Abbie, war auf etwas anderes gerichtet. Der Morris-Kutsche näherte sich von vorne hochtrabend ein Pferd, auf dem, wie man selbst aus der Entfernung sehen konnte, ein ebenso arroganter Reiter saß. Das konnte nur Micah Lille sein, den Abbie bestenfalls dem Ruf nach kannte. Sie beobachtete, wie der gutaussehende Métis-Halbindianer der Morris-Familie im Vorüberreiten einen Gruß zunickte. In ihrer herzlichen Art nickten Samuel, Collum und Regina ihm auch zu und wechselten, wie es aussah, ein paar Worte mit ihm.

Carolyn aber saß wie vom Donner gerührt. Selbst als der Mann schon vorübergeritten war, starrte das Mädchen ihm nach, bis sie regelrecht den Hals verdrehen musste, um ihn zu sehen. Schließlich, so schien es Abbie, warf Regina einen raschen Blick nach hinten, drehte sich um und sagte etwas zu ihrer Tochter. Daraufhin wandte Carolyn sich schnell wieder nach vorne.

Als Micah Lille an den Rooneys vorbeiritt, sah Abbie das

berüchtigte Halbblut das erste Mal aus der Nähe. Er war der Sohn von Joe und Ruby Lille, die wie die anderen Leute hier Farmer waren und absolut anständige Menschen. Doch Micah gab Rätsel auf. Er verbrachte mehr Zeit im Norden, wahrscheinlich im Reservat bei seinen Vollblut-Brüdern, als zu Hause. Vermutlich war er nun hier, um seinem Vater bei der Ernte zu helfen.

Als Reiter und Buggy auf gleicher Höhe waren, traf Abbie ein brennender Blick aus dunklen Augen, bevor sich das stolz erhobene Haupt, dessen bronzene Wangen von langen schwarzen Haaren umrahmt waren, zu einem Gruß neigte. Kein Lächeln umspielte diesen wahrscheinlich schönsten Mund, den Abbie je gesehen hatte. Volle, schön geschwungene Lippen – und doch ein grausamer Zug darin? *Du fantasierst mal wieder!*, wies Abbie sich selbst zurecht. Sie war sich dessen bewusst, dass die Furcht der früheren Siedler vor den Indianern sich auf die folgenden Generationen übertragen hatte. Verständlicherweise äußerten sich diese alten Ängste immer noch in einem gewissen Unbehagen gegenüber den Indianern.

Und selbst die Kinder waren davon betroffen. Ein Indianer, insbesondere ein Halbblut, war ein alltäglicher Anblick. Dennoch waren die Zwillinge, als sie sich wieder auf den gefederten Sitz zurückfallen ließen, starr vor Ehrfurcht. Abbie konnte geradezu vorhersehen, dass die Jungen am folgenden Tag Pfeile schnitzen und Pfeilspitzen daran befestigen würden, die der Pflug zutage gefördert hatte. Sie würden Bogen spannen, sich Hühnerfedern mit einer Schnur um den Kopf binden und ihre Schwester mit Gebrüll und Kriegsgeheul verfolgen.

Anders als Carolyn hatte Abbie nicht das Bedürfnis, sich umzudrehen und dem rätselhaften Mann auf seinem feurigen Pferd nachzublicken – einem Tier, das sich von den

Ackergäulen in der Gegend ebenso unterschied wie ein Adliger von einem Bauern.

«Caro sollte lieber aufpassen», murmelte Abbie halb zu sich selbst, halb zu Matthew. «Ein Mann wie dieser würde sie bei lebendigem Leib verschlingen.»

«Schatz», gab Matthew zurück, «ein Mann wie dieser würde sich keinen Deut um eine unscheinbare Maus wie Caro kümmern. Oder kannst du dir vorstellen, dass ein Adler um einen Spatz wirbt?»

«Nein», sagte Abbie nachdenklich, «aber ich kann mir vorstellen, dass ein Adler einen Spatz umbringt.»

Kapitel 5

Abbie trieb die Kinder in das Gebäude, während Matthew einen Platz suchte, wo er das Pferd und die Kutsche anbinden konnte. Unter den auf der Lichtung ankommenden Wagen fiel der «Jim-Dandy-Klappsitz-Buggy» ebenfalls auf wie ein Vollblut unter Ackergäulen. Abbie, die befürchtete, dass ihre Kutsche ihnen einen Status verlieh, der ihnen nicht gebührte, fühlte sich unwohl angesichts der klapprigen Karren und verschlissenen Buggys, aus denen ebenso abgearbeitete Männer und Frauen ausstiegen.

Wenn ihr nur wüsstet, dachte sie, als sie sich umsah. *Von euch allen bin ich die Schwächste, die Unsicherste. Und unsere Finanzen ...* Bitter dachte Abbie an ihre dahingeschwundenen Reserven und bedauerte, dass sie ein Bild des Wohlstandes abgaben, obwohl ihr Überleben, genau wie bei allen anderen, von der nächsten Ernte abhing.

Doch das gegenseitige Händeschütteln war von echter Herzlichkeit geprägt, das Lächeln offen, und Abbie wurde es warm ums Herz, als sich die unerschrockenen Bewohner des Buschlandes auf der Lichtung drängten und einander als Brüder und Schwestern begrüßten.

Es war nicht von Bedeutung, ob die Hände voller Schwielen und die Gesichter sonnenverbrannt waren. Es machte nichts aus, wenn die Frisur amateurhaft war und die Nackenhaut nach dem frischen Haarschnitt weiß leuchtete. Niemanden störte es, dass die Arme aus den zu kurz gewordenen Ärmeln ragten oder das weitervererbte Kleid für die kleine Gestalt viel zu groß war. Es war auch nicht wichtig, ob die Kleider verblasst waren und die Hüte schon bessere Tage gesehen hatten. Gleichgültig, ob am geflickten Schuhwerk noch die Stalldüfte hafteten: Als die alte Orgel das Vorspiel zum Choral «Oh, Gott, unsere Hilfe von alters her» erklingen ließ und sich alle – ob mit schweren Stiefeln oder mit Sonntagsschuhen – zum ersten Lied des Tages erhoben, schien sich ein herrlicher Glanz über das kleine Gebäude zu legen, die Probleme des Alltags traten in den Hintergrund, und die Herzen vereinten sich zum Lob jener Macht, die «von alters her» die Menschen nie im Stich gelassen hatte und ganz gewiss «die Hoffnung künftiger Tage» war.

«Im Schatten deines mächt'gen Throns, da wohnen wir in Sicherheit. Allein dein starker Arm uns hilft, er wehret allem unsrem Leid.»

Für Abbie waren diese Worte eher ein Gebet als ein Lied. Beinahe – beinahe – konnte sie es in der sie umgebenden Atmosphäre des Glaubens für wahr halten.

Ihre eigenen Sorgen gerieten jedoch schnell in Vergessenheit, als aus den Kehlen der singenden Gemeinde wie ein Paukenschlag die Worte einer weiteren Strophe erklangen und Abbies Blick dabei auf ein Gesicht fiel, das so schmerzerfüllt war, wie sie es noch nie zuvor bei einem Menschen gesehen hatte. Das Lied erstarb auf ihren Lippen angesichts des leidvollen Ausdrucks von Jamie Jameson.

An der Seite seiner zierlichen Frau mit ihrem leeren Blick sah er aus, als ob ein Pfeil sein Herz durchbohrt hätte. «Die Zeit, ein ewig fließender Strom», so sang die Gemeinde, «trägt all ihre Söhne davon, sie fliegen hinweg, so schnell wie ein Traum, der stirbt beim Aufgang der Sonn'.»

Die Singenden, für die die Tragödie der Jamesons etwas längst Vergangenes war, schienen sich der Bedeutung dieser Worte nicht bewusst zu sein. Und der Organist hatte ja nicht vorausahnen können, dass Jamie und Dora an diesem Sonntag im Gottesdienst sein würden. Abbie jedoch, für die die leidvolle Geschichte der Jamesons noch neu war, empfand tiefes Mitleid mit den trauernden Eltern.

Doch schien ihr Mitgefühl für Dora eher überflüssig zu sein. Die Frau sah völlig ungerührt aus, wahrscheinlich war sie versunken in ihrer fernen Welt, in die sie kaum etwas hineinließ, am allerwenigsten etwas Schmerzvolles.

Als das Lied zu Ende war, setzte sich die Gemeinde unter viel Getrappel, Geraschel und Hin- und Herrutschen wieder hin. Der Gottesdienst ging weiter, doch Abbies Gedanken wanderten immer wieder zu der trauernden Mutter, die an ihrem Leid zerbrochen war. Heute sah sie sie zum ersten Mal richtig.

Dora Jamesons ungekämmtes Haar war zu einem Knoten hochgesteckt, ihre Haut war blass und ihr Körper erschreckend dünn. Sie rührte sich nicht, und ihre Miene war ausdruckslos. Nur ihre knochigen Finger drehten an einem Knopf am Oberteil ihres blassrosa Kleides herum, so dass Abbie schon befürchtete, er würde abspringen.

James – oder Jamie, wie alle ihn nannten – war ein großer Mann mit dichtem, dunklem Haar und einem viereckigen Kinn, dessen Form noch durch die besondere Art, wie er seine Kiefermuskeln anspannte, hervorgehoben wurde. Und er hatte sanfte Augen, über denen ein Schatten lag.

Abbie seufzte und blickte wieder weg. Vielleicht deutete sie auch zu viel in die Situation hinein, nun, da sie das Leid der Familie kannte.

Jamie Jameson rutschte auf seinem Sitzplatz hin und her, der so gar nicht geeignet war für einen Mann seiner Größe, und versuchte, Ordnung in seine Gedanken zu bringen. Der Choral mit seinem Hinweis auf die «Söhne» hatte die Mauern schwer erschüttert, die er in seinem Innern immer wieder so mühsam gegen den Schmerz aufgebaut hatte.

Doras Mauern waren unerschütterlich. Manchmal beneidete er sie um die schmerzfreie Existenz, die sie dahinter führte.

Es war ein Kampf gewesen, überhaupt zum Gottesdienst zu kommen, doch er hatte den Eindruck gehabt, dass es wichtig war hinzugehen. Er hatte schon lange keinen Versuch mehr unternommen, und den langen Winter über würde er es wahrscheinlich auch nicht wieder versuchen.

Hier in einer Atmosphäre des Glaubens war es leichter, nach dem Wunder Ausschau zu halten, das wieder Licht in die Augen seiner Frau bringen würde. Die meiste Zeit hatte er den Eindruck, dass dies nie passieren würde, doch im Gottesdienst, wenn ein gewisses Maß an Frieden in seine Seele einkehrte und er in seinem Herzen ein unausgesprochenes Gebet formulierte, dann regte sich auch die Hoffnung wieder.

Als er den Entschluss zum Kirchgang gefällt hatte, war er in aller Frühe aufgestanden, um mit allen Aufgaben rechtzeitig fertig zu werden. Nachdem er die Arbeiten draußen erledigt hatte, hatte er das Frühstück vorbereitet und Dora zum Essen ermuntert, wie er es immer tun musste. Dann räumte er den Tisch ab, während sie auf ihrem Stuhl saß und aus dem Fenster sah. Er legte das Geschirr in eine Schüssel mit Wasser und ließ diese hinten auf dem Herd stehen. Abwaschen würde er später.

Obwohl Jamie schon oft gebügelt hatte, kam er sich doch immer ungeschickt dabei vor. Nachdem er eine Decke auf dem Tisch ausgebreitet und das Eisen erhitzt hatte, gab er sich größte Mühe, die Falten aus einem Kleid herauszubekommen, das wer weiß wie lange zusammengeknüllt unten in der Kommode gelegen hatte. Wenn es darum ging, Dora zu kämmen und für den Kirchgang herzurichten, fühlte er sich besonders hilflos. Und Dora selbst war keine große Hilfe. Sie ließ sich das Kleid von ihm anziehen und zuknöpfen, und sie gab seinen Bemühungen nach, einige ihrer Haarsträhnen zu bürsten. Dann hielt er einen Spiegel vor sie hin und fragte: «Wie sieht es aus, Dorrie? Kannst du es noch ein bisschen besser hinbekommen? Komm schon, bist mein gutes Mädchen.»

Doch er wusste schon von vorneherein, dass sie ihm nicht antworten würde, nicht heute. Es war einer ihrer stillen Tage. *Mein Gott!*, betete er. *Dieses Schweigen – welche Qual!* Dann lieber noch die harten Vorwürfe ertragen, die ihr verwirrter Verstand ihm manchmal an den Kopf warf, als dieses Schweigen! Denn wenn sie schwieg, wusste er, dass sie alles, was sie nicht ertragen konnte, ausgeblendet hatte und sich ihm völlig entzog.

«Dorrie», sagte er geduldig, als Pferd und Wagen vor der Tür bereitstanden, «setz deinen Hut auf. Wir wollen los.» Als sie ihm ihren leeren Blick zuwandte, erklärte er noch einmal: «Es ist Sonntag, Dorrie. Wir gehen zum Gottesdienst. Heute wirst du Regina sehen. Darauf freust du dich doch, oder?»

Manchmal konnte er eine Reaktion bei ihr auslösen, wenn Regina Morris' Name erwähnt wurde. Denn Regina war es gewesen, die ihr in den dunklen Tagen in Jamies Abwesenheit beigestanden hatte, als der Tod im Schatten lauerte und seine gierigen Hände nach ihr ausstreckte, nachdem er schon ihren Kindern den Lebensatem genommen hatte. Und Jamie war nicht da gewesen!

Gott!, betete er zum zehntausendsten Male. *Vergib!* Vielleicht geschah es ja, dass die göttliche Liebe ihm tatsächlich vergab. Aber die menschliche Liebe – niemals. Als lebender Beweis davon saß seine Frau an seiner Seite, eingehüllt in eine krankhafte Trauer, einen irrsinnigen Hass.

Er konnte nicht viel tun – nur beten. Und so neigte Jamie den Kopf und betete.

«Der Gerechten Pfad glänzt wie das Licht am Morgen», las Bruder Victor aus der Bibel, die er in der Hand hielt.

«Wir sind auf vielen Pfaden heute hierhergekommen», fuhr er fort. «Manche haben Abkürzungen genommen, manche sind über staubige Landstraßen oder auf ungebahnten Wegen gefahren. Einige saßen auf Kutschen, ein paar auf dem Pferderücken, viele von uns kamen zu Fuß. Für manche war es ein anstrengender Weg, für andere ging es rasch und leicht voran. Manche kamen aus eigenem Antrieb hierher, andere wurden angespornt, überredet oder», und hier lächelte er, «kamen auf Anordnung [die jungen Leute rutschten peinlich berührt auf ihren Plätzen hin und her]. Der eine oder andere ist in erster Linie hier, weil er eine bestimmte Person treffen will [die jungen Männer hinten versetzten sich gegenseitig vielsagende Rippenstöße]. Und einige kamen sogar, um eine ganz besondere Person zu treffen.» Ein bedeutungsvoller Blick nach oben verlieh dem Gesagten eine humorvolle, aber auch gewichtige Note.

Die Parallelen zwischen ihrer Reise zum Gottesdienst und ihrer geistlichen Reise waren das Thema der Predigt. Egal, wie anstrengend oder dunkel ihr Weg auch war, «der Gott, der sprach: Licht soll aus der Finsternis hervorleuchten, der hat einen hellen Schein in unsere Herzen gegeben.» Niemand, der das Licht Gottes in seinem Herzen trägt, so führte der Prediger aus, ist jemals wirklich in der Dunkelheit.

In Jamies Ohren jedoch und in seinem verwundeten Herzen klangen diese Worte hohl. Der «helle Schein» schien von seinem dunklen Weg so weit entfernt zu sein wie der Tag von der Nacht.

Wie so oft fand Jamie die Hilfe nicht, die er suchte. Heute lag es daran, dass der helle Schein ganz offensichtlich für den Pfad der Gerechten bestimmt war, und Jamie zählte sich selbst eher zu den Ungerechten. Denn ohne jeden Zweifel hatte er Schuld auf sich geladen in seiner Verantwortung gegenüber Dora und den Jungen.

Und doch – müsste er die Entscheidung noch einmal treffen, diese Entscheidung, die sich als so fatal erwiesen hatte, würde er dann nicht wieder genauso handeln? Gott wusste, dass er seine Frau und die Kinder nicht hatte zurücklassen wollen, allein und abgeschieden mitten im Winter im Busch.

Doch angesichts ihrer verzweifelten finanziellen Lage, welche Möglichkeit hätte er sonst gehabt? Welche Wahl hatten die vielen anderen Männer im Distrikt? Als die Ernte so schlecht ausfiel, hatten sie getan, was sie tun mussten, um für ihre Familien zu sorgen. Einige hatten in den nördlichen Wäldern gearbeitet, einige in der Mühle in Prince Albert, und ein paar hatten den weiten Weg zur Küste auf sich genommen, um Arbeit zu finden.

In jedem Fall aber mussten sie Donnybrook verlassen, und wann sie zurückkommen konnten, war ungewiss, denn die Züge wurden durch Schneestürme aufgehalten, und man konnte sich folglich nicht auf die Fahrpläne verlassen. Ein Mann konnte nicht darauf zählen, am Wochenende nach Hause zu fahren. Was immer er also tat, es wurde eine lange Wartezeit, sowohl für ihn, der arbeitete, als auch für seine Frau, die zu Hause geblieben war.

«Geh nicht, Jamie», hatte Dora gefleht, als er zum ersten Mal davon sprach. «Wir schaffen das schon irgendwie, wenn du hierbleibst. Doch ohne dich …»

«Dorrie», bat Jamie sie inständig, «bitte mach es nicht noch schwerer für mich, als es ohnehin schon ist. Du weißt doch, dass ich nicht weggehen will. Aber was soll ich sonst tun? Die Nahrungsmittel, die wir haben, reichen einfach nicht bis zum Frühling. Wir brauchen Geld für so viele Dinge!»

«Arbeite doch in Meridian!»

«Wo denn, Dora?»

Doch sie konnte nicht darauf antworten, denn sie wusste genauso gut wie er, dass es in dem kleinen Dorf nur einen Laden, eine Post, einen Friseur und einen Schmied gab. Sie ließ ihre Augen durch das Zimmer schweifen auf der Suche nach etwas Wertvollem. Worauf konnten sie verzichten? Der Ofen, der Tisch und die Stühle, zwei Schaukelstühle und ein altes Büffet, ihr Geschirr und die Töpfe – sie brauchten alle diese Dinge. Und außerdem waren sie für andere Leute wenig bis gar nichts wert. Und wer hätte schon das Geld gehabt, um sie zu kaufen? Das Pferd und die Kühe waren überlebenswichtig, wenn sie die Farmarbeit weiterführen wollten.

Es gab also nichts zu verkaufen.

Jamie hatte so lange gewartet, wie er es verantworten konnte. Doch eines Tages kam er mit düsterer Miene aus der Falltür im Boden herauf. «Die Kartoffeln reichen uns noch einen Monat», berichtete er. «Wir haben noch zwei Kohlköpfe, einen Sack Zwiebeln, vielleicht eine halbe Kiste Karotten, die allerdings am Verderben sind. Die Rüben sind alle, die Hühner legen nicht genug Eier, und die wenigen Eier, die wir dort unten gelagert haben, gehen uns kaputt.»

«Wir haben doch noch Eingemachtes, Jamie!», rief Dora verzweifelt.

Doch Jamie wusste genau Bescheid: «Acht Gläser Bohnen, vier Gläser Erbsen, ein bisschen Obst, aber das Meiste davon ungezuckert. Wie sieht's mit dem Mehl aus?» Er wusste, dass sie nicht antworten würde.

Während sie sich schweigend auf die Lippen biss, ging Jamie zum Küchenschrank. Der Hundertpfund-Sack war halb leer. Zucker, Tee, getrocknete Bohnen – wenn der Vorrat zu Ende ging, wie sollten sie ihn wieder auffüllen? Sie konnten sich nicht über die Maßen verschulden, wenn sie jemals wieder davon frei werden wollten.

Schweigend beobachtete Dora ihren Mann bei seinen Vorbereitungen zum Aufbruch. Ihr Schweigen wurde von nun an zu ihrem ständigen, traurigen Begleiter. Jamie hackte Holz für einen ganzen Monat und stapelte es auf. Er zog Heu aus den Ecken des Scheunenbodens bis zur Falltür, so dass man es mit einer Heugabel leicht in den darunterliegenden Stall werfen konnte. Er zeigte seinen Söhnen, wie man der Kuh das Wenige, das sie an Milch gab, entlocken konnte, wie man das Eis im Wassertrog brach und den Hennen einen Futterbrei anrührte. Er schrubbte die Boxen sauber und erinnerte die Jungen daran, die Woche über sauberes Stroh nachzulegen. Er bat den jungen Collum Morris, einmal in der Woche vorbeizukommen und den Stall auszumisten. Das Gespann brachte er bis zu seiner Rückkehr zur Morris-Farm.

An seinem letzten Morgen säuberte er den Ofen und brachte die Asche hinaus, und er schaufelte einen Weg durch den Schnee frei bis zu den Nebengebäuden und dem Holzstapel. Er füllte die Holzkiste noch einmal bis obenhin und lagerte einen Extravorrat an Feuerholz auf der Veranda. Und dann hörten sie auch schon die Glöckchen eines sich nähernden Pferdeschlittens und die herzlichen Zurufe der Männer darauf.

«Ich versuche, ungefähr einmal im Monat nach Hause zu kommen», sagte er zu der Frau, die verschlossen, kalt und schweigend vor ihm stand. «Dorrie», flehte er, doch ihre Augen begegneten ihm nicht – sie waren auf das ausgebleichte Linoleum geheftet. Sie verweigerte ihm die erlösenden Worte, mit denen sie ihn von seinen Qualen hätte befreien können, die ihn noch Jahre später verfolgten.

Als er sich zu ihr hinbeugte, bot sie ihm nur die Wange zum Kuss an, ihr Gesicht verdunkelt von der Bitterkeit, die sie immer mehr verzehren sollte. Sie verweigerte ihm die Lippen mit einer Entschlossenheit, die länger andauern sollte, als sie beide es ahnen konnten.

Jamie zog seine abgetragene, mit Schafwolle gefütterte Arbeitsjacke an, hob seine Tasche auf, berührte mit dem Finger die rosigen Wangen seiner Söhne, strich ihnen über ihre dunklen Köpfe und ging.

Drei Jahre später saß er nun im Gottesdienst und hörte einer Predigt zu, die ihm Mut und Hoffnung geben sollte. Doch Jamie Jameson sah nur, wie die Frau an seiner Seite in endlosen Bewegungen ihre Hände knetete, und es war ihm, als würde es ihn inwendig zerfleischen. Er spannte seine Kiefermuskeln an, bis sie zu schmerzen begannen.

Kapitel 6

Wenn die Ernte eingebracht war, begann in Donnybrook-Wildrose die aufregendste Zeit des Jahres, abgesehen von Weihnachten. Zunächst wurden die Rechnungen bezahlt, und es wurde sorgfältig überlegt, welche Anschaffungen im kommenden Jahr fällig sein würden. Das dann noch übrige Geld (wenn welches übrig war) und die Möglichkeiten, die es bot, lösten ein Gefühl der Wonne aus, das von einem Ende des Distrikts bis zum anderen zu spüren war.

Die Siedler, die sich in ihrer Abgeschiedenheit das ganze Jahr über auf die notwendigsten Dinge beschränken mussten – und auch diese waren meistens knapp –, stürzten sich auf den Katalog, so gierig wie Zugpferde, die nach einem langen Arbeitstag an den Wassertrog kommen.

Jedoch herrschte der gesunde Menschenverstand vor: abgetragene Kleidung wurde ersetzt, Schuhe wurden bestellt, dazu Gewehrpatronen, Filzstiefel, Schweineborsten-Entferner, Stulpenhandschuhe, verzinkte Eimer, Strick-, Häkel- und Stopfgarn.

Die Frauen studierten die Schwarzweiß-Bilder, auf denen allerlei Material zu sehen war, und zerbrachen sich den Kopf über Qualität und Farben: Gingham für Schürzen, Flanell für Schlafanzüge, Musselin für Schubladen, Käseleinen für Milchprodukte sowie Leinen – gebleicht, wenn man dafür zwei zusätzliche Pennies pro Meter aufbringen wollte, und ungebleicht, wenn man es sich nicht leisten konnte. Im letzteren Fall bleichte man selber, indem man den derben, naturfarbenen Stoff auf dem Hof aufspannte oder ihn über niedrigen Büschen ausbreitete (möglichst fern von umherstreifenden Hühnern), bis er von selbst, wie im Katalog versprochen, «hübsch und weiß» wurde.

Es war die Zeit, in der man Matratzendrell kaufte, Baumwollfutter, Fliegennetze für die Fenster, Erdhörnchenfallen, Nachttöpfe, Wasserkellen, Teenetze, Kaffeekocher, Milchentrahmer. Es war die Zeit für die alljährliche Bestellung von Wachstuch für den Tisch und vielleicht auch von buntem Linoleum für den rauen Holzfußboden. Es war die Zeit, in der man seinen Vorrat an Schuhwichse, Zahnpulver und Pomade aufstockte.

Und weil es keine medizinische Versorgung gab, brauchte man «Soda-Mint-Tabletten» gegen sauren Magen, Blähungen und Übelkeit, «Bronchialpastillen» gegen Husten, Erkältungen, Halsschmerzen und Heiserkeit, «Pepsin-Tabletten» gegen Verdauungsstörungen und Darmbeschwerden und «Süßholzwurzelpulver» als Abführmittel («selbst von Kindern gern genommen»).

Es war auch die Zeit, in der man seinen törichten Vorlieben Raum geben durfte. John Mobley erfüllte sich einen geheimen Traum, indem er «Pomade Philacome» bestellte, eine «exquisite Verfeinerung für Haar und Bart». Sein Bruder Leroy entschied sich für «Olivenwachs-Pomade», die «Haare, Schnurrbart und Vollbart fixiert und glättet». Norma, ihre Schwester, die fast ebenso viel Bart hatte wie ihre Brüder, ihn im Gegensatz zu ihnen aber nicht pflegen, sondern loswerden wollte, bestellte sich die «feine Pariser Enthaarungscreme». Dieses Mittel, so wurde ihr versichert, «entfernt Haare an allen Anwendungsbereichen sofort, gründlich und dauerhaft». Haare «im Gesicht, im Nacken oder auf den Armen, die für eine feine Dame so unschicklich sind, können nun gefahrlos und mit sicherem Erfolg entfernt werden». Wunder gab es immer wieder!

Großmutter Dunphys Familie tat sich zusammen und

bestellte für sie ein «schwarz lackiertes Hörrohr». Tom Brewster, der Rhythmus im Blut hatte, kaufte sich Klangstäbe aus Rosenholz, und sein Sohn Tommy, der in die musikalischen Fußstapfen seines Vaters trat, bestellte für dreizehn Cent eine Harmonika mit zehn Doppel-Öffnungen auf jeder Seite und achtzig Stimmzungen. Im Winter waren also aus dem Haus der Brewsters mitreißende Klänge zu hören.

Daisy Chalmers, die es nicht fertigbrachte, ihre drei lebhaften, neugierigen Jungen aufzuklären (und der Vater war ein zu verschlossener Mensch, um darüber zu reden), bestellte «Das wahre Mannsein», ein «wissenschaftliches Nachschlagewerk und Handbuch für Gesundheit, Kraft und Reinheit, das die physiologischen Fakten darlegt und die Tatsachen auf sanfte und keusche Art offenlegt». «Dieses Werk», so hieß es, «widmet sich der Vermittlung jenes Wissens, auf das alle zum Mann heranwachsenden Jungen eifrig bedacht sind.»

Ein beständiger Strom von Bestellungen floss aus den Häusern des Buschlandes, und man konnte daraus vieles über die Bewohner dort ableiten, allerdings eher aus den Dingen, die sie *nicht* kauften, als aus denen, die sie bestellten. Zum Beispiel das «magische Präparat zum Aufbau von Fleisch», das versprach, «Falten dauerhaft zu beseitigen und eingesunkene Wangen zu glätten» – es war zwar faszinierend, wurde von den Siedlern aber allgemein verachtet. Auch das «Fettleibigkeits-Pulver» fanden die schlanken Busch-Bewohner überflüssig. Hennennester aus Metall, «von Hühnerzüchtern weit und breit empfohlen», hielt man für zu extravagant für die Hühner von Donnybrook. Keine Frau, die nur über ein bescheidenes Haushaltsgeld verfügte, würde es für belüftete Kleider- und Korsettschützer ausgeben, für eine Boa aus Straußenfedern oder für mokkafarbene Handschuhe mit Seidenfutter. Kein Mann zog ernsthaft in Erwägung, eine Hemdbrust aus Zelluloid zu erwerben, «raffiniert bedruckte Unterwäsche» oder Hosenträger aus reiner Seide mit «gemischten hellen Farben und den feinsten Mustern». Geld musste in Wildrose hart verdient werden und wurde nicht leichtsinnig ausgegeben.

Die eigenartigste Bestellung, über die in vielen Haushalten im Bezirk gesprochen wurde, war Peter Smileys «Grasanzug». Es handelte sich um einen Regenmantel mit Kapuze, der aus «langem, festem Sumpfgras» hergestellt war, garantiert wasserdicht und leicht einzupacken und mitzunehmen. Peter sah wie ein Heuhaufen aus, wenn er damit am Ufer des Sees stand. Schlimmer aber war, dass seine Verkleidung den Wildgänsen und Enten, hinter denen er her war, Angst einjagte und sie verscheuchte.

Die am meisten beneidete Anschaffung war zweifellos Mona Byers «Wäschemangel Ohnegleichen». Mit seiner Klemmvorrichtung, seiner Laufrolle und seiner doppelten Gangschaltung revolutionierte der Apparat wenigstens in einem Haushalt von Donnybrook den Waschtag.

In dem Blockhaus mit der ausgebleichten roten Tür zogen Hubert und Harry Runyon ihre Stühle an den alten Eichentisch, legten das «Wunschbuch» vor sich hin und blätterten mit dicken Fingern die Seiten um, bis sie das Objekt ihrer Wahl vor sich sahen.

«Sollen wir Brillen oder Augengläser nehmen?», fragte Harry, der durch eine Lupe die Seite mit den Sehhilfen betrachtete.

«Gib mir mal das Glas her», erwiderte Harry gereizt,

«dann kann ich eine Entscheidung für uns treffen. Mir gefallen diese ‹Reiterbügel-Brillen›.»

«Und ich mag die ‹Gerade-Schläfen-Brillen›», erklärte Bert. «So können wir sie wenigstens auseinanderhalten.»

«Hier heißt es», las Harry, «dass man nicht die billigsten nehmen soll, weil sie den Augen fast mit Sicherheit unermesslichen Schaden zufügen können.»

«Sie geben zehn Jahre Garantie, Harry! Wenn wir uns nicht damit beerdigen lassen, werden sie sich für uns nicht allzu sehr lohnen.»

Sie blätterten weiter zu dem Abschnitt mit der Überschrift «Wie man die Sehschärfe testet». Hier wurden zahlreiche Fragen gestellt. Da die beiden Brüder ihr genaues Alter nie gekannt hatten, übersprang Bert die Frage, indem er schrieb: «jünger als mein Bruder». Und Harry, der ihm in nichts nachstehen wollte, schrieb mit großer Mühe: «älter als mein Bruder».

Die Frage «Stehen Ihre Augen hervor, oder sind sie eingesunken?» brachte die beiden Brüder dazu, sich Nase an Nase gegenseitig genau zu betrachten. Dann feuchteten sie mit der Zunge ihren Bleistift an und schrieben: «Ja.»

Als sie gefragt wurden, welche Schrift die kleinste war, die sie noch lesen konnten, und aus welcher Entfernung, hielten sie sich mit viel Aufhebens gegenseitig die Tabelle hin und bewegten diese vor und zurück, bis sie ihre Sehschärfe herausgefunden hatten.

«Ich kann die O-P-Linie noch sehen», stellte Bert fest, während Harry nur das große E scharf sehen konnte.

«Und nun», sagte Harry, der die Fragen mit Hilfe der Lupe ablas, «wollen sie wissen, welchen Abstand unsere Pupillen voneinander haben.»

«Aber das kommt doch ganz darauf an, wie weit wir voneinander entfernt sitzen», bemerkte Bert und kratzte sich am Kopf. «Was soll das denn zu bedeuten haben?»

«Sie meinen doch deine eigenen Pupillen, du Dummkopf! Es geht darum, wie weit deine Augen auseinander sind.»

«Ich kann doch meine Augen nicht sehen», klagte Bert, und so erkundeten sie wieder gegenseitig ihr Gesicht. «Sag mal, Harry, du hast aber große Poren!», rief Bert, der die Lupe über das zerfurchte Gesicht seines Bruders wandern ließ.

Harry riss ihm das Vergrößerungsglas aus der Hand und kehrte wieder zu den Fragen im Katalog zurück. «Nummer 10», las er. «Wie breit ist Ihre Nase am Ansatz?»

«Mein Problem ist doch nicht meine Nase, Harry», wandte Bert ein. «Atmen kann ich gut. Die Augen sind es, die mir Schwierigkeiten machen. Bist du auch wirklich auf der richtigen Seite? Nicht, dass wir noch Taschentücher bestellen.»

«Die Brille muss doch auf deine Nase passen, Bert», sagte Harry geduldig und schätzte fünf Zentimeter, während Bert schrieb: «breiter, als bevor ich die Frage gelesen habe».

«Eine noch», sagte Harry mit einem erleichterten Seufzen. «Wie breit ist ihr Kopf an den Schläfen?»

«Breiter als deiner, Harry.»

Unter viel Wortgerangel – dem schönsten seit Tagen – wurde die Bestellung zu Ende ausgefüllt. Zufrieden lehnte sich Bert in seinem Stuhl zurück. Harry blätterte bis zu einer gekennzeichneten Seite weiter, räusperte sich und sagte: «Bert.»

«Hmm?» Hubert war (für seine Begriffe) schnell wieder aufmerksam. Vielleicht war das Tagespensum ja doch noch nicht erreicht.

«Wenn wir diese Bestellung abschicken, sollten wir auch an den nächsten Winter denken und uns ein paar Medikamente besorgen. Weißt du noch, wie wir letztes Mal Schmerzen und Beschwerden, Husten und Schnupfen niederkämpfen mussten?»

«Man müsste eher sagen, dass sie uns niedergekämpft haben.»

«Hier gibt es ein Set, das 36 Flaschen enthält. Allerdings glaube ich, dass wir nicht jedes dieser Medikamente brauchen.» Harry ließ die Lupe über die Liste wandern. «Wir haben zum Beispiel noch nie Anzeichen von Epilepsie gehabt oder den Veitstanz. Und wir brauchen auch keine Medizin gegen Seekrankheit, Gallenkoliken oder Ausschläge.»

«Vielleicht haben wir diese Krankheiten ja und wissen es bloß nicht.»

«Wir können uns auch selber zwölf Medikamente aussuchen, Bert, für einen Dollar fünfzig. Dann schicken sie uns noch eine kostenlose Anleitung mit. Also, wollen mal sehen ...»

«Erwachsene nehmen zwei- bis viermal täglich sechs Kügelchen», las Bert, seinem Bruder über die Schulter schauend. «Dann haben wir ja fast den ganzen Winter über eine Beschäftigung.»

Mühsam wählten die beiden Brüder zwölf Medikamente aus, unter anderem gegen Zahnschmerzen, nervöse Beschwerden, Wassersucht und Flüssigkeitsansammlungen, Katarrh, Grippe, Erkältung mit Kopfschmerzen, Verdauungsstörungen, Verstopfung und Magenbeschwerden.

«Ist es nicht wunderbar, wozu die Medizin heutzutage imstande ist?», staunten die Brüder.

«Ich bin noch unsicher, was diese Bestellnummern betrifft», sagte Harry. «Ich glaube, es ist besser, wenn wir das Caro noch einmal überprüfen lassen, wenn sie morgen kommt.»

«Ja, das stimmt. Sie kommt doch wohl morgen, oder nicht?» Der Gedanke genügte, um Bert wieder in seinen Stuhl zurücksinken und einschlafen zu lassen, zufrieden mit dem Erreichten und in glücklicher Vorfreude auf bevorstehende gute Zeiten.

«Willie kommt einen Tag nach Caro», sagte er noch. «Wir werden ja zu regelrechten Salonlöwen.» Er schlief ein und bedauerte, dass Harry seine Bemerkung nicht gehört hatte. Es war ja kaum auszudenken, auf welche Erwiderung Harry gekommen wäre. Bestimmt hätte es wieder eine neue Runde Palaver gegeben.

Roaney, das alte Zugpferd von Familie Morris, stapfte schwerfällig die Straße entlang, auf seinem breiten Rücken eine Reiterin, leicht wie eine Feder. Wie jede Woche war Carolyn auf dem Weg zu den «Onkeln». Sie ritt ohne Sattel, die Zügel locker in der Hand, und genoss den warmen Pferderücken und die sanften Strahlen der Herbstsonne auf ihren schmalen Schultern und ihren schlanken Armen. Ihr feines, schwer zu bändigendes Haar wehte nur ein wenig in dem leichten Luftzug, der durch die Vorwärtsbewegung des Pferdes entstand.

Es war gut, draußen zu sein. Und noch schöner war es, allein zu sein und die Atmosphäre des Busches in sich aufzunehmen – seine besonderen Düfte, das ganze Spektrum der Herbstfarben, die belebende Frische der Luft. Der Busch jagte Carolyn Morris keine Angst ein, denn sie war in Donnybrook geboren und aufgewachsen. Für sie bedeutete der Busch Schönheit, Sicherheit, Heimat. So sehr sie ihre Familie – Vater, Mutter und Bruder – auch liebte, fühlte sie sich von deren übermäßiger Fürsorge dennoch oft erdrückt. Doch sie konnte es auch verstehen.

Carolyn war ein lebhaftes, glückliches, nach außen gekehrtes Kind von acht Jahren gewesen, als sie von dem Baum fiel und sich schwer am Rücken verletzte. Monatelang musste sie das Bett hüten und schrie vor Schmerzen auf, wenn sie bewegt wurde. Doch allmählich hatte sie sich wieder erholt. Durch das lange Liegen war das eine Bein allerdings geschwächt worden, hatte sich vielleicht sogar ein wenig verkürzt. Und so war eine leichte Behinderung zurückgeblieben, die jedoch im Lauf der Jahre etwas abnahm. Das Mitleid mit ihr ließ ihre Familie stets in übergroßer Sorge auf sie achten, ja, sie erdrückten sie geradezu damit. Sie wurde in ihren Unternehmungen beschnitten, denn ihre Familie drängte sie ständig, vorsichtig zu sein, sich auszuruhen, es nicht zu übertreiben.

Als Carolyn zu einer jungen Frau herangewachsen war, benahm sie sich sanft, unterwürfig und gehorsam. «Die arme Caro», sagten die Leute. «Sie ist so eingeschränkt und verpasst so viel. Dabei ist sie auf ihre stille, blasse Art eigentlich recht hübsch. Ich frage mich, was die Zukunft wohl für sie bereithält?»

Doch irgendwo unter der sanften, unterwürfigen und resignierten Schale loderten die Flammen der Unabhängigkeit, der Leidenschaft und der Energie; dazu eine stille Kraft, die jeden, der diese unauslöschliche Flamme wahrgenommen hatte, erstaunt hätte.

Der Übergang von der Hilflosigkeit zur Hoffnung wurde sogar von Carolyn selbst nicht ganz bemerkt. Doch ihre wöchentlichen Besuche bei den Runyons, die sie entgegen der Warnungen ihrer Eltern unternahm, waren Zeichen ihres Kampfes um Freiheit. Natürlich brauchten Harry und Hubert Hilfe, und sie brauchten sie auch dringend. Doch dass Carolyn darauf bestand, allein dorthin zu reiten, und dass sie stark genug war, die Arbeit zu bewältigen, gab ihr ein Gefühl der Unabhängigkeit, das geradezu berauschend war für jemanden, der so lange darauf hatte verzichten müssen.

Sie hob den Saum ihres Rockes etwas an und streckte ihr schwaches Bein aus, versuchte es hin und her zu drehen und begutachtete kritisch seine inzwischen fast ganz normale Funktion. Folglich war sie unvorbereitet, als plötzlich ein Pferd in vollem Lauf, einen schwankenden Buggy hinter sich herziehend, aus einer Öffnung im Busch zu ihrer Linken hervorbrach, der Wagen auf die Straße schlitterte und gefährlich ins Schlingern geriet bei dem Versuch, dem mächtigen Zugpferd auszuweichen.

«Oh, du liebe Güte!», keuchte Carolyn, als Roaney vor Schreck einen schwerfälligen Satz machte und sie von dem breiten Pferderücken herunterzugleiten begann. Vergeblich versuchte sie noch, sich an die Mähne zu klammern, dann sackte sie zu Boden.

Mehr erschrocken als verletzt, mehr peinlich berührt als ärgerlich, hörte sie, noch etwas benommen, wie eine männliche Stimme in eindringlichem Ton das aufgebrachte Pferd beruhigte. Dann näherten sich rasche Schritte. Der Mann kniete neben ihr nieder und gab einen leisen, besorgten Ton von sich. Carolyn fühlte, wie sich ein Arm unter ihre Schultern schob und sie aufrichtete.

Noch ganz fassungslos, weil alles so schnell gegangen war, blinzelte Carolyn, versuchte wieder scharf zu sehen und blickte in das Gesicht von Micah Lille.

Micahs dunkle Augen, die sie immer für unergründlich gehalten hatte, schauten sie betroffen an. Sein Gesicht, das ihr immer so stolz erschienen war, beugte sich besorgt über sie. Sein schöner Mund hatte jeden arroganten Zug verloren.

An seine Schulter angelehnt, führte Carolyn automatisch ihre Hand an die Brust des Halbblutes und spürte ein Dutzend seiner kräftigen Herzschläge, während ihre Augen, nur wenige Zentimeter von den seinen entfernt, sein starkes Gesicht betrachteten, das offen wirkte, unverstellt, verletzlich und ehrlich.

«Sind Sie verletzt?», fragte die tiefe Stimme besorgt.

Zu spät bemerkte Carolyn, dass ihre Kleidung verrutscht war; vergeblich zupfte sie an ihrem Rock, um ihn wieder in eine sittsame Lage zu bringen. Doch irgendwie, so spürte sie, war es wohl zu spät dafür. Und erst ihr Haar! Doch auch hier war alle Mühe umsonst. Haarnadeln hatten sich gelöst, helle Strähnen kräuselten sich auf ihrer Schulter und ihren Wangen.

«Meinen Sie wirklich, dass Sie schon aufstehen können?», fragte der Mann, als Carolyn, zwar stöhnend, aber doch fest entschlossen, sich aufzurappeln begann. Doch ohne Micah Lilles stützenden Arm ging es nicht.

«Alles in Ordnung», sagte sie so überzeugend wie möglich. Nur ein Zittern in ihrer Stimme verriet, wie sehr sie erschrocken war. Sie löste sich aus seinem Arm, doch ein leichtes Schwanken bewies, dass ihre Unabhängigkeit nur ein Wunschtraum war.

«Alles in Ordnung», wiederholte sie, nicht ahnend, wie mitleiderregend ihre tapfere Anstrengung angesichts ihrer Schwachheit wirkte.

«Das kann ich sehen», sagte der Mann sanft.

«Wenn Sie mir wieder hinaufhelfen würden», sagte sie, während sie den Staub aus ihrem Rock klopfte und nach Roaney Ausschau hielt, «dann wäre ich Ihnen sehr verbunden.»

Micah Lille brachte Roaney zurück, der gemütlich am Straßenrand graste. Er umfasste Carolyns Hüfte mit beiden Händen, schwang sie auf den Pferderücken hinauf und drückte ihr die Zügel in die zitternden Hände.

«Sind Sie sicher ...», begann er.

Carolyn hob ihr Kinn. «Ich bin sicher.»

Der Mann stand schweigend neben ihr, betrachtete ihr Gesicht, und seine Augen waren wieder undurchdringlich. Doch als Carolyn auf Micah Lilles Gesicht hinuntersah, wusste sie, dass sie seinen Blick nie wieder als fern, seinen Gesichtsausdruck nicht als hochmütig und seinen Mund nicht als verächtlich ansehen würde.

Sie trieb Roaney vorwärts und bemerkte nicht, dass Micah Lille ihr noch lange nachsah, als sie wegritt. Dann schüttelte er seine Schultern, als ob er sich von einer drohenden Verstrickung befreien wollte, sprang auf seinen Buggy, trieb sein Pferd mit einem harschen Kommando an und sauste die Straße hinunter.

Kapitel 7

Der Altweibersommer, dieser träge Übergang vom Herbst zum Winter, hatte sich schon zu lange hingezogen. Nur ungern sahen die Leute von Donnybrook-Wildrose ihn vorübergehen; viel zu früh spürten sie, wie die «lange Jahreszeit» ihre kalten Hände nach ihnen ausstreckte und sie mit ihrem eisigen Atem anhauchte. Der Frost schlich sich ein und sprenkelte das Kleid von Mutter Natur über Nacht mit glitzernden Perlen, und er zog sich nur kurz zurück, wenn die Sonne sich am Morgen – immer langsamer und langsamer – über den Horizont erhob.

Nun erlaubten sich die Siedler im Busch eine kurze Atempause, nur einen kleinen Augenblick zwischen dem geschäftigen Treiben im Sommer und der erzwungenen Ruhe im Winter. Zwar gab es genug zu tun: Holz herbeizuschaffen, es zu zersägen, zu hacken und aufzustapeln; Futter vorzubereiten; Risse zu stopfen; Tiere zu schlachten; Keller einzurichten und aufzuräumen; Fenster gegen Stürme zu sichern. Aber es herrschte ein Gefühl des Abwartens vor, eine Art Ruhe vor dem Sturm, die ihren Tagesablauf prägte. Nun war die Zeit für fröhliche Zusammenkünfte, in denen die vollbrachte Arbeit, die eingefahrene Ernte und die abgeschlossenen Vorbereitungen für den Winter gefeiert wurden.

Obwohl es schon kalt war, waren die Seen noch nicht zugefroren, darum kam ein gemeinsames Schlittschuhlaufen nicht in Frage. Jemand schlug eine Essensversteigerung vor, doch dies hätte die Kinder mehr oder weniger ausgeschlossen, denn nicht jedes Familienmitglied hatte genug Geld, um auf eine Kiste mit Nahrungsmitteln zu bieten. Und es kam selten, wenn überhaupt, vor, dass Kinder an

Veranstaltungen des Distrikts nicht teilnehmen durften. Zum einen hätte das Problem bestanden, wer dann auf sie aufpassen sollte. Zum anderen hätte kaum ein Vater oder eine Mutter den vorwurfsvollen Blicken ihrer Sprösslinge standgehalten, wenn diese zu Hause bleiben mussten. Nein, die Sache war klar: Gemeinsame Veranstaltungen in den Siedlergebieten schlossen die ganze Familie mit ein.

Schließlich entschied man sich für einen Spieleabend. Und natürlich war die Schule der einzige Ort, der dafür in Frage kam. Die Schule war nicht nur größer als alle Wohnzimmer von Donnybrook, sie war auch zentral gelegen, was einen großen Vorteil bot.

Jede Hausfrau brachte die leckersten Dinge mit, die sie zubereiten konnte, je nachdem, was ihre begrenzten Vorräte ihr ermöglichten. Rhabarbertörtchen, Butterkuchen, schottische Butterkekse, Biskuittorten, selbstgemachte Süßigkeiten – alles wurde mit großer Sorgfalt rechtzeitig vorbereitet und ständig überwacht, um es vor den Nasch-Attacken der Kinder mit ihren sehnsüchtigen Blicken und vor den ebenso begierigen Ehemännern zu schützen. Dies alles schmeichelte der Köchin natürlich, und es war eine Ehrensache, dass ihr mitgebrachtes Essen nicht nur prachtvoll aussah, sondern auch so wunderbar schmeckte, dass einem das Wasser im Mund zusammenlief.

Der Wagen der Rooneys hielt vor der Morris-Farm, um Samuel, Regina und Carolyn mitzunehmen. Collum Morris war schon mit dem Buggy vorausgefahren, um beim Aufbau der Tische und Bänke für den Abend mitzuhelfen.

Mit Hieven und Zerren und unter reichlich Scherzen wurde die beleibte Regina über das Rad hinauf in den Wagen verfrachtet und nahm auf dem gefederten Sitz neben Abbie Platz. Carolyn kletterte nach hinten und setzte sich auf die Ladefläche neben die Kinder, die in Decken eingewickelt waren. Merry kuschelte sich auf ihren Schoß. Samuel stieg hinauf und stellte sich neben Matthew vorne auf den Wagen, Matthew schnalzte mit der Zunge, und das Pferdegespann lief los, mit klingelndem Geschirr und unter ohrenbetäubendem Räderrattern.

«Bleibt unter den Decken», rief Matthew den Frauen und Kindern zu, während er den Kragen seines Mackinaw-Regenmantels hochschlug und seine Schirmmütze aus Wasserratten-Fell festschnürte. «Nun werden wir ja sehen», hatte er zu Abbie gesagt, als er die Mütze das erste Mal aufsetzte, «ob sie hält, was sie verspricht: ‹Schützt jede Stelle im Nacken, im Gesicht und am Kopf.›»

Als Abbie ihn nun im Licht der Laterne betrachtete, musste sie unwillkürlich lachen. Der «extra lange Schirm, der heruntergeklappt die Vorderseite des Gesichtes schützt», schien seinen Zweck tatsächlich zu erfüllen. Zwischen Schirm und Kragen grinste Matthew mit fröhlichem Gesicht zurück. «Im rauen Klima des Nordens», so hatte der Katalog geraten, «ist eine angenehme, kälteabweisende Mütze ein absolutes Muss.»

Da kann man mal wieder sehen, was für Anfänger wir doch sind, dachte Abbie und linste zu Samuel, der eine abgetragene Mütze mit Ohrenschützern trug, die bequem unter dem Kinn zugebunden war.

Das «raue Klima des Nordens» war an diesem Abend deutlich zu spüren. Die milde Temperatur des Tages war rasch einem eisigen Wind gewichen. Vereinzelte Wolken verdeckten den Vollmond, und Sam bemerkte, er wäre nicht überrascht, wenn es noch vor Tagesanbruch schneite. Es lag tatsächlich ein Hauch von Winter in der Luft.

Abbie dachte an Bruder Victors Predigt vom letzten Sonntag: «Die Ernte ist vorüber, der Sommer ist vorbei.» Obwohl der Prediger die Aussage geistlich gedeutet hatte, bekamen die Worte in Abbies Ohren einen düsteren Klang: Das gute Wetter ist vorüber …

Der Schneeregen, der stechend wie Nadeln herunterprasselte, ließ Abbie nicht nur äußerlich erschauern – die Bäume schienen ihre geisterhaften, kahlen Arme nach ihr auszustrecken, und so sank sie noch tiefer unter die schützende Decke. Merrys hohe Stimme, die «Tante Gina» eine Frage zuwarf, brachte Abbie in die Wirklichkeit zurück.

«Tante Gina, was bringst du mit? Mama hat Stachelbeertörtchen gemacht …»

«Und wie viel Zucker die verschlungen haben», klagte Abbie.

«… und Zimtbrötchen.»

«Ich will welche essen!», schrie Corky und wollte sich auf die Körbe und Kisten stürzen.

«Corky, nein!» Als der ausgelassene Junge sich wieder hingesetzt hatte und die Decken wieder zurechtgelegt waren, war auch Abbies Welt wieder ins Lot gekommen, mehr oder weniger.

«Sie freuen sich so sehr auf das Fest», erklärte sie Regina. «Es war ein arbeitsreicher Sommer, aber ich möchte trotzdem nicht, dass er zu Ende geht.»

Regina legte ihre in Handschuhe gehüllte Hand auf Abbies Arm. «Du machst das alles sehr gut – und wirst es auch weiterhin gut machen», sagte sie freundlich.

«Sagen wir mal, ich mache es besser als am Anfang», meinte Abbie und dachte reumütig daran, wie oft sie Regina verzweifelt um Hilfe gebeten hatte. «Na ja», murmelte sie mehr zu sich selbst als zu ihrer Freundin, «wenn ich es wenigstens bis nach Weihnachten schaffe …» Und als Regina ihre Hand drückte, hatte Abbie das Gefühl, dass sie es doch irgendwie meistern würde.

Entschlossen schob Abbie die furchterregenden Gedanken über ihr Leben beiseite und dachte voller Aufrichtigkeit: *Was könnte eine Frau mehr wollen? Ich habe meinen Mann, meine Kinder, gute Freunde und dazu noch einen schönen Abend vor mir.*

Der Wagen ratterte über die gefrorene Straße, die Sterne warfen ihr kaltes Licht, und die Wolken schienen nur eine Armlänge entfernt über den Mond hinwegzuziehen. So ließ Abbie für den Augenblick den anstrengenden Tag hinter sich, die Anflüge von Heimweh, die ständige Sorge darüber, dass es keinen Arzt in der Nähe gab, und – was sie niemals so ganz vergessen konnte – die Abgeschiedenheit ihres kleinen Hauses im großen Busch.

Dieses Land! So schön, so schrecklich, so atemberaubend, so überwältigend. War es möglich, es zu lieben? Wenigstens, so gab sie zu – hin und her gerissen in ihren Stimmungen wie der regenverhangene, sternenbedeckte Himmel –, wenigstens gelang es ihr, dies alles zu ertragen.

Während Matthew und Sam die Pferde am Zaun anbanden und ihnen Decken über den Rücken legten, brachten Abbie, Regina und die Kinder die Kisten und Körbe ins Schulhaus hinein, wo sie von ihren Freunden begrüßt wurden. Sie hängten ihre Mäntel an die Haken und schlossen sich der Gruppe an, die ihre kalten Hände über den großen, warmen Ofen hielt. Das Feuer loderte fröhlich hinter den Öffnungen, und die eiserne Seite glühte an einer Stelle kirschrot. Nasse Handschuhe häuften sich unter dem Ofen, und der Geruch von nasser Wolle mischte sich mit dem Duft von Kaffee, der auf dem Herd zu köcheln begann.

Die Tische und Bänke waren so zusammengeschoben worden, dass jeweils ein Spielbereich entstand. Mehrere Crokinole-Bretter lagen schon bereit, und die Kinder versuchten sich eifrig darin, ihre Scheiben in das Loch in der

Mitte zu schießen. Jemand hatte das erstaunliche «Seroco-Wende-Spielbrett» mitgebracht und wurde dafür von allen Kindern (und zahlreichen Erwachsenen) beneidet. Es hatte einen drehbaren Ständer und bot auf der Ober- und Unterseite Spiele wie zum Beispiel Chicago, Pyramide, Flasche und Nadel, Drei Ringe, Finger-Billard, Mühle und Backgammon. An den beiden Enden des Lehrerpultes wurde Domino gespielt, und auf der Orgelbank stand ein Mühlebrett.

«Caro! Hey, Caro!», rief eine dünne Stimme aus der vorderen Ecke des Raumes, und eine knochige Hand winkte beharrlich.

«Es sind die Onkel!», stellte Carolyn überrascht fest.

«Na, so was! Das ist ja eine besondere Freude für Harry und Hubert», sagte Regina. «Bestimmt steckt Willie dahinter.»

Es war nicht einfach gewesen. Doch als Harry und Hubert hörten, dass Willie zur Spieleparty ging, bekamen ihre Augen einen so flehentlichen Ausdruck, dass man nicht widerstehen konnte, jedenfalls Willie nicht.

«Würdet ihr beiden denn gerne mitkommen?», hatte er gefragt, und das genügte, um eine einstündige Diskussion zwischen den beiden Brüdern auszulösen.

«Ich könnte es schaffen», hatte Bert begonnen, «aber Harry ist älter als ich. Weiß nicht, wie's mit ihm ist ...»

«Ich bin dir schon, seit du geboren bist, immer hinterhergelatscht!», brummte Harry. «Wahrscheinlich wirst du dich danebenbenehmen, so verrückt, wie du bist. Also muss ich wohl mitkommen, ob ich will oder nicht.»

«Wie sieht's mit euren Kleidern aus?», fragte Willie, ganz praktisch gesinnt, und verbrachte daraufhin mehr Zeit, als er eigentlich hatte, damit, zerknitterte Hosen auszugraben, sie zu bügeln, Socken zu finden, die zueinander passten, Flecken aus Mänteln zu entfernen und sogar Schuhe zu polieren.

«Denkt ihr, ihr könnt rechtzeitig mit dem Abendbrot fertig sein?», fragte Willie und lauschte geduldig einem weiteren Schlagabtausch. Die beiden «Jungs» waren anscheinend in Höchstform. Sie bedauerten lediglich, dass sie von dem Vorhaben nicht schon früher erfahren hatten. Die Vorfreude hätte ihnen tagelang Auftrieb gegeben, so wie sie auch hinterher noch tagelang von dem Abend zehren würden, der etwas Farbe in ihren sonst eher tristen Alltag brachte.

Als Willie sie dann abholen kam – seine schlaksige Gestalt in den besten Sonntagsanzug gesteckt, sein kräftiges schwarzes Haar frisch geschnitten und auf den schmalen Wangen noch die Spuren der Rasur –, waren Harry und Hubert fertig zum Aufbruch.

Willie schob das Holz im Ofen zusammen, schloss die Ofenklappe, blies die Lampe aus und half den älteren Herren in die Kutsche. Er packte sie warm in Decken ein, brachte sie ins Schulhaus, half ihnen aus den Mänteln und fand einen Sitzplatz für sie an einem Mühlebrett.

Folglich war Willie einigermaßen erleichtert, als er Bert nach Carolyn Morris rufen hörte und sie sich gleich quer durch den überfüllten Raum zu den beiden Brüdern aufmachte.

«Williiiiiie.» Das war Doris Trimble. «Jemand muss mal diesen Feuerrost saubermachen ...»

Carolyn gab den beiden Onkeln Harry und Hubert einen Kuss auf den kahlen Kopf, brachte ihnen einen heißen Kakao, hielt Hubert ein Taschentuch an die tropfende Nase und baute das Spielbrett für sie auf.

«Warum spielt ihr nicht zur Abwechslung mal mit jemand anderem?», schlug sie vor.

«Pst! Bau schnell dieses Spiel auf! Großmutter Dunphy hat ein Auge auf Harry geworfen!»

«Tatsächlich? Wo ist sie? Wo?» Harry ließ seine wässrigen Augen umherschweifen, aber Bert zischte: «Sie ist die hinter dem Hörrohr. Du willst den Abend doch nicht damit verbringen, da hineinzubrüllen?»

Als Carolyn noch einmal Kakao nachfüllen ging, schlug ihr plötzlich das Herz bis zum Hals: Die Tür ging auf, und Ruby Lille trat ein, gefolgt von ihrer Tochter Violet und – Micah. Carolyn konnte sich nicht erinnern, Micah Lille je auf irgendeiner Zusammenkunft gesehen zu haben, seit sie ein kleines Mädchen gewesen war und er ein Teenager.

Doch Violet, so dachte sie, ging natürlich gerne zu den wenigen Zusammenkünften, die es im Jahr gab. Mit erst dreizehn Jahren konnte sie dies nicht gut alleine tun, und Ruby war bei schlechter Gesundheit. So mussten sie also auf Micahs Hilfe zurückgreifen.

Ruby, eine mollige Frau mit dunklem Teint, schloss sich sofort ihren Freunden an. Violet, von allen nur «Tiger-Lilly» genannt wegen ihrer auffallenden Kleidung und ihrem geschmeidigen Gang, lief mit raschen, leichten Schritten zu der Ecke, in der andere Mädchen ihres Alters kichernd zusammenstanden und scheue Blicke dorthin warfen, wo ebenso schüchterne Jungen miteinander rangelten und verstohlen zu den Mädchen hinüberschauten.

Zwei Menschen konnten kaum unterschiedlicher sein als «Tiger» und ihr Bruder, dachte Carolyn, als sie Micah beobachtete, der sich am anderen Ende des Raumes lässig an die Wand gelehnt hatte. In diesem Moment hob er den Blick.

Obwohl ein ganzer Raum voller Menschen zwischen ihnen lag, sah Carolyn nur das stolze Gesicht von Micah Lille. Mitten im Trubel von einem Dutzend Spielen, die um sie her in Gang waren, hörte sie nur das Klopfen ihres eigenen Herzens, als seine tiefliegenden schwarzen Augen in die ihren blickten, als könnten sie unter die Oberfläche schauen. Konnten Augen bis ins Herz hineinsehen?

Wie magisch angezogen, machte Carolyn einen raschen Schritt auf Micah Lille zu. Einen Schritt, noch einen – da flog plötzlich die Tür des Schulhauses auf und eine verzweifelte Gestalt stolperte herein.

Kapitel 8

Alle drehten sich zugleich nach dem verstörten Gesicht des Mannes um, der da schwankend in der Tür stand. Sogar die Kinder spürten, dass wohl etwas Schreckliches geschehen war, und blickten sich schutzsuchend nach ihren Eltern um.

Einen Augenblick lang herrschte erschrockenes Schweigen. Der Mann verzog das Gesicht, doch er war unfähig zu sprechen. Regentropfen glitzerten wie Tränen an seinen Wimpern.

«Jamie! Was ist passiert, Mann?» Willie Tucker brach als Erster das angstvolle Schweigen, das mit dem winterlichen Luftzug in den Raum geweht worden war. Willie trat vor und legte seine Hand auf James Jamesons Arm. «Was ist los?»

«Dora! Es geht um Dora!», sagte Jamie heiser. «Sie ist weg!»

«Jamie», erwiderte Willie mit ruhiger Stimme, «das hat sie doch schön öfter gemacht. Du kannst auf uns alle hier zählen. Wir werden sie finden, mach dir keine Sorgen.»

«Aber so wie dieses Mal ist es noch nie gewesen!», rief Jamie verzweifelt. «Sie ist jetzt schon acht Stunden weg, vielleicht auch länger!»

Die Menschen umringten ihren Nachbarn, der sich in seiner Hilflosigkeit und Angst an sie gewandt hatte.

«Als ich heute Mittag nach Hause kam», fuhr Jamie fort, «da war sie weg. Am Anfang habe ich mir keine Gedanken gemacht. Sie unternimmt ja manchmal diese Spaziergänge ...»

Alle wussten von Doras Wanderungen. Wie im Traum – oder besser gesagt, wie im Alptraum – ging sie immer wieder über die Felder oder die Straßen entlang, als suchte sie jemanden.

«Erst mitten am Nachmittag fing ich an, mir Sorgen zu machen.» Eine unbeschreibliche Angst trieb ihn schließlich dazu, das Holz im Ofen zusammenzuschieben, sich warm anzuziehen und mit dem Hund loszugehen. Es brach ihm fast das Herz, als er immer wieder ihren Namen in den kalten, stillen Himmel hinauf- oder in den undurchdringlichen Busch hineinrief. Bis zum Einbruch der Dunkelheit suchte er nach seiner Frau, die durch die Trauer, die sie nicht ertragen konnte, in den Wahnsinn getrieben worden war, sich vor drei Jahren völlig von ihm abgewandt hatte und seitdem wie eine Fremde in seinem Haus lebte.

«Es ist schon fast neun Uhr», sagte Jamie mit angsterfülltem Blick, «und soviel ich weiß, hat sie keinen Mantel mitgenommen.»

Nun kam Bewegung in den Kreis der Menschen, die um ihn standen, als ob die Hand eines Riesen sie angerührt hätte. Sie alle wussten, was es bedeutete, von Frost und Eis überrascht zu werden. Dem Wetter schutzlos ausgeliefert zu sein, war ein furchteinflößender Gedanke.

«Lasst uns einen Plan machen», sagte Willie mit fester Stimme. «Mach dir keine Sorgen, Jamie. Es kommt schon alles in Ordnung.» Er sprach mit einer Überzeugung, die er selbst nicht fühlte, und alle wussten es und bewunderten ihn dafür.

«Wir werden das Gelände Farm für Farm absuchen», fuhr Willie fort, nachdem die Männer vor- und die Frauen und Kinder zurückgetreten waren. «Jeder Mann übernimmt die Verantwortung für seine eigene Farm. Wir können nicht bis Tagesanbruch warten. Allerdings haben wir glücklicherweise Vollmond. Unser Hauptquartier wird die Schule sein. Jemand muss hierbleiben.» Seine Augen wanderten über die Gruppe. Viele Frauen hatten kleine Kinder und waren schon dabei, sie warm anzuziehen, ihre Kisten zu packen und nach Hause aufzubrechen. Regina aber, die treue, freundliche Regina, kam nach vorne. Willie fand die Antwort auf seine Frage in ihrem Blick. «Regina wird hierbleiben», verkündete er.

«Und ich bleibe bei ihr», sagte Abbie, das Herz voller Mitgefühl für den Mann, der mit sorgenvollem Gesicht in der Tür stand. «Caro, kannst du unsere Kinder mitnehmen? Matthew wird unser Gelände absuchen, und ich leiste deiner Mutter Gesellschaft.»

«Bruder Victor ...» Jamie blickte den Pastor mit flehenden Augen an.

«Ja, Jamie, wir werden beten.» Und dann wurde es ganz still, und fünfzig Herzen flehten inständig mit, als der Prediger ein schlichtes Gebet sprach.

Nachdem die letzte Kutsche abgefahren war, schloss Regina die Tür und ging zu Abbie. Zitternd hielten sie ihre Hände über den warmen Ofen. «Ich habe Angst, solche Angst», sagte sie. «Der Regen gefriert sofort, sobald er auf den Boden fällt. Und Dora – sie kann sich nicht um sich selbst kümmern.»

Wie rasch hatten doch der bedrohliche Busch und das nördliche Klima die kurze Ruhepause des Sommers vertrieben, hatte sich leichtherzige Freude in eiskalte Angst verwandelt! Abbie war geschockt, wie schnell alles gegangen war.

Die beiden Frauen schenkten sich Kaffee ein und setzten sich, die Ellbogen auf den Tisch vor sich gestützt. Fast schon konnten sie die kalten Nadelstiche des Eisregens fühlen, der durch die schwarze Nacht peitschte und auf den erhellten Fensterscheiben wie schönes Silber glitzerte. Regina begann, Abbie die ganze Geschichte zu erzählen, von der sie bisher nur Andeutungen gehört hatte.

«Es geschah vor ungefähr drei Jahren. Es war schrecklich, eine der Tragödien des Busches. Das Farmleben ist nicht leicht für uns Frauen, wie du weißt, und das Leben als Siedler ist vielleicht das schwerste. Die Ernte war in jenem Jahr nicht gut. Wer kein Geld hatte, und die meisten hatten keins, für den sah es schlecht aus. Einige Männer gingen nach Prince Albert, um in der Mühle zu arbeiten. Viele gingen nach Norden in die Wälder und manche sogar bis zur Küste.»

Abbie nickte. Die Ernte, das wusste sie, bedeutete alles. Wenn sie ausfiel, hatte man wenig oder nichts, auf das man zurückgreifen konnte. Neuankömmlinge, die keine Rücklagen hatten, waren am schlimmsten dran.

«Jamie hatte keine Wahl. Wir alle wissen das», sagte Regina seufzend. «Und Dora wusste es auch, oder hätte es wissen müssen. Doch sie hatte Angst – und wer kann ihr das verdenken? Sie weigerte sich, den Tatsachen ins Auge zu blicken und zu akzeptieren, dass Jamie gehen musste. Der springende Punkt bei all dem ist, dass sie eine Kraft aufbringen sollte, die sie schlichtweg nicht hatte.»

Schweigend dachten die beiden Frauen an die fast unüberwindlichen Probleme, vor denen eine Ehefrau und Mutter von kleinen Kindern stand, die den Winter im Busch allein verbringen musste.

«Jamie ließ sein Gespann bei uns, so dass Dora sich nicht um die Pferde kümmern musste», erzählte Regina weiter. «Wir wussten, dass sie nirgendwohin konnte, darum ging Sam ab und zu bei ihr vorbei und sah nach ihr und den beiden Jungen. Und Collum mistete regelmäßig den Stall aus. Als Sam das letzte Mal dort war, klagten die Kinder über Halsschmerzen, doch ansonsten war alles normal. Er spaltete Holz für Dora, leerte die Asche aus und erledigte noch dies und das.»

Abbie, die Samuel Morris als netten Mann und guten Nachbarn kennengelernt hatte, konnte sich lebhaft vorstellen, wie treu er der einsamen Frau geholfen hatte.

Regina füllte die Kaffeebecher auf und setzte ihren Bericht fort. «Eines Tages fiel mir auf, dass ich die Jungen schon die ganze Woche nicht auf dem Weg zur Schule gesehen hatte. Je länger ich darüber nachdachte, umso mulmiger wurde mir. Sam spannte das Pferd an, und ich fuhr hinüber. Im Winter besuchen wir uns nicht oft gegenseitig, doch, wie gesagt, ich machte mir Gedanken.»

Regina erzählte weiter: Sie packte eine Schachtel mit Süßigkeiten ein, zog sich warm an und kletterte auf den Schlitten. Das Geschirr und die Kufen ächzten in der schneidend kalten Luft, und so holperte und schlitterte sie über die gefrorenen, schneebedeckten Wege zur Farm der Jamesons. Es war ein wunderschöner Tag mit blauem Himmel und einer weißen Landschaft. Der Atem des Pferdes stieg wie Wolken auf und wehte hinter dem dahinfliegenden Schlitten her. Regina genoss die Ausfahrt in vollen Zügen – bis sie zur Jameson-Farm kam.

Der Weg zum Haus war eine glatte, unberührte Schneedecke. Es war offensichtlich, dass in letzter Zeit niemand das Haus verlassen hatte oder hineingegangen war. Die Stille der ganzen Szene beunruhigte Regina. Es war ein malerischer Anblick wie auf einer Weihnachtskarte. Nichts rührte sich, und kein Laut war zu hören, und doch spürte sie, dass irgendetwas nicht stimmte.

Und dann wusste sie plötzlich, was es war: Es war kein Rauch zu sehen. Dass keiner aus dem Ofenrohr im Wohnzimmer kam, war nicht ungewöhnlich; vielleicht hatte Dora den Raum geschlossen und hielt sich mit den Jungen vorwiegend in der Küche auf. Doch auch aus dem Rohr in der Küche kam kein Rauch, und das war eigenartig.

Konnte Dora mit den Kindern weggegangen sein? Wohl kaum, denn die unberührte Schneedecke bewies das Gegenteil.

Regina ließ die Zügel auf den Rücken des Pferdes klatschen, und das Tier kämpfte sich durch die zugeschneite Fläche bis zum Haus vor. Auch auf der Veranda waren keine Fußspuren zu sehen, und niemand antwortete auf Reginas Klopfen.

Sie öffnete die Tür und rief hinein. Doch ihre Worte schienen in unheimlichen Wolken aus gefrorenem Atem im Zimmer zu schweben. In dem Raum war es noch kälter als draußen, wo einem wenigstens die schwachen Strahlen der Sonne das Gesicht wärmten.

«Dorrie!», rief sie und trat ein. «Bist du da?»

Sie ging über das Linoleum, das so kalt war, dass es unter ihren Schritten knirschte, und betrat den Raum hinter der Küche. Doch auch dieser war kalt und leer, die Fenster waren dick vereist.

Sie blickte zur Treppe. Wieder rief sie, und ihre Stimme hallte die Treppe hinauf. Etwas drängte sie, die Stufen hinaufzusteigen, doch zugleich schnürte es ihr die Kehle zu. Sie zögerte, denn die Stille jagte ihr Angst ein.

Oben angekommen, öffnete sie eine Tür, doch das Zimmer dahinter war leer. Sie öffnete die andere Tür, und ihr Blick fiel auf das Bett. Drei reglose Erhebungen befanden sich dort Seite an Seite, zwei davon klein und die in der Mitte etwas länger.

Regina näherte sich dem Bett und sah in dem schwachen Licht, das durch die eisverkrusteten Fensterscheiben fiel, zwei kleine dunkle Köpfe und zwischen ihnen die irre vor sich hin starrenden Augen der Frau.

Reginas Stimme versagte, und sie und Abbie saßen schweigend, den Schrecken des Geschilderten vor Augen. Der Wind fegte um das Schulhaus und ließ mit seinem Klang Reginas Erzählung noch realer erscheinen.

«Ich warf die Tagesdecke über Doras Gesicht – als ob sie tot wäre», erzählte Regina dann weiter, «ich ging irgendwie aus dem Zimmer raus und die Treppe hinunter. Ich war in einer Art Schockzustand, und mein Körper bewegte sich automatisch, tat, was getan werden musste. Ich kämpfte mich durch die Schneeverwehungen bis zum Holzstapel durch», sagte sie mit einem Schaudern. «Glücklicherweise steckte die Axt noch im Hackklotz. Ich hackte drauflos, bis ich genug Holz zum Anfeuern hatte, dann ging ich wieder hinein und zündete Feuer im Ofen an, erst in der Küche und dann im anderen Zimmer. Das Haus war unvorstellbar kalt. Die Steine, die beim Ofen lagen, legte ich hinein und zog den Teekessel auf die Herdplatte. Er war natürlich voller Eis. Dann ging ich wieder nach oben.»

Mit aller Kraft zog Regina die Decken weg, die Dora fest im Griff hielt, und sah, dass die Jungen tot waren. Als sie die kleinen, leblosen Körper und den fast ebenso steifen Körper der Mutter erblickte, wurde Regina von einem Gefühl der Hilflosigkeit überwältigt.

Nachdem sie ihre Worte wiedergefunden hatte, sagte sie: «Dorrie, hör mir zu. Kannst du mich hören?» Sie wiederholte ihre Frage mit lauterer Stimme, vernahm aber nur ihr eigenes Echo in der Stille des Zimmers. «Dorrie, ich muss Hilfe holen. Ich muss dich eine kleine Weile allein lassen. Ich hole Sam. Aber ich komme, so schnell ich kann, zurück.» …

«Einen Moment lang», sagte sie zu Abbie, «dachte ich sogar daran, ihr zu sagen, sie solle bleiben, wo sie war … es würde bald warm werden. Ich glaube, ich war zu dem Zeitpunkt fast schon hysterisch.»

«Das glaube ich gern», nickte Abbie.

«In Doras Gesicht oder in ihren Augen gab es keinerlei Regung, die mir gezeigt hätte, dass sie mich gehört hatte – oder dass ihr meine Hilfe überhaupt etwas bedeutete», fuhr Regina fort und erzählte dann, wie sie die Treppen hinuntergestolpert war, nach dem Feuer gesehen, Holz nachgelegt und die Belüftungsklappen richtig eingestellt hatte. Dann lief sie nach draußen, schloss die Tür und verließ eine Situation, die furchteinflößender gewesen war, als sie es sich vorgestellt hatte.

«Als ob ich selbst verrückt geworden sei, raste ich mit dem Schlitten auf unseren Hof», sagte Regina, «und Sam lief mir entgegen. Stotternd erzählte ich ihm alles, und er verstand sofort. Er packte Dinge zusammen, die wir brauchen würden, und schickte Collum mit dem Pferd zu Willie Tucker. Weißt du, Willie ist ein Junggeselle, er hatte also keine Familie, die er durch die Diphterie gefährden konnte. Wenn es Diphterie war, wie Sam sofort vermutete. Dann fuhren wir zurück.»

Sam brachte die beiden verstorbenen Kinder in das andere Schlafzimmer, und Regina holte die warmen Steine aus dem Ofen und packte sie zu Dora ins Bett. Sie rieb ihr die Füße, die Arme und den ganzen Körper. Und nur mit Mühe und Geduld gelang es ihr, Dora etwas Suppe einzuflößen.

«Sie schien nicht krank zu sein, weder zu dem Zeitpunkt noch später», erinnerte sich Regina. «Es war merkwürdig. Ich denke, dass sie ganz einfach den Verstand verloren hat, als ihre Kinder krank wurden oder als sie starben. Noch heute läuft es mir kalt den Rücken hinunter, wenn ich daran denke, wie sie die Kinder in das Bett gelegt, sich einen eigenen Platz zwischen den beiden zurechtgemacht und sich hingelegt hat. Es war wie eine Art Nest, und ich denke, sie wäre dort geradewegs gestorben, wenn ich nicht zufällig vorbeigekommen wäre.»

Mit einem gequälten Lächeln fügte sie hinzu: «Ich habe ihren Plan vereitelt, ja, das habe ich. Sie hätte Hilfe holen können, weißt du. Wir wohnen ja nicht so weit entfernt. Aber nein, sie wollte gemeinsam mit den Jungen sterben. Und deshalb mache ich mir heute Abend auch so viele Sorgen um sie. Sie hat keinen Überlebenswillen. Aber nun», fuhr Regina fort, «Willie kam, wie immer in Notfällen, und kümmerte sich um die toten Kinder. Er und Sam zimmerten Särge. Sie legten die Kinder hinein, brachten die Särge in die Kornkammer und stellten sie nebeneinander auf Sägeböcke. Dort sollten sie bis zur Ankunft ihres Vaters bleiben. Ich blieb bei Dora, bis Jamie nach Hause kam und die Beerdigung vorüber war. Bruder Victor ging der kleinen Gruppe zum Friedhof voran – nur ein paar Freunde und Nachbarn. Keiner hatte Angst vor einer Ansteckung, es war ja alles so gefroren, sogar die armen kleinen Leichen. Schließlich stand Dora vom Bett auf, sagte sogar ab und zu etwas. Doch es ergibt nie viel Sinn. Meistens ist sie einfach nur still.»

«Und Jamie?», fragte Abbie. Jamie suchte gerade nach seiner Frau, der es wahrscheinlich gleichgültig war oder die gar nicht wusste, dass sie sich verlaufen hatte.

«Armer Jamie. Er hat alle Hände voll zu tun. Er muss seine eigene Arbeit erledigen und ihre dazu. Manchmal weiß ich nicht, wen von den beiden ich mehr bemitleide.» Reginas rundes Gesicht war voller Mitgefühl. «Sie zumindest lebt in einer Welt, aus der sie allen Schmerz ausgeschlossen hat. Jamie aber ist nie frei von Schmerz. Weißt du, er kann sich selbst nicht vergeben und fühlt sich schuldig an dem, was passiert ist. Er hat sich so bemüht, sich wieder mit ihr zu versöhnen, doch es hat keinen Zweck. Die Wahrheit ist, dass sie ihre Söhne verloren hat, er aber nicht nur seine Söhne, sondern auch seine Frau.»

Der Wind heulte rund um das Gebäude, in dem die beiden Frauen saßen. Es war wie ein Klagegesang. Nur der Himmel wusste, wie es denen draußen ging, die auf der Suche waren.

Jamie neigte den Kopf gegen den Wind, der kaum kälter war als die eisige Hand, die nach seinem Herzen gegriffen hatte. Er wischte die Tropfen ab – halb Schnee, halb Regen –, die ihm wie Tränen übers Gesicht liefen. Hier draußen, ganz allein, hatte er nicht nur mit seiner Schuld zu kämpfen, sondern auch mit seiner Hoffnungslosigkeit und Verzweiflung, und die Wassertropfen schmeckten salzig auf seinen Lippen. Während er den Namen seiner Frau in die Nacht hinausrief, dachte er bitter, dass er sie eigentlich schon vor drei Jahren verloren hatte.

Als die Nachricht vom Tod seiner Söhne ihn erreicht hatte, war er nach Hause gegangen. Was ihn dort erwartete – der Verlust seiner Kinder und die Zurückgezogenheit seiner Frau –, hatte sein Herz wie einen Stein in seinem tiefsten Inneren versinken lassen, wo es seitdem geblieben war. Manchmal waren die Schönheit des weiten Himmels von Saskatchewan oder der Friede der stillen Erde wie Balsam für seine Seele. Doch wenn er die Tür zu seinem Haus öffnete und die verschlossenen Augen seiner Frau sah, dann kehrte die Last seines Kummers zurück.

Anfangs hatte er versucht, den Graben zu überbrücken, sie zu erreichen und ihr zu zeigen, dass er ihre Trauer und ihr Leid teilte. Doch es war zu spät. Sie wollte oder sie konnte ihn nicht hören. Nur in seltenen Augenblicken schien die ausdruckslose Maske von ihr abzufallen, doch was dann zum Vorschein kam, war so schrecklich, dass das andere wie eine Erleichterung schien. Denn wer kann es auf Dauer ertragen, in hasserfüllte Augen und ein wutverzerrtes Gesicht zu blicken, ohne daran zu zerbrechen?

Es gab Zeiten, in denen Jamie wünschte, er könnte sich wie sie in eine Art Kokon zurückziehen, wo er gegen den Schmerz abgeschottet war. Doch er bezahlte seine Schuld auf die einzige Weise, die er kannte: indem er sich so liebevoll wie möglich um sie kümmerte. Sie, seine Frau, war nun sein Kind.

«Dorriiiiiie, Dorriiiiiie...» Ihr Name, in den Winterwind hineingerufen, verhallte und verlor sich in der Stille, so wie Dora selbst es auch getan hatte.

Willie Tucker war es, der sie schließlich fand. Nachdem er das Gelände seiner Farm abgesucht hatte, kam ihm der Fluss in den Sinn. Dass Dora die Kraft gehabt hatte, eine so weite Strecke zu gehen, war zwar unwahrscheinlich, aber dennoch sollte dort gesucht werden. Von den Leuten am Fluss, die oft nur auf der Durchreise waren, war niemand beim Spieleabend gewesen, also würde, soweit Willie es wusste, auch niemand das Buschgelände absuchen, das direkt am Ufer lag. Er füllte seine Laterne mit Petroleum auf und machte sich auf den Weg zum Fluss.

An dieser Stelle floss der Saskatchewan unterhalb der Oberfläche des Landes, in einem tiefen Graben. Das Wasser, das sich schon bald in eine grün-weiße Eisfläche verwandeln würde, hatte nun seinen tiefsten Stand erreicht, den es auch behalten würde, bis im Frühling das Eis schmolz. Im Dunkeln war es möglich, dass man sich durch die hohen, mit Büschen bewachsenen Böschungen drängte und dann plötzlich auf die nackten Felsen und den Sand hinunterstürzte.

Als die Laterne die zerklüfteten Schatten von abgeknicktem Gras und zerfurchtem Sand am Rand der Böschung erfasste, ließ Willie sich erst auf die Knie fallen und dann auf den Bauch. Er bahnte sich einen Weg bis zum Rand, streckte seinen Arm in die Leere hinunter und schwang die Laterne hin und her.

Als der gelbe Lichtstrahl das Flussufer erleuchtete, sah er dort eine schemenhafte Gestalt liegen. Da wusste er, dass er sie gefunden hatte, und ließ sich über die Kante hinuntergleiten bis zum Ufer. Sie lag auf den Kieselsteinen zusammengesunken, ohne Schuhe, zerkratzt und nass.

Von Mitleid erfasst, zog Willie sie aus dem plätschernden, ans Ufer klatschenden Wasser und drehte sie um, so dass die Laterne ihr kaltes Gesicht und die starren Augen erleuchtete. Einen Moment lang kauerte er sich neben ihr nieder, erschüttert über die unvollendete letzte Reise, die sie angetreten hatte, und über Jamie, der seinen einsamen Weg nun ganz alleine fortsetzen musste. Einsamkeit war etwas, was Willie gut kannte, obwohl die meisten Leute in Donnybrook darüber erstaunt gewesen wären.

Schließlich kämpfte sich Willie das steinige Ufer entlang durch, bis er eine Stelle fand, an der er die Böschung hochklettern konnte. Von dort an dauerte es noch fünfzehn bis zwanzig Minuten, bis er die nächstgelegene Hütte erreicht und deren Bewohner aus dem Schlaf geholt hatte.

Als die Sterne am Himmel verblasst waren und mit ihnen die letzte Hoffnung dahingeschwunden war, kam er mit einem holpernden Fuhrwerk – die Verstorbene provisorisch darauf aufgebahrt – die leere Straße herunter, wo ein Kreis von Männern auf ihn wartete. Sie hatten sich still um einen von ihnen geschart, dessen schmerzverzerrtes Gesicht keine Tränen mehr hatte und der nun vortrat, um sie, die zu ihm gehörte, in Empfang zu nehmen.

Dora Jameson wurde zwischen den Gräbern ihrer beiden kleinen Söhne bestattet. Nur Regina Morris erkannte, was der Hügel mit der frisch aufgeworfenen Erde, die bereits zu einer harten Schale gefror, zwischen den kleineren Hügeln auf beiden Seiten bedeutete.

Die gefrorene Landschaft war wie der Tod in Person. Es war schwer, sich vorzustellen, dass es wieder Frühling werden würde, dass das süß duftende Gras aufblühen und im milden Wind wehen würde, die Vögel ihre wunderbaren Lieder singen und die Blumen die Luft mit ihrem Duft erfüllen würden.

In Jamies erstarrter Miene war keine Hoffnung mehr zu finden.

Regina wandte sich von der zerfurchten Erde ab und legte ihre Hand auf den Arm ihres Nachbarn. «Jamie», sagte sie eindringlich, «verbring deine Zeit nicht unnütz mit Trauer. Ganz bestimmt ist Dorrie jetzt von einer großen Last befreit. Ich denke, sie ist nun endlich zur Ruhe gekommen. Und – sie ist bei den Kindern.»

Jamie dachte an die sich immerfort knetenden Hände, den irren Blick und wie Dora stets ruhelos, auf der Suche nach Gott weiß was, war, und er konnte Regina nur zustimmen. Er verließ den tröstenden Kreis seiner Freunde, wandte sich wieder seinen alltäglichen Beschäftigungen zu und stellte fest, dass er nicht einsamer war als zuvor.

Nur manchmal suchte er nach diesen Augen, deren Blick sich nicht erweichen ließ, lauschte nach einer Stimme, die keine Wärme in sich barg – und er vermisste sie. «Wie das Licht am Morgen» – für Jamie hatte das Licht schon vor langer Zeit zu flackern begonnen und war schließlich verloschen. Er rechnete nicht damit, dass es eines Tages wieder leuchten würde.

Kapitel 9

«Diese Fahrt mache ich nicht noch einmal, bevor es schneit und wir den Schlitten nehmen können!», protestierte Regina und presste die Lippen aufeinander, während der Buggy wie wild holperte und hüpfte. Auf der Straße lag zwar kein Schnee, doch die zuvor darüber gefahrenen Wagen hatten Furchen und Erhebungen hinterlassen, die jetzt gefroren und hart wie Stein waren, und so schüttelte der leichte Einspänner seine Insassen erbarmungslos durch. «Fahr langsamer, um Himmels willen!» Regina klammerte sich an die Armlehne, und ihre rundliche Figur schwankte und rollte hin und her, bis ihr fast die Decke von den Knien rutschte.

Carolyn zog die Zügel an, und das Pferd verlangsamte sein Tempo vom raschen Trab zum gemäßigten Schritt. Carolyns leichtes und fröhliches Lachen umspielte ihre kecke blaue Kappe. Regina schaute ihre Tochter nachdenklich an. Wenn sie es nicht besser gewusst hätte, hätte sie vermutet, dass das Kind verliebt war.

Die sechzehnjährige Carolyn, die so zart gebaut war, mit ihrem schmalen Gesicht und der durchscheinend hellen Haut, den hellgrauen Augen und der ruhigen Art, löste bei allen, die sie kannten, die liebevollste Zuwendung aus. Ob Erwachsene oder Kinder – alle behandelten sie, als wäre sie ein schutzbedürftiges Kind. Weil sie so sensibel und außerdem körperlich eingeschränkt war, machten ihre Eltern sich beständig Sorgen um sie, besonders jetzt, da sie zur jungen Frau heranwuchs. Weil ihnen ihr Glück und ihr Schutz so sehr am Herzen lagen, beteten sie darum, dass ihre Tochter jemanden kennenlernte – vielleicht einen älteren Mann –, der sie so beschützen und umsorgen würde, wie sie es taten.

Doch bisher hatte sich noch niemand dergleichen eingestellt. Regina schob ihren Verdacht beiseite und entspannte sich, bemüht darum, diese «neue» Tochter zu akzeptieren. Denn Carolyn, die bisher noch so leicht zu prägen gewesen war, eingepackt in einen schützenden, aber auch einschränkenden Kokon, drohte als starkes und würdevolles Wesen daraus hervorzugehen.

Doch nur Carolyn selbst kannte die unbändige Kraft, die in ihrem Inneren schlummerte. Eine Kraft, die sie noch nie gebraucht und deshalb auch noch nie gezeigt hatte und die nur darauf wartete, durch irgendeinen bisher ungekannten Anreiz geweckt zu werden. Noch war diese Kraft wie ein undeutlicher Klang, wie das erste Stimmen eines Instrumentes, das doch bald die schönste und temperamentvollste Musik von sich geben würde.

Carolyn lachte wieder und lockerte die Zügel. Sie genoss den Wind, der auf ihre Wangen blies und einzelne Strähnen ihres hellen Haares unter der Mütze hervorwehte, so dass sie auf höchst unschickliche Weise hinter ihr herflatterten.

«Halt dich fest, Mama», trällerte sie, und Regina schloss die Augen und hielt sich fest.

In Meridian angekommen, band Carolyn, nur leicht humpelnd, das Pferd lose am Geländer der Veranda fest, während Regina ihr Haar ordnete, in den Laden hineinging, ihre Liste hervorzog und einkaufte.

Carolyn zog die Handschuhe aus und wärmte die Hände über dem Ofen mitten im Raum. Ihre Augen leuchteten, und ihre sonst so blassen Wangen glühten. Doch schnell schwand die Farbe aus ihrem Gesicht und ihr Atem stockte, als ein Mann sich von der Trennscheibe des kleinen

Postbüros in der Ecke des Raumes umdrehte und sie in die Augen von Micah Lille blickte.

Micah blieb stehen, wo er war, und sah Carolyn eindringlich an. Dann ließ er seine Augen durch den Laden schweifen und nur kurz auf Regina ruhen, die im hinteren Bereich an der Kasse stand. Mit schnellen, geschmeidigen Schritten war er plötzlich an Carolyns Seite.

Sein durchdringender Blick, jetzt nur wenige Zentimeter über ihr, ließ den Gruß, den sie schon auf den zitternden Lippen gehabt hatte, verstummen. Es überlief sie heiß und kalt, ihre Knie wurden weich, und fast begann sie unter dem Blickkontakt zu taumeln.

Seine wohlgeformten Lippen öffneten sich leicht, und er raunte ihr nur kurz, aber bedeutungsvoll zu: «Ich fälle Holz unten am Fluss.» Dann war er weg.

Auf der Nachhausefahrt, umgeben von ihren Einkäufen, plauderte Regina über alle Neuigkeiten, die sie in der kurzen Zeit im Laden erfahren hatte, und merkte nicht, wie einsilbig ihre Tochter war.

«Ach ja, und ich habe Huberts und Harrys Post mitgenommen», sagte Regina. «Es ist auch ein kleines Päckchen dabei ... Wahrscheinlich ihre Bestellung aus dem Katalog. Du kannst es das nächste Mal mitnehmen, wenn du hingehst.»

«Morgen», antwortete Carolyn. «Ich gehe morgen hin.»

«Aber du warst doch erst gestern dort», wandte ihre Mutter ein.

«Morgen», wiederholte Carolyn. Und sie spürte wieder diese innerliche Kraft, die diesmal sehr deutliche Töne von sich gab.

Während Regina sie besorgt und stirnrunzelnd umkreiste, machte sich Carolyn bereit, den Runyon-Brüdern ihr Paket zu bringen.

«Collum kann es doch mitnehmen, wenn es so dringend ist», schlug Regina vor. «Du warst erst gestern unterwegs, und du hast gar nicht gut ausgesehen, als wir nach Hause kamen. Ich glaube, es war zu viel für dich.»

«Unsinn, Mama. In Wirklichkeit hat es mir sogar gutgetan. Und heute wird es mir auch guttun.» Carolyn sprach mit einem solchen Selbstvertrauen, dass Regina nur den Kopf schütteln konnte.

«Na gut, dann nimm auch diesen Laib Brot mit zu Hubert und Harry», sagte Regina resigniert. «Willst du, dass ich mitkomme?», fragte sie plötzlich.

«Nicht nötig, Mama», erwiderte Carolyn mit einigermaßen beherrschter Stimme. «Ich komme schon zurecht.»

Regina folgte ihrer Tochter bis auf die Veranda und stand dort, die Arme in ihre Schürze gewickelt, während Carolyn in den Buggy kletterte, das Brot und das Paket unter dem Sitz verstaute und die Decke über ihre Beine breitete. Mit einem Winken und einem Lächeln fuhr sie davon.

Als ihre Mutter außer Sicht war, verblasste das freundliche Lächeln, ihre schmalen Wangen röteten sich, und ihre Augen funkelten. In der vergangenen Nacht hatte sie sich unruhig hin und her geworfen, hatte – schlafend und wachend – vom magnetischen Blick und dem verführerischen Mund eines Micah Lille geträumt. Auch jetzt fühlte sie sich wie unter Hypnose zu ihm hingezogen. Fast, dachte sie, wäre sie dafür über Leichen gegangen, so entschlossen war sie, ihr Vorhaben durchzuführen.

Nachdem sie in den Weg zum Flussufer abgebogen war, befand Carolyn sich schon bald auf dem Land der Lilles.

Bevor sie ihn durch die kahlen Bäume und Büsche hindurch sehen konnte, hörte sie schon den Klang seiner Axt.

Carolyn fuhr auf die kleine Lichtung und hielt das Pferd an. Trotz der Kälte hatte Micah seinen Mantel abgelegt, und seine Muskeln traten unter dem nassen Hemd hervor, als er die Axt gegen den Stamm einer Schwarzpappel schwang. Als er Carolyn schließlich erblickte, legte er die Axt nieder, hob seinen Mantel auf, schwang ihn sich über die Schulter und ging auf den Buggy zu.

Er lehnte sich gegen das Rad der Kutsche und sah Carolyn lange an. «Steig aus», sagte er plötzlich, und sie tat es.

Als sie ihm nun von Angesicht zu Angesicht gegenüberstand, allein, versuchte Carolyn, ihre zitternden Glieder zu beruhigen, hob ihr Kinn und blickte ihm genau so fest in die Augen wie er in die ihren.

Micah rief etwas, streckte die Hand nach ihr aus, zog sie kräftig an sich und beugte seinen Kopf über sie – alles in einer einzigen, schnellen Bewegung.

Seine Lippen pressten sich auf die ihren, heftig, fast brutal. Als er schließlich den Kopf wieder hob, starrte er auf sie nieder. Seine dunklen Augen brannten. Carolyn hielt seinem Blick stand, ohne zu merken, dass ihre Wangen zwar blass geworden waren, ihre Augen aber so unbeirrt dreinschauten wie seine. Ihre Lippen, die vom Druck der seinen pulsierten, waren immer noch erwartungsvoll erhoben.

Mit etwas, das wie ein Stöhnen klang, stieß Micah sie von sich. «Was ist los mit dir!», zischte er. «Weißt du nicht, dass anständige Mädchen so etwas nicht tun?»

«Es schien mir durchaus – anständig.»

Dieses Mal war es eindeutig ein Stöhnen. «Warum hast du mich so angesehen, beim Spieleabend und im Laden?»

Carolyn schützte keine Unwissenheit vor. «Warum?», fragte sie. «Was hast du in meinem Blick gesehen?»

«Wenn ich jemals in den Augen einer Frau eine Einladung gesehen habe, dann war es in deinen», sagte Micah mit Nachdruck.

«Und das macht dir zu schaffen.»

«Ich bin aus Fleisch und Blut, Mädchen!»

«Ja, und aus sehr schönem Fleisch und Blut», erwiderte Carolyn sanft, und Micah blickte sie an – erst überrascht, dann zornig.

«Und anständige Mädchen sagen solche Dinge nicht», knurrte er.

Carolyn ging einen Schritt nach vorne, lehnte sich an ihn und hob ihr Gesicht zu ihm auf. Micah biss die Zähne aufeinander und wandte seinen Kopf ab; die Arme ließ er hängen.

Carolyns Augen blickten verwirrt. Sie wich zurück und sagte: «Micah, ich glaube, du verstehst mich nicht. Ich spiele hier nicht ‹anständig› und ‹unanständig›. Ich spiele nämlich überhaupt nicht.»

Für einen kurzen Augenblick schien Micah den Atem anzuhalten. Dann aber sagte er grob: «Steig wieder in den Buggy.» Still folgte Carolyn seiner Aufforderung.

Sie betrachtete sein verschlossenes Gesicht, das dunkler aussah als sonst, und als sie oben auf dem Sitz des Buggys saß, rührte sie sich nicht, sondern wartete, ob er ihr seinen Blick zuwenden würde. «Sieh mich an, Micah», bat sie schließlich sanft.

Fast widerwillig blickte er sie an. Und stöhnte wieder. Dann packte er seine Jacke, die er auf das Rad des Buggys gehängt hatte, und ging weg.

Carolyn sah ihm nach, ein sanftes Lächeln auf den Lippen, während er seine Jacke wegschleuderte, die Axt aufhob und die Klinge mit übermäßiger Kraft in den Baumstamm hineinschlug.

Carolyn aber, die sich stärker fühlte als je zuvor in ihrem Leben, lenkte die Kutsche aus der Lichtung. Nachdenklich berührte sie mit der Fingerspitze ihre brennenden Lippen.

Kapitel 10

Am späten Nachmittag begann es zu schneien – große, weiße Flocken segelten so träge nieder, dass man ihnen kaum eine böse Absicht zutrauen konnte. Auch sah es nicht so aus, als würden sie lange überleben (wenn man sie in der hohlen Hand auffing, schmolzen die zerbrechlichen Wunderwerke zu Nichts dahin), doch die Leute von Donnybrook-Wildrose wussten es besser. Wie Wolle zu einem langen Schal gestrickt wurde, so würden sich die zierlichen Flocken miteinander verbinden und über Nacht zu einer erdrückenden Masse werden.

Die vertrauten Wege zur Scheune, zum Brunnen und zum Holzstapel waren schnell verdeckt; ein versehentlich liegengelassener Hammer oder eine Säge blieben die ganze lange Jahreszeit über verschwunden; stinkende Misthaufen, schmuddelige Hühnerställe und Spaltholz-Stapel verwandelten sich in weiße, unberührte Berglandschaften.

Jamie Jameson stapfte durch einen Vorhang aus Schneeflocken von der Scheune zum Haus. Er schloss die Tür hinter sich, zündete die Lampe an, blies die Laterne aus, hängte sie neben die Tür, und seine leere Welt hüllte ihn ein. Automatisch schürte er den Ofen, legte noch Holz nach, zog einen Topf mit Bohnen, die den Tag über hinten auf dem Herd geköchelt hatten, auf die vordere Platte und hatte innerhalb weniger Augenblicke noch weitere Zutaten für sein Abendessen zusammen: ein Stück Brot, mit Butter bestrichen (aus der, wie er ärgerlich feststellte, immer noch die Buttermilch quoll), und eine Tasse aufgewärmten Kaffee. Das Knistern des Feuers war das einzige Geräusch, abgesehen vom Klappern des Ofenrohrs, wenn ein Windstoß kam.

Als er die Einsamkeit und Stille nicht länger ertragen konnte, zog er seine Stiefel aus, wickelte sich in eine Decke und legte sich zum Schlafen auf das Bett, das er nach Doras Beerdigung von oben heruntergeholt hatte, einerseits aus Bequemlichkeit, andererseits um die schrecklichen Erinnerungen hinter sich zu lassen.

Obwohl der Winter gerade erst begonnen hatte, stellte Jamie fest, dass er bereits den Frühling herbeisehnte.

Die ungewöhnliche abendliche Stille bereitete Abbie Unbehagen. Sie warf einen Blick aus dem Fenster auf das unaufhörliche, unbarmherzige Schneetreiben und widerstand dem törichten Impuls, die Ihren zu zählen: «Eins, zwei, drei, vier, alle sind versammelt hier.»

Wie eine Henne breitete sie besorgt die Flügel über ihrer Brut aus. Der Kreis, der ihnen Licht und Wärme gab, schien so winzig unter dem großen Himmel und das Haus so klein und versteckt im tiefen Busch. Von einer beinahe leidenschaftlichen Sorge erfasst, sammelte sie ihre Küken um sich, rückte ihren Stuhl neben Matthews und versuchte, die einsame Stille nach draußen zu verbannen.

Der Frühling und die Blumen, der sanfte Wind und der Sonnenschein – all das schien eine Million Tage und tausend Träume entfernt.

Willie Tucker, für den der Winter nur eine von vier Jahreszeiten war, machte es sich nach dem Abendessen am Feuer gemütlich, eine seiner wenigen Pausen. Er lehnte seinen Kopf mit dem vollen Haar an die Rückenlehne des Schaukelstuhls, schloss seine tiefliegenden Augen (man sagte, sein hageres Gesicht habe große Ähnlichkeit mit dem Abraham Lincolns) und dachte über die bevorstehenden Aufgaben des nächsten Tages nach.

Sein eigenes Haus, das seine Mutter vor Jahren noch instandgesetzt und das er selbst gut in Schuss gehalten hatte, bedurfte derzeit keiner weiteren Aufmerksamkeit. Nasse Socken baumelten, ordentlich aufgehängt, an einem Draht, den er hinter dem Ofen entlang gespannt hatte, und in einem Topf ging die Hefe, die er für das nächste Backen brauchte. Wie immer machte Willie sich vor allem Gedanken um andere – in diesem Fall um die Runyon-Brüder und ihre Hilflosigkeit.

Hubert und Harry, die sich wie die Schneekönige über ihre neuen Brillen freuten, würden – trotz aller Einschränkungen durch den Schnee – sicher noch mehr aufleben, wenn er die Zeitungen und Zeitschriften, die sich bei ihm angesammelt hatten, mit ihnen teilte. Da die beiden früher in den Vereinigten Staaten gelebt hatten, würden sie sich bestimmt köstlich amüsieren über den kürzlich erschienenen Bericht von einem Mann aus Montana, der eines seiner Hühner fürs Abendessen schlachtete und in Kropf und Magen des Tieres mehrere Goldstücke fand. Einunddreißig Hühner hatten auf demselben Stück Land gescharrt, und so führte der Mann bei allen von ihnen nach ihrem Ableben eine «Obduktion» durch. Er fand bei jedem Huhn Goldstücke, insgesamt im Wert von dreihundert Dollar. Nun investierte er sein Geld in weitere fünfzig Hühner und schickte sie auf Goldsuche. Zwei Tage später schlachtete er eines der Hühner und fand in seinem Kropf Gold im Wert von zwei Dollar. Somit war seine Hühnerfarm, so berichtete der «Jugendbote», die erfolgreichste aller Zeiten.

Willie dachte an die unendlichen Diskussionen, die diese Nachricht zwischen Hubert und Harry auslösen würde, und sein kantiges, sonst eher schwermütiges Gesicht fing an zu lächeln.

Willie selbst hatte auch eine Geschichte angefangen, und nun zog er die Lampe näher heran und begann dort weiterzulesen, wo er am Abend zuvor aufgehört hatte: «Sie zog das hübsche Abendkleid an, das ihre Mutter genäht hatte, eilte sorglos davon und bemühte sich, deren von der Arbeit gezeichnetes, müdes Gesicht nicht zu beachten, das ohne Worte von den nächtlichen Stunden mühsamer Schneiderarbeit erzählte. Hätten die Säume, die von der Mutter genäht worden waren, der Tochter, die das Kleid trug, von all den Gebeten, Ängsten und Träumen berichten können, die die dahinfliegende Nadel in sie hineingewoben hatte, vielleicht wäre die Mutter dann durch ein häufigeres Wort der Anerkennung glücklicher gemacht worden.»

Wenn Willie hier eine Ähnlichkeit entdeckte zwischen der Schneiderin, die keinen Dank erhielt, und sich selbst, niemand hätte etwas davon geahnt. Das Leben forderte mehr von Willie, als es ihm zurückgab. So war es eben. Der gütige Gott ließ Willie im gesegneten Stand des Junggesellen bleiben, so dachten die meisten Leute, damit er bei jedem Mangel und bei allen Problemen und Nöten des Distrikts helfen konnte. Willie zu danken war genauso wenig nötig, wie der Sonne für ihre Wärme zu danken.

Morgen, dachte Willie, wenn die Straßen passierbar waren, würde er zu Harry und Hubert gehen, ihnen die Zeitschriften, frische Milch und ein paar Eier bringen und ihren Wasser- und Holzvorrat auffüllen.

Doch trotz seiner Hilfe – würden die beiden alten Männer es durch den Winter schaffen? Würde es für Harry und Hubert einen weiteren Frühling geben?

Im Haus von Familie Morris zog Carolyn den steif gestärkten Vorhang zurück und betrachtete verzweifelt den fallenden Schnee. So wie der Hof nun unter einer immer dichter werdenden Schneedecke verschwand, so würde es, wie sie wusste, auch mit jener Waldlichtung geschehen, auf der Micah Lille den Jahresvorrat an Feuerholz für seine Eltern fällte.

Auch wenn er sie nach seinem leidenschaftlichen Kuss auf eine so befremdende Weise von sich gestoßen hatte – es machte ihr nichts aus. Was auch immer der Grund dafür war, sie war zuversichtlich, dass sie mit seinen Bedenken fertigwerden konnte. Carolyn vermutete, dass Micah von der fälschlichen Annahme ausging, sie könne sich nicht wirklich für einen Mann interessieren, der zur Hälfte Indianer war. Doch nachdem sie nun den einen Mann auf der Welt (ihrer kleinen Welt immerhin) gefunden hatte, den sie lieben konnte, wusste Carolyn, dass sie stark genug war, jedwedem Widerstand zu begegnen, sei es von Micah oder von ihren Eltern.

Sie ging von einem Fenster zum anderen im Haus, bis ihre Mutter sagte: «Der Schnee wird liegenbleiben, Liebes. Du wirst noch genug davon zu sehen bekommen, bis es Frühling wird.»

Frühling! Konnte sie bis dahin leben, ohne Micah gesehen zu haben, und sei es nur kurz? Würde er in Donnybrook bleiben oder in den Norden zurückkehren wie die Jahre zuvor?

Wie ein gefangenes Tier schweiften Carolyns Gedanken hin und her und suchten nach Mitteln und Wegen, um mit Micah Lille zusammen zu sein. Für Carolyn war der Frühling noch nie so grausam weit entfernt gewesen.

Kapitel 11

Der unansehnlich gewordene Weihnachtsbaum war nun endlich abgeschmückt und nach draußen gebracht worden, wo er am Holzstapel lehnte, ein grüner Klecks mit einem Hauch von Kieferndufft. Corcoran und Cameron, die nach den Ferien wieder zur Schule gingen, hatten der Entfernung des Baumes nur widerwillig zugestimmt.

Die Zeit der Feiertage war für Abbie besser verlaufen, als sie zu hoffen gewagt hatte, obwohl es auch einen tränenreichen Moment gab, als das Paket von «Zuhause» eintraf und die in buntes Papier verpackten, geheimnisvollen Geschenke zusammen mit den bescheidenen Präsenten von Abbie und Matthew unter den Baum gelegt wurden.

Den ersten Weihnachtstag verbrachten sie mit Familie Morris. Abbie hatte Brötchen und Kürbistörtchen für das Mittagessen gebacken. Alles, so schien es, musste sich nach den Abläufen auf der Farm richten.

Zuerst hatte Abbie in den Schuppen gehen und nach den «halbgroßen» Straußenfedern suchen wollen, die dort irgendwo sein mussten. («Die schlechte, allzu flauschige Ware führen wir nicht», hatte der Verkäufer in Ontario stolz erklärt.) Abbie konnte sich gut vorstellen, dass die Federn Reginas abgetragenen schwarzen Samthut verschönern würden, doch dann hatte sie sich eines Besseren besonnen. Regina würde ihren Hut weiterhin ohne Federn tragen, dafür besaß sie nun aber in ihrer Küche ein neues Paar Topflappen. Während der langen, dunklen Abende hatte Abbie sie selbst genäht, und die Aufgabe hatte ihre Gedanken davon abgelenkt, dass der Winterwind um die abgelegene Hütte fegte, am dünnen Ofenrohr rüttelte und gegen die Fenster drückte. Regina hatte Abbie eine

Schürze geschenkt, die sie aus einem Stoffrest von Caros Sommerkleid aus Cord angefertigt und mit Stickereien verziert hatte, damit sie nicht nur nützlich, sondern auch schön war.

Abbie trug die Schürze, als sie gemeinsam mit der eifrig helfenden Merry die Kiefernadeln auffegte. Sie stellte fest, dass sie bisher zufriedenstellend durch den Winter gekommen war, und so warf sie dem Busch, der sie immer wieder einzuschüchtern versuchte, ein lautlos triumphierendes «Na, bitte!» zu. Manchmal stellte sie sich vor, wie er nur eine Armlänge von ihr entfernt kauerte und auf irgendetwas wartete, was auch immer es war. In diesen Zeiten schienen Ontario und das angenehme Leben dort weit, weit weg, und die Einsamkeit nagte an ihr wie die Sandflöhe im Sommer.

«Entweder schaffe ich es jetzt, oder es wird bis zu meinem Lebensende bei dem Versuch bleiben!», murmelte sie grimmig, als sie die Kiefernadeln in den Ofen warf. Ein wunderbarer Waldduft erfüllte das Haus, und Abbie seufzte, wieder einmal hin und her gerissen zwischen der Schönheit und der Bedrohlichkeit des Busches.

Plötzlich kam ihr das Haus zu klein vor. Spontan warf sie ihre Schürze beiseite. «Merry», fragte sie, «was hältst du davon, wenn wir eine Weile hinausgehen?»

«Ooooh, ja!», rief Merry, und ihre blauen Augen leuchteten, als sie versuchte, das Band ihrer Schürze zu öffnen.

Obwohl die Sonne immer wieder durchkam, war es doch ein außergewöhnlich kalter Tag. Abbie packte ihre Tochter in mehrere Kleidungsschichten ein und band ihr schließlich noch einen Wollschal um den Hals, zwischen den Mantelkragen und die Strickmütze. Merry sah drollig aus, fast wie die übermäßig ausgestopfte Babypuppe, die ihre Großmutter ihr zu Weihnachten geschickt hatte. Abbie gab ihr einen liebevollen Kuss auf die raue Nase und zog dann selbst ihren Mantel an und ihre Gamaschen aus Gummi mit den drei Schnallen.

«Wir hinterlassen den Jungs eine Notiz», sagte sie, «nur für den Fall, dass sie vor uns nach Hause kommen.» Sie suchte nach einem Stück Papier und einem Bleistift, kritzelte rasch eine Nachricht hin und lehnte den Zettel gegen den rubinroten Essiggurken-Spender mit Zange, der mitten auf dem runden Eichenholztisch stand.

«Wo gehen wir hin, Mama?», erklang Merrys gedämpfte Stimme. Sie warf den Kopf zurück, um ihre Mutter durch den schmalen Schlitz zwischen Schal und Mütze sehen zu können.

«Papa suchen», entschied Abbie. Wo sollten sie sonst hingehen? Der Weg, der zum hinteren Teil des Geländes führte, war vergleichsweise leicht begehbar, denn Matthew hatte ihn in den vergangenen Tagen zahllose Male mit dem Pferd und dem Bretterschlitten benutzt.

«Kann ich auf dem Bretterschlitten mitfahren, Mama?»

«Wahrscheinlich, wenn Papa vorhat, nach Hause zu kommen.» Abbie kontrollierte die Ofenklappe, zog ihre mit Ziegenfell gefütterten Handschuhe an und öffnete die Tür.

Matthew fällte Bäume für den nie endenden Bedarf an Feuerholz. Mit etwas Glück konnte er die Stämme herholen, bevor sie unter einer neuen Schneedecke verschwanden. Und wenn nicht, konnten sie dort liegenbleiben, bis sie im Frühjahr gebraucht wurden.

Matthew, den die erzwungene Ruhe im Winter rastlos machte, erledigte die muskelzehrende, schweißtreibende Arbeit alleine und genoss offensichtlich die damit verbundene körperliche Anstrengung. Schließlich würde er mit

Hilfe von anderen die Stämme zu Spaltholz zersägen und in der Nähe des Hauses aufstapeln.

Abbie und Merry überquerten den Hof und betraten den Busch. Sie folgten der Spur des Bretterschlittens, eines breiten, niedrigen Fahrzeugs, das aus zwei langen, geschälten Stämmen und quer darauf befestigten Brettern bestand. Ein paar wenige leichte Schneeflocken wehten auf ihre Mäntel und blieben wie kleine weiße Sterne an dem dunklen Stoff haften. Ein gelegentliches «Plopp» erklang, wenn der Schnee von einem zu stark beladenen Zweig rutschte. Abbie zeigte auf die überall gegenwärtigen Meisen und dachte vergnügt, dass diese doch nur eine kleinere Ausgabe des fröhlichen, munter hüpfenden Bündels an ihrer Seite waren.

«Da ist die Schöne», rief Merry, als sie schließlich das Pferd von weitem erblickten, ein rostroter Pinselstrich auf einer sonst farblosen Landschaft.

Das große Tier, das eigentlich gar keine Schönheit war, stand geduldig auf drei Beinen, das vierte zum Ausruhen angehoben und den Kopf gesenkt. Merry trabte voraus, voller Vorfreude darauf, ihren Vater zu überraschen.

«Papa!», rief sie, und als ihre Mutter sie eingeholt hatte, setzte sie enttäuscht hinzu: «Wo ist Papa? Ich sehe ihn nicht!»

«Wo in aller Welt kann er denn nur sein?» Abbies Augen suchten den Busch ringsherum ab, und sie lauschte nach dem Klang der Axt oder nach Matthews typischem Pfeifen.

«Matthew?», rief sie. «Matthew?» Doch es war nur das Seufzen des Windes in den kahlen Zweigen zu hören und das Wehen des losen Schnees über die hart gefrorenen Verwehungen. Ein dumpfes Trommeln durchbrach die Stille, und Abbie merkte, dass es ihr eigener Herzschlag war, der in ihren Ohren pochte, unter dem fest zugezogenen Band ihrer Strickmütze.

Seltsam, dass Matthew das Pferd bei dieser Kälte allein zurückließ und irgendwohin ging. Und wo konnte er überhaupt hingegangen sein? Er hatte nirgendwo Spuren hinterlassen. Abbies innere Anspannung wuchs, als sie sich auf der kleinen Lichtung mit den umgestürzten Bäumen, den abgehackten Ästen und abgesägten Baumstümpfen umblickte.

Merry und Abbie betraten den unberührten Schnee, der den Bretterschlitten umgab, und kämpften sich bis zu dem Pferd durch. Merry hob ihre Hand an die mit Eis gesprenkelte Nase der «Schönen», und als die weichen Lippen an ihrem Wollhandschuh zu knabbern begannen, lachte sie auf. Der Klang schnitt durch die Luft wie ein fliegender Eiszapfen.

Abbies Augen suchten weiter den Busch ab, und eine dunkle Vorahnung stieg in ihr auf. Und dann war es, als ob die Hand eines Riesen den Atem aus ihrem Körper quetschte. Hinter den gefällten Bäumen und den frisch abgesägten Baumstümpfen hob sich etwas Dunkles, Regloses vom weißen Boden ab. Ein paar schreckliche Sekunden lang stand Abbie so gefroren und leblos da wie die Baumstämme um sie herum. Das Trommeln ihres Herzens wurde immer schneller.

Rasch stellte sie sich vor Merry, drehte sie in Richtung des Hauses um und befahl mit einer Stimme, die keinen Widerspruch duldete: «Ich will, dass du nach Hause gehst, Merry. Ich komme gleich nach. Bleib auf der Spur. Trödle nicht und spiel nicht herum.»

Das Kind sah sie mit großen Augen an, den Schal, der um ihr Gesicht gewickelt war, voller Eisperlen, wo ihr Atem in der Wolle gefroren war.

«Die Jungen werden zu Hause sein», fügte Abbie hinzu. «Sag ihnen, dass ich bald komme. Und jetzt geh los. Zeig Mama, was für ein großes Mädchen du schon bist.»

Abbie sah zu, wie die dick eingepackte kleine Gestalt sich den Weg um den Schlitten herum bahnte und nach Hause zu stapfen begann. Dann stolperte sie, wie betäubt vor Angst, zu ihrem Mann, der bewegungslos dalag. Sie rief seinen Namen und fiel neben ihm auf die Knie.

Matthew sah aus, als würde er schlafen, den Kopf auf ein weißes Kissen gelegt. Doch sein Gesicht war so weiß wie der Schnee, in dem es lag. Er hätte aufwachen müssen, als sie die Hand auf seine Schulter legte. Doch er tat es nicht. Er wachte nicht auf!

Ängstlich zog Abbie ihn zu sich heran. Als sie ihn umdrehte, waren seine Augen so leer wie der Himmel, den sie anstarrten, und im Schnee zeigte sich ein purpurroter Fleck. Abbie beugte sich hinüber und starrte auf das rote Loch im Schnee, nicht größer als Matthews Taschenuhr; ein roter Rand, wie ein lüsterner Mund, der sich vor einem scharlachroten Schlund öffnet. Ihre Hände flogen zum Kragen von Matthews Jacke. Als er auseinanderfiel, sah sie voller Entsetzen ein Loch in seinem Hals klaffen.

Er hielt den Baum umschlungen, der ihm das Leben genommen hatte. Als der Baum fiel, hatte er sich unerwartet zu Matthew hin gedreht, der knietief im Schnee feststeckte und nicht ausweichen konnte, und ein morscher Ast brach im Fallen ab. Die abgebrochene Spitze, scharf wie ein Speer, drang in den verletzlichen Punkt zwischen dem starken Kinn und der kräftigen Schulter und traf die Drosselvene. So durchbohrt, fiel Matthew zusammen mit dem Baum, der ihn erst wieder losließ, als Matthew am Boden lag und bewusstlos war, während sein Leben rasch und heiß in den Schnee hineinfloss, der gegen die schreckliche Wunde presste.

Ein leiser Klagelaut entfuhr Abbies Mund, so schaurig wie das Heulen des Windes, der frischen Schnee auf die feinen Gesichtszüge ihres Mannes wehte. Das Stampfen eines Pferdehufs erschreckte Abbie, und sie versuchte, wieder klare Gedanken zu fassen.

Matthews Körper mit der dicken Kleidung auf den Schlitten zu ziehen war unmöglich, auch wenn der Schlitten niedrig war. Abbies kalte Hände rutschten immer wieder an der Wolle seines Mantels ab. Und ihn am Bein zu ziehen, kam für Abbie nicht in Frage. Auch im Tod sollte Matthew mit der Würde behandelt werden, die ihn im Leben gekennzeichnet hatte.

Sie rollte seinen Körper in die ursprüngliche Lage zurück. Ihr Empfinden ließ nicht zu, dass sie ihn so liegen ließ, wie er blicklos in die weite Leere starrte.

Hätte Abbie in diesem Moment klarer denken können, wäre ihr bewusst gewesen, wie absurd ihr Vorhaben war. Doch sie war nicht imstande, Matthew allein zu lassen. Sie ging den mühsamen Weg zurück zum Pferd und ergriff das Zaumzeug. Die «Schöne», die vor sich hingedöst hatte, erschrak und warf den Kopf in die Höhe, wobei sie Abbie fast mit nach oben riss. Abbie trieb das Pferd vorwärts, bis es schließlich mit hängendem Kopf und schleifenden Zügeln neben seinem Herrn stand, der es heute Abend nicht abschirren und auch nie wieder abreiben oder füttern würde. Abbie fühlte sich seltsam getröstet, dass Matthew nun nicht allein bleiben musste.

Als Abbie das Haus erreichte, die Tür aufstieß und hineinstolperte, ihr Gesicht eine Maske aus Schnee und gefrorenen Tränen, waren die Zwillinge gerade dabei, Butterbrote zu streichen. Ihr fröhliches Willkommen verstummte, als sie das Gesicht ihrer Mutter sahen.

«Papa ist verletzt», brachte Abbie auf ihre stürmischen Fragen hin hervor. «Ihr müsst zu Onkel Sam laufen und ihn um Hilfe bitten.» Schnell waren sie in ihre warmen Kleider geschlüpft, hatten ihre Brote ganz vergessen und stolperten über die schneezerfurchten Straßen zu ihrem Nachbarn.

Merry kletterte auf Abbies Schoß, und Abbie hielt sie fest an sich gedrückt und schaukelte still hin und her, bis draußen das Geräusch von Schlittenkufen zu hören war. Samuel Morris stieß die Tür auf und stürzte herein, gefolgt von Regina und den Zwillingen.

«Abbie?» Sams Stimme klang besorgt, und seine Augen suchten die der Frau, die dort im Dunkeln saß.

Abbie hob ihre leeren Augen und begegnete seinem alarmierten, fragenden Blick. «Es ist Matthew, Sam.»

«Was um Himmels willen ist passiert?»

«Es war der Busch – der Busch ...»

Als am Abend das traurige Werk vollbracht und Abbie – auf ihren Wunsch hin – mit ihrem geliebten Mann alleingelassen worden war, ging Sam nach Hause, wo Regina in der warmen Küche wartete, während die Rooney-Kinder oben schliefen. Sie unterhielten sich über Abbies Worte.

«Sie hat sich schon immer vor dem Busch gefürchtet», sagte Regina. «Ich glaube, der Busch ist für sie der Inbegriff von Einsamkeit – der Trennung von ihrer Familie.»

«Anscheinend hat sie das Gefühl, dass der Busch ihr Matthew weggenommen hat», sagte Sam und nahm sich eine Tasse Kaffee. «Und in gewisser Weise ist es ja auch so.»

«Mir kommt es so vor, als ob man den Busch entweder liebt oder ihn hasst», bemerkte Regina nachdenklich. Als Sam ihr nicht antwortete und ihrem Blick auszuweichen schien, die Augen auf seine Tasse gerichtet, fügte sie überrascht hinzu: «Sam! Sag mir nicht, dass du dir nach all den Jahren immer noch über mich Gedanken machst!»

Sam blickte verlegen drein. «Nun ja», antwortete er, «die ganze Sache hat mich schon zum Nachdenken gebracht. Immerhin bist du ja auch weit weg von zu Hause ...»

«Dies ist mein Zuhause, Sam. Dies hier ist zu Hause.»

Matthew wurde auf dem trostlosen Friedhof von Meridian beerdigt, in einem Grab, das man mit der Spitzhacke ausgehoben hatte, an einem Tag, der so trüb war, dass es schien, der Frühling werde nie wieder kommen.

Und als ob die Erde erbost war über ihr besudeltes Kleid und über die Wunde, die man ihr zugefügt hatte, erhob sich ein erbitterter Schneesturm, als die Trauernden die Heimfahrt antraten. Die Wege waren schon bald nicht mehr zu erkennen. Die Pferde trotteten, von ihrem Instinkt geleitet, in die Richtung, wo sie ihren Stall vermuteten, während die Schlittenlenker sich vornüber beugten, geblendet von den tobenden Schneeflocken, und ihre Familien sich hinten auf einem dicken Strohbett niederkauerten, in schwere Decken eingehüllt.

Als sie endlich zu Hause ankamen, kämpften sie sich bis

nach drinnen vor, schürten die Kohlen und öffneten die Lüftungsklappen, bis die Öfen vor Hitze rot glühten. Mit jedem Windstoß stäubte nasses Weiß unter den Türen herein, bis man Teppiche davorlegte und fest dagegendrückte. Der Rauch wurde weggeweht, sobald er sich aus dem Rand der Blech-Schornsteine erhob, die über den schneebedeckten Dächern zitterten.

«Bist du sicher, dass du nicht doch noch mit uns nach Hause kommen willst?», fragte Regina Abbie besorgt, als sie vom Friedhof aufbrachen.

«Danke, Regina», antwortete Abbie, «aber die Kinder müssen wieder zu Hause sein. Irgendwann müssen wir ja wieder zurückkehren.» Sie half Corcoran, Cameron und Merry auf den Schlitten der Morris' hinauf und deckte sie zu.

«Hast du schon Zeit gehabt, darüber nachzudenken, was du … tun wirst?»

«Ein wenig.» Abbie stieg ein und stopfte die Decke um sich herum fest.

«Wirst du nach Ontario zurückgehen?» Regina setzte sich neben ihre Freundin.

Abbie zögerte und dachte an den Hügel schwarzer Erde, der schon allmählich mit einer flauschigen weißen Decke überzogen wurde. «Ich habe natürlich meinen Eltern geschrieben. Ich hoffe, dass meine Mutter kommen wird. Wenn ich mit ihr gesprochen habe, werde ich mehr wissen.» Und sie kauerten sich unter dem peitschenden Sturm aneinander.

Als es schon halb dunkel war, setzten Sam und Regina Abbie und die Kinder vor ihrer Haustür ab. Zuvor hatten Sam und Jamie Jameson, der auch ihr Nachbar war, sich um den Holz- und Wasservorrat und um die Tiere gekümmert, auch wenn Abbie das Gefühl hatte, sie käme «schon zurecht».

Bevor Abbie Sam zurückhalten konnte, stieg er aus der Kutsche, ging hinein, zündete die Lampe an, öffnete den Ofen und legte Holz nach. «Abbie», sagte er, «du musst dir von uns helfen lassen.» Als sie schwieg, fuhr er fort: «Jamie und ich kommen morgen Früh vorbei, um alles mit dir zu besprechen.»

Als er sich zum Gehen wandte, legte Abbie ihre Hand auf seinen Arm, und ihre Lippen zitterten, als sie mit stockender Stimme sagte: «Gott segne dich, Sam, dich und Regina.»

Sams Blick zeigte, wie sehr er mit der jungen Frau in ihrer Trauer und Not fühlte und wie er ihre Bemühung schätzte, in ihrem Leid die Würde zu bewahren.

Abbie schloss die Tür, lehnte sich dagegen und fühlte, wie der Sturm daran rüttelte. Sie maß ihre schwachen Kräfte mit ihm, stellte sich zwischen ihn und ihre Kinder. Erst als Merry sagte: «Ich habe Hunger, Mama», legte sie den Riegel vor, um der hämmernden Naturgewalt Einhalt zu gebieten, und zog einen Teppich über die Schwelle.

Kapitel 12

Obwohl der Wind bis zum Morgen nachgelassen hatte, fiel weiterhin Schnee. Abbie konnte nicht in Erfahrung bringen, ob der Schulunterricht stattfand oder nicht, darum entschied sie, die Zwillinge für den Rest der Woche zu Hause zu lassen, was ihr selbst ebenso guttat wie ihnen.

Jamie kam am frühen Morgen zum Melken, musste aber bald wieder los, um seine eigenen Arbeiten zu erledigen. Am Nachmittag kam er wieder, gemeinsam mit Sam, und sie nahmen in dem kleinen Wohnzimmer Platz. Mit skeptischen Blicken sahen sie den vollen Wassereimer und die bis zum Überquellen gefüllte Feuerholz-Kiste. Abbies Mantel, der neben der Tür hing, war nass, und ihre Überschuhe standen in einer Pfütze von geschmolzenem Schnee.

Die Kinder malten still am Tisch, während die drei Erwachsenen mit einer Tasse Kaffee beim Ofen saßen.

«Ich weiß ja nicht, wie deine Pläne aussehen», begann Sam.

Abbie starrte nachdenklich in ihre Tasse.

«Ich nehme jedoch an, dass du die Farm aufgeben und nach Ontario zurückkehren wirst», fuhr er fort. «Doch solange du hier bist, kannst du auf meine Hilfe zählen.» Vielleicht dachte er kurz daran, dass seine Hilfe für Dora Jameson nicht ausgereicht hatte; vielleicht dachten auch die anderen so, es wurde allerdings nie darüber gesprochen.

Jamie jedoch bot seine Hilfe in eindringlichem Ton an. «Ich werde dir auch helfen. Du kannst dich auf mich verlassen, Abbie.» Seine schönen, dunklen Augen waren voller Mitgefühl. Sein eigener großer Verlust war darin ebenso zu lesen wie seine Sorge um eine andere nun alleinstehende Frau.

«Ich danke euch beiden», sagte Abbie, «doch ich möchte so weit wie möglich allein zurechtkommen. Ich hoffe, dass ich bald etwas von meiner Mutter hören werde und sie mir mitteilt, dass sie kommt. Dann kann ich meine Pläne machen.»

Sie warf einen Blick zu den Kindern hinüber. «Wir haben ein bisschen miteinander gesprochen. Die Jungen möchten unbedingt helfen, und ich denke, sie können es auch.» Ihre Gefasstheit schien die Männer zu überraschen, die sich offenbar auf Verzweiflung und Hysterie, zumindest aber auf Tränen eingestellt hatten.

«Wenn einer von euch vorläufig die Pferde mitnehmen könnte», bat Abbie, und Sam nickte zustimmend. «Die Kuh behalte ich hier. Wir brauchen die Milch und die Butter. Und natürlich ist da auch noch das Kalb.» Abbie blickte auf ihre schmalen Hände hinunter, die auf ihrem Schoß ruhten; Hände, die noch nie zuvor eine Kuh gemolken hatten, es sei denn aus Spaß, und sie erinnerte sich daran, wie Sam sie bei ihrer ersten Begegnung gemustert hatte. Nun, dachte sie grimmig, wir werden schon noch sehen, wozu sie fähig sind.

«Abbie», unterbrach Jamie ihre Gedanken, «ich werde das Melken übernehmen. Ich gehe weniger als eine halbe Meile zu Fuß bis zu euch, und wenn die Schneewehen auf den Feldern hartgefroren sind und ich querfeldein gehen kann, ist der Weg noch kürzer.»

Abbie hob ihr Kinn und sagte mit fester Stimme: «Danke, Jamie, aber es wird nicht nötig sein.» Jamie schüttelte nur den Kopf und gab nach.

«Wir werden aber regelmäßig vorbeikommen», warf

Sam vorsichtig ein, «und tun, was wir können. Zum Beispiel Heu heranschaffen oder den Stall ausmisten ...»

«Ich habe vor, das alles selbst zu erledigen.» Die Blicke der Männer verdüsterten sich, und ihre Lippen wurden schmal, doch Abbie lächelte nur. «Es kann doch nicht so schwer sein, ein bisschen Mist herumzuwerfen, oder?»

Sam und Jamie sahen einander hilflos an. Sicher, es gab Frauen, die durchaus auch die Farmarbeit bewältigen könnten, doch offensichtlich zählten sie Abbie Rooney nicht dazu.

Obwohl es für die abendlichen Arbeiten noch ein wenig zu früh war, gingen Sam und Jamie, unter Abbies Protest, zum Stall hinüber, bevor sie nach Hause aufbrachen.

«Ein bisschen Mist herumwerfen, ja-ja!», schimpfte Jamie, sobald die Stalltür hinter ihnen geschlossen war.

Sam schüttelte ungläubig den Kopf, während er seine Handschuhe auszog und alles für das Melken vorbereitete.

Jamie nahm eine Gabel und spießte wütend Heu darauf. «Hast du jemals eine so stolze Frau gesehen?»

«Nicht unbedingt stolz, Jamie», sagte Sam nachdenklich, «eher unabhängig.»

«Das ist doch nur ein Traum, den sie sich gar nicht leisten kann! Niemals kann sie das verwirklichen! Überleg doch mal, Sam – eine Frau, mitten im Winter, ganz allein.»

Sam warf Jamie einen Blick zu, doch der starrte nur ins Leere.

Als Jamie Jameson und Sam Morris am nächsten Morgen aufwachten und aus ihren warmen Betten in die eisige Luft eines weiteren bitterkalten Tages krochen, gingen ihre Gedanken als Erstes zu dem kleinen, einsamen Blockhaus mit den verschneiten Fenstersimsen, wo kein Mann mehr war, der das Feuer anzünden konnte.

Erst als Sam eine dünne Rauchsäule aus dem Kamin jenseits des Feldes erkennen konnte, atmete er erleichtert auf und machte sich an seine Arbeit.

Jamie, der das Haus der Rooneys wegen des dichten Buschwerks nicht sehen konnte, stapfte über die schneeverwehten Felder, bis auch er Rauch entdeckte. Erst dann konnte er umkehren und seine Arbeit einigermaßen beruhigt angehen.

Abbie war im Morgengrauen aufgewacht, der Stein an ihren Füßen so kalt wie das eisige Gefühl in ihrer Brust. Sie kämpfte gegen das Aufwachen an, doch die Verpflichtungen des neuen Tages drängten sie, und der Kummer schien sie zu überwältigen. Sie biss die Zähne zusammen, warf die Decke beiseite und eilte zum Ofen. Mit grimmiger Zufriedenheit stellte sie fest, dass sie ihn gut bestückt hatte und somit genug glühende Kohlen übrig waren. Sie legte Anmachholz hinein (und fühlte einen Anflug von Stolz, dass sie auch daran gestern Abend noch gedacht hatte), pustete auf die Glut, bis sie aufflackerte, legte noch mehrere trockene Holzscheite nach, schlug die Ofentür zu und huschte in ihr warmes Bett zurück.

Doch dies war kein weiser Entschluss gewesen. Der schreckliche Verlust, den sie erlitten hatte, die viel zu große Verantwortung, die auf ihr lastete, und das einsame Bett – all dies überwältigte sie mit der Gewalt eines Wintersturms.

«Matthew ...», weinte sie leise vor sich hin. Doch Matthew war nicht da, und er würde auch nie wieder zurückkommen.

«Gott ...!», rief sie. Und *er* war da. Er würde immer da sein.

•

Als die schlimmste Kälte vorüber war – die des Hauses und auch die, die sie in ihrem Inneren fühlte –, nahm Abbie ihre Kleider und kehrte zum Ofen zurück, um sich anzuziehen. Dann ging sie in die Küche und zündete auch im Herd ein Feuer an.

Das Wasser im Eimer war gefroren, doch sie hatte am Abend zuvor auch Wasser in eine Waschschüssel gefüllt (wieder ein kleiner Sieg), und diese stellte sie nun auf den Herd, damit es auftauen und man sich später, wenn es heiß war, damit waschen konnte. Das Wasser im Teekessel taute schnell auf und kochte, und so machte sie sich eine Kanne Tee. Mit einer Tasse des dampfenden Getränkes in der Hand kehrte sie zum Ofen zurück und setzte sich daneben auf einen Stuhl, um nachzudenken und zu planen, bevor der Tag durch die Kinder mit ihren Forderungen und Bedürfnissen turbulent wurde.

Die Arbeit auf der Farm war ihre größte Sorge. Sie musste erledigt werden, bevor die Jungen zur Schule mussten, so dass die beiden Merry im Haus noch Gesellschaft leisten konnten. Allein zu sein konnte schon für einen Erwachsenen schlimm sein, für ein Kind aber war es eine Katastrophe. Und es bestand auch immer die Gefahr eines Brandes.

Die alltäglichen Probleme, die den Tag bestimmten – und die Abbie dazu zwangen, klare Gedanken zu fassen und all ihre Aufmerksamkeit darauf zu richten –, waren in gewisser Weise heilsam. Der Kummer wurde in die hinterste Ecke ihres Herzens verbannt. Der gesunde Menschenverstand hielt sie aufrecht und lenkte ihre Füße in die Küche, wo sie einen Topf mit Wasser füllte und die Haferflocken herausholte.

Während der Porridge vor sich hin köchelte, deckte Abbie den Tisch. Dann ging sie in das kleine Schlafzimmer und weckte ihre Kinder so fröhlich, wie sie konnte. Sie brachten ihre Kleider zum Ofen, und so nahm der Tag seinen üblichen Lauf. Abbie machte sich fertig für den Stall.

«Wenn ihr euch angezogen habt», sagte sie, «setzt ihr euch an den Tisch und esst euer Frühstück.» Sie teilte Porridge aus, stellte braunen Zucker und Milch hin und holte das aufgetaute Brot aus dem warmen Ofen.

Corcoran nahm Cameron eine Socke weg, worauf es zu einer Rangelei kam. Merry lachte. Abbie rief: «Habt ihr mich gehört?»

Das einstimmige «Jaaaa» der Kinder und die sofortige Fortsetzung ihrer Balgerei gaben den Anschein von Normalität, was Abbie erleichtert aufatmen ließ und ihr half, aus der Tür zu gehen. Doch bevor sie die Tür zuzog, warnte sie noch: «Fasst die Öfen nicht an!»

Sie war noch keine drei Meter von den Stufen entfernt, als sie schon den Entschluss fasste, künftig Matthews Hosen anzuziehen, denn der Wind fegte ihr harsch um die Beine, und der Schnee, der in der Nacht über den Weg geweht worden war, drang oberhalb ihrer Überschuhe ein. Als sie sich auf den Melkschemel setzte, waren ihre Röcke im Weg, während sie versuchte, den Eimer zwischen die Knie zu klemmen. Vielleicht müsste er auch auf dem Boden stehen, dachte sie und wünschte, sie hätte früher beim Melken genauer zugesehen.

Schon nach wenigen Minuten schmerzten ihre Hände von der ungewohnten Anstrengung, und die Kuh, die merkte, wie ungeschickt Abbie sich anstellte, bewegte sich ungeduldig. «Ruhig, Aschenputtel!», befahl Abbie und kam sich etwas merkwürdig vor. Warum nur hatten sie der Kuh keinen normalen Namen geben können, wie andere Leute es taten, «Bossy» oder «Daisy» zum Beispiel?

Als sie ihre verkrampften Hände nicht mehr zur Weiterarbeit zwingen konnte, band sie «Märchenprinz» los (wie konnte er auch anders heißen?), der neben seiner Mutter die Vorderbeine spreizte, sie geschickt mit seinem kleinen Kopf anstieß und zu saugen begann, wobei sein Schwanz genauso fröhlich bei der Arbeit war wie seine Kinnbacken.

Abbie stellte den Eimer vorsichtig neben der Tür ab, nahm die Gabel und warf Heu in die Futterkrippe. Aschenputtel senkte sanftmütig den Kopf und genoss den süßen Duft. *Vielleicht sollte ich das zuerst tun*, überlegte Abbie, *dann würde das Melken sicher einfacher gehen*.

Mit dem bescheidenen Gefühl, etwas vollbracht zu haben, klopfte sie der Kuh auf den warmen Leib, nahm den Eimer, öffnete die Stalltür und ging zurück zum Haus.

Drinnen angekommen, stellte Abbie fest, dass sie hungrig war. Sie kratzte den Porridge-Topf aus, füllte eine kleine Schale mit der klebrigen Masse, fügte frische Milch und braunen Zucker hinzu und rührte, bis sie einen flüssigen Brei mit goldener Farbe erhielt. Während eine weitere Kanne Tee zog, nahm sie ihr Frühstück mit und ging zu den Kindern, die sich im anderen Raum aufhielten. Der sonst so verachtete Haferbrei schien besser zu schmecken, als sie ihn in Erinnerung hatte, und sie konnte nun verstehen, warum Matthew nach getaner Arbeit eine riesige Schüssel davon verschlingen konnte, während sie davor schauderte und lieber an einem Stück Marmeladen-Toast knabberte. Sie fühlte einen Kloß im Hals, und Tränen schossen ihr in die Augen.

Die Bewohner von Donnybrook waren erschüttert über die Tragödie der Rooneys, sie fühlten zutiefst mit Abbie mit, die ja eine von ihnen war. Auf ihre Weise taten sie, was sie nur konnten. Wenn das Wetter es zuließ, kamen Freunde vorbei, spendeten Trost und brachten frisches Gebäck oder die besten Fleischstücke mit, wenn sie gerade geschlachtet hatten. Keiner fuhr nach Meridian, ohne vorher bei Abbie anzuhalten und sie zu fragen, ob er ihr etwas aus dem Laden mitbringen konnte. Und auf dem Rückweg brachten sie ihr die Post. Sam und Jamie kamen regelmäßig, und Bruder Victor, der häufig seine Frau dabeihatte, gab Abbie praktische Ratschläge und sprach heilsame Gebete.

Und eines Tages drückte ihr jemand den Brief in die Hand, den sie so sehnlich erwartete. Ihre Mutter kündigte ihren Besuch an. Abbie legte den Kopf auf den Tisch und weinte. Heiße Tränen tropften auf das glänzende Wachstuch, sammelten sich dort und gefroren über Nacht zu einer kleinen Eisfläche.

Kapitel 13

Die helle Sonne glänzte silbern und blendend auf den mit Reif bedeckten Ästen, den Zaunpfosten mit ihren Schneekappen und den offenen Feldern mit ihren hartgefrorenen Schneewehen. Carolyn, die mit dem Pferdeschlitten durch eine mit Juwelen verzierte Welt fuhr, war unempfänglich für die Reize der Landschaft. Ihr Gesicht hatte einen trostlosen Ausdruck. Die Stute erforderte keine Aufmerksamkeit – es war ohnehin undenkbar, dass sie von der Spur abwich –, und so überließ Carolyn sich ihren düsteren Gedanken.

Wochen waren vergangen, in denen sie keinen Kontakt zu Micah Lille gehabt hatte. Dass er in Donnybrook-Wildrose geblieben war, wusste sie aus den Gesprächen, die sie bei verschiedenen Zusammenkünften mit Ruby und Tiger, seiner Mutter und seiner Schwester, geführt hatte.

Der Gottesdienst, so dachte sie mit Unbehagen, war kein Ort, an dem man mit Micah Lilles Anwesenheit rechnen konnte, und Carolyn, die kirchlich erzogen worden war, spürte plötzlich Gewissensbisse – doch nur für einen kurzen Moment. In ihrem neugewonnenen Selbstvertrauen und in ihrer jugendlichen Zuversicht war sie der Überzeugung, dass Micah durch sie zu geistlichen Werten hin beeinflusst werden konnte.

Doch wann? Carolyn, die normalerweise ein geduldiger Mensch war, fühlte eine tumultartige Ungeduld in sich brodeln. Sie war getrieben von einer Kraft, die sie vorher nicht gekannt hatte und die sie auch nicht gänzlich verstand. Doch sie nannte sie Liebe.

Begleitet vom Klang der knarrenden Kufen und des klingelnden Zaumzeugs, legte Carolyn die Strecke von ihrem

Zuhause bis zur Farm der Runyons zurück. Von einer leichten Anhöhe aus konnte sie über den Busch hinaus bis zum See blicken und bis zur Schlittschuhbahn, die von den Jugendlichen des Distrikts jeden Winter vom Schnee freigehalten wurde. Drei Grundstücke grenzten an den See; eines davon gehörte den Lilles. Vom Blockhaus am Seeufer stieg, wie sie nun sehen konnte, ein träger Rauch auf. Sie fragte sich, ob das robuste Gebäude vielleicht den muskulösen Körper von Micah Lille mit seiner sprungfederhaften Kraft beherbergte.

Ihr Blick erhaschte eine Bewegung zwischen dem Ufer und der Schlittschuhbahn; eine dunkel gekleidete Gestalt hob sich gegen den weißen Hintergrund ab. Micah Lille schnitt Eisblöcke.

Da wusste sie, was sie zu tun hatte.

«Bleib in Bewegung, Harry», sagte Hubert zu seinem Bruder, als dieser über die verschneite Veranda schlurfte, einen Eimer in der Hand. «Wenn du stehenbleibst, weiß ich, dass du tot bist.»

«Oder festgefroren», schniefte Harry, dem die kalte Luft, die er einatmete, Kopfschmerzen bereitete und dessen lange Nase schon ganz rot war. Er versuchte, das Gleichgewicht zu halten, während er den Eimer über das Geländer der Veranda auskippte. «Zu dumm, dass wir keine Schweine haben, die dieses Zeug auffressen können», sagte er bedauernd, als die Kartoffelschalen, die Speckrinden, Eierschalen und sonstigen Tischabfälle sich sofort mit all dem Müll vermischten, der bereits dort unten gelandet war.

Harry stakste zu der halboffenen Tür zurück und reichte Hubert den leeren Eimer. «Und jetzt gib mir die Asche», bat er. Wieder tastete er sich vorsichtig zum anderen Ende der Veranda vor und kippte den Inhalt des Eimers über den Rand. Aschewolken flogen davon und ließen den unansehnlichen Berg noch breiter erscheinen. Um neuen Schnee zu beten, so waren die Brüder überzeugt, war einfacher, als die Asche weiter weg zu werfen.

Als die beiden Brüder die Tür geschlossen und die kalte, klare Luft wieder nach draußen verbannt hatten, konnten selbst ihre allmählich schwächer werdenden Sinne den unangenehmen Geruch wahrnehmen, der von alten Männern auf eng begrenztem Raum herrührte, den sie nur unzureichend sauberhalten konnten ... Einen Augenblick lang schien ihr Humor sie im Stich zu lassen.

«Du musst dich damit abfinden, Bert», sagte Harry, als sie den sicheren Hafen ihrer bequemen, abgenutzten Stühle neben dem Ofen erreicht hatten, «wir sind nicht mehr so jung wie früher.»

«Du vielleicht! Wenn ich mich recht entsinne, bist du älter als ich, Harry. Oder hast du mich die ganzen Jahre über angelogen?»

«Du verlierst auch langsam dein Gedächtnis, Bert.»

«Mein Gedächtnis ist noch gut genug», stellte Hubert nüchtern fest, und beide Männer nickten zustimmend mit ihren fast kahlen Köpfen.

Harry schüttelte ab, was ihn zum Träumen verleitete, und warf einen Blick zu dem alten Tisch in der Ecke des Raumes. Hubert, der seine Gedanken las, stemmte sich aus dem Stuhl hoch und ging hinüber. «Weil ich ja nun mal der Jüngere und Rüstigere von uns beiden bin, hole ich ihn.»

Hubert fischte einen Umschlag aus dem Durcheinander und kehrte zum Ofen zurück. Er hielt ihn seinem Bruder hin.

«Lies ihn vor, Bert. Ich will es noch mal hören.»

«Aber du hast deine Brille doch schon auf.»

«Und du hast deine auf dem Kopf, Bert.»

Mit verdrießlichem Gesicht zog Bert die Brille an ihren Platz, linste zu seinem Bruder hinüber und sagte: «Jetzt weiß ich, warum ich sie lieber da oben lasse – du bist so furchtbar hässlich, wenn ich dich durch die Brille betrachte. Du siehst aus wie die letzte Kartoffel ganz unten in der Tonne, schrumpelig und haarig.»

«Und du siehst genauso aus wie ich, so sagen es alle Leute. Und nun lies den Brief vor.»

«Es heißt hier: ‹Liebe Schwager.› Aber das ist doch nicht richtig, Harry.»

«Ich weiß, Bert. Hab genau drüber nachgedacht. Maude ist Virgies und Bessies Halbschwester. Also sind wir ihre Halbschwager.» Harry runzelte die Stirn, so strengte ihn die Erinnerung an.

«Und wir haben seit Jahren nichts von ihr gehört. Lies, was sie schreibt, Bert. Dann kann ich noch besser darüber nachdenken.»

«Das mag ich so sehr an dir, Harry», sagte Bert bewundernd. «Du bist ein echter Denker.»

«Ein was?»

«Denker, Harry, *Denker!* Du bist ein echter Denker.» Und Hubert grinste, während Harry krampfhaft nach einer Erwiderung suchte.

Hubert raschelte mit dem Papier und begann zu lesen: «Ich hoffe, es geht euch beiden gut …»

«Lass diesen Teil weg, Bert. Lass aus, wenn sie erzählt, wie sie nach Manitoba umgezogen ist und wie ihr Mann starb und was sie die letzten fünfzig Jahre gemacht hat.»

Hubert durchwühlte die Seiten und begann noch einmal: «Ich schreibe euch, liebe Hubert und Harry, weil ich euch um einen Gefallen bitten möchte. Meine Enkelin (die Tochter meines Sohnes Alexander) braucht eine Arbeit. Sie ist eine sehr fähige junge Frau, gesund und kräftig. Doch im Augenblick entwickeln sich die Dinge hier nicht gut für sie.»

«Ich frage mich, was das wohl bedeutet, Bert.»

Hubert zuckte die Schultern. «Vielleicht ist sie eine alte Jungfer und findet keinen Mann.»

«Wenn sie so hübsch ist wie Virgie, Bessie und Maude, dann kann das nicht der Fall sein.»

«Wir werden es ja herausfinden, wenn wir sie sehen.»

«*Falls* wir sie sehen. Wir haben noch nicht zugesagt.»

«Sei doch vernünftig, Harry! Wir können diesen Winter nicht alleine durchstehen. Wie hoch soll denn der Müllberg draußen noch werden?»

«Du hast Recht», gab Harry mit einem Seufzen zu.

«Und denk dran, wir haben doch den lieben Gott gebeten, uns jemanden zu schicken.»

«Du meinst, diese – wie heißt sie doch gleich? –, diese Sarah da ist eine Gebetserhörung?»

«Vielleicht, Harry», sagte Bert stur.

«Na schön!» Harry gab auf. «Dann schreib also einen Brief an Maude. Sag ihr, diese ... diese Sarah kann kommen.»

«Wer, ich?» Und schon waren die beiden alten Männer wieder in eine so schöne Auseinandersetzung verwickelt wie seit Wochen nicht mehr.

«Haaaallo! Ich bin's, ihr Onkel!» Carolyns helle Stimme ertönte, und ihr schmales Gesicht erschien in der Tür.

«Caro! Komm herein! Du kommst genau im richtigen Augenblick.» Harry und Hubert warfen einander bedeutungsvolle Blicke zu, deuteten mit den Augen auf den Brief und nickten vielsagend, bis Carolyn fragte: «Was heckt ihr beiden da aus?»

«Harry und ich, wir haben ein Problem», begann Hubert, während Carolyn ihre Handschuhe und Überschuhe auszog.

«Ja», antwortete sie, der durchaus bewusst war, welches Problem die beiden hatten.

«Nun, unsere Schwägerin ...»

«Unsere *Halb*schwägerin», verbesserte Harry.

«Virgies und Bessies Halbschwester hat uns geschrieben, dass ihre Enkeltochter irgendwie in Schwierigkeiten steckt.»

«Eure Großnichte hat Probleme?»

«Das wissen wir nicht so genau», sagte Harry gereizt. «Wir wissen nur, dass es ihr dort, wo sie jetzt ist, nicht so gut geht. Und Maude möchte, dass sie hierherkommt.»

«Was für eine großartige Idee!»

«Naja, das werden wir noch sehen. Wir sind aber bereit, ihr eine Chance zu geben.»

«Allerdings brauchen wir jemanden, der den Brief für uns schreibt.» Harry und Hubert sahen Carolyn hoffnungsvoll an. Sie lachte, küsste die beiden auf die wettergegerbten Wangen und wühlte in einer Schublade, bis sie etwas zum Schreiben gefunden hatte.

Und während die beiden Brüder den eher törichten Versuch eines Diktates unternahmen und ihre Worte um Caros Kopf herumwirbelten, fing sie an, der entfernt lebenden Maude zu schreiben und zu erzählen, dass die beiden alten Männer dringend Hilfe brauchten und sehr dankbar wären, wenn Sarah käme und ihnen den Haushalt führte. Harry setzte eine schnörkelige Unterschrift unter den Brief, und Carolyn schrieb die Adresse auf einen Umschlag, klebte ihn zu und versprach, ihn zur Post bringen zu lassen.

«Es wird eine ganze Weile, vielleicht sogar Wochen dauern, bis sie hier sein kann», überlegte Carolyn. «Das gibt mir genügend Zeit ...» Und als sie die verwirrten Blicke der Männer sah, errötete sie und fügte hinzu: «Ich denke nur laut nach, ihr Lieben.»

Hubert und Harry warteten, ob noch mehr kam.

«Ich werde öfter kommen», sagte Carolyn entschlossen, «zumindest eine Zeitlang. Ihr müsst dieses Haus in Schuss bekommen, wenn eine Frau hier leben soll. Ihr werdet gemeinsam in eines der Schlafzimmer ziehen müssen [Hubert und Harry sahen betroffen aus] und das andere Zimmer für sie vorbereiten. Wir müssen diesen Zeitungsstapel loswerden, die Borde abwischen ...»

Carolyn holte tief Luft, ihre Augen glühten. Hubert und Harry blinzelten, erstaunt darüber, dass die gewöhnliche Hausarbeit etwas so Aufregendes sein konnte.

«Dieses Vergnügen hättest du schon lange haben können», äußerte Bert liebenswürdig.

Carolyns Lachen war ein fröhliches Trällern. «Ihr närrischen Onkel!»

Zum ersten Mal in ihrem Leben waren Hubert und Harry sprachlos.

«Ich komme morgen wieder», sagte Carolyn vergnügt, nahm ihren Mantel und hatte offenbar ganz vergessen, welche Arbeiten sie heute hatte erledigen wollen. «Mama wird es schon erlauben, wenn sie den Grund hört. Sie wird es erlauben», wiederholte sie und murmelte im Gehen noch: «Sie muss einfach.»

Kapitel 14

«Oh, Willie, ich danke dir so sehr!» Abbie nahm die Papiere und den Brief entgegen und lud Willie ein, hereinzukommen und sich aufzuwärmen.

«Nein, danke», sagte Willie, und sein liebenswürdiges Lächeln passte, wie immer, nicht so recht zu seinem eher grob geschnittenen Gesicht. «Ich muss noch an ein paar anderen Stellen Halt machen. Großmutter Dunphys Rheuma macht ihr wieder Ärger, und sie wartet schon darauf, dass endlich das ‹elektrifizierende Einreibemittel› geliefert wird. Außerdem ist anscheinend der von Hubert und Harry sehnlich erwartete Antwortbrief von ihrer Großnichte – oder besser gesagt *Halb*großnichte – eingetroffen.»

Abbie stimmte in Willies gut gelauntes Lachen ein. Jeder im Distrikt kannte die Notlage der Runyons und deren möglicherweise bevorstehende Lösung.

Willie sauste mit seinem leichten Pferdeschlitten davon, und Abbie nahm die Post mit ins Wohnzimmer, wo ihre Mutter am Ofen saß und nähte, während Merry fröhlich aus einem alten Katalog Figuren ausschnitt, um Papierpuppen daraus zu basteln.

«Er ist von Papa», sagte Abbie und warf den Umschlag in den Schoß ihrer Mutter.

Florence legte die Nachthemden der Jungen, die sie gerade flickte, beiseite und öffnete den Brief. Als sie ihn gelesen hatte, legte sie ihn in ihren Schoß zurück. Offensichtlich war nun der Augenblick gekommen, den sie beide fürchteten.

«Nun?», fragte Abbie.

«Es ist Zeit, nach Hause zu gehen, meine Liebe.»

«Ich weiß», sagte Abbie gefasst.

«Ich kann es nicht länger hinausschieben.»

«Er ist sehr großzügig gewesen. Immerhin warst du sechs Wochen weg.»

In Florences mütterlichem Gesicht füllten sich die schon etwas schwächer gewordenen Augen mit Tränen. Sie wurde von ihrem Mann und ihrer Tochter gleichermaßen gebraucht, doch ihr Platz war an der Seite ihres Mannes.

«Abbie», flehte sie, «willst du deine Entscheidung nicht noch einmal überdenken? Komm mit mir zurück – oder komm nach, sobald du hier alles geregelt hast.»

«Oh, Mama, bitte weine nicht!» Abbie kniete neben ihrer Mutter nieder und schloss deren rundliche Figur in die Arme. Florence war innerlich zerrissen bei dem Gedanken, ihre Tochter und die Enkel wieder zu verlassen. «Ich glaube, ich tue das Richtige», sagte Abbie eindringlich. «Und ich fühle mich dazu in der Lage, weil du hier gewesen bist. Verstehst du nicht? Ich hatte immer solche Angst, weil wir so weit voneinander entfernt sind. Doch jetzt weiß ich, dass du herkommen kannst.»

«Ach, Schatz, nicht wirklich! Es ist so weit, und es ist eine so beschwerliche Reise. Wenn es Probleme gibt, sollte es eher andersherum sein: Du und die Kinder, ihr gebt die Farm auf und kommt wieder zu deinem Vater und mir zurück.»

«Ich muss es wenigstens versuchen, Mama. Ich denke, Matthew würde es auch so sehen. Die Kinder sind auf jeden Fall dieser Meinung.» Abbie drückte ihrer Mutter die Hand und stand auf. Sie setzte sich ihr gegenüber auf Matthews Schaukelstuhl aus schnörkeligem Birkenholz mit dem bequemen, gefederten und gepolsterten Sitz, der nun so schmerzlich an den geliebten verstorbenen Mann erinnerte.

«Gehst du deswegen nicht gern weg, weil Matthew noch hier ist, Liebes?», fragte Florence mit sanfter Stimme.

«Zum Teil ja», gab Abbie zu und dachte an das einsame Grab auf dem Friedhof von Meridian. «Ich konnte bisher noch nicht einmal Blumen darauf blühen sehen.» Abbies Stimme war heiser, voll unvergossener Tränen. In den vergangenen Wochen hatten die beiden Frauen immer wieder zusammen geweint. Nun würden Abbies Tränen nur noch fließen, wenn sie allein war, denn sie wollte ihrer Mutter den Abschied leichter machen.

Florence wechselte das Thema. «Du willst die Felder verpachten?»

«Oder jemanden anstellen, der sie bearbeitet. Auf diese Weise können wir hier wohnen bleiben, und es bringt uns einmal im Jahr etwas Geld ein. Wir brauchen nicht viel, Mama. Wir werden so viel wie möglich selbst anbauen.»

«Wen willst du denn anstellen?»

«Ich habe mit Sam gesprochen. Aber er hat Jamie vorgeschlagen. Mit Jamie habe ich noch nicht geredet, doch das werde ich bald tun.»

Sam hatte gesagt, Jamie sei «der geborene Arbeiter». Er habe zurzeit mehr zu tun als je zuvor, arbeite von früh bis spät, um – so Sams Vermutung – nicht von seinen Erinnerungen geplagt zu werden oder in seinem leeren Haus allein zu sein.

Florence sah immer noch unglücklich aus. «Ich schlage Folgendes vor, Mama», sagte Abbie. «Ich versuche es bis zum nächsten Herbst. Und wenn es nicht klappt, kommen wir nach Ontario zurück.»

Florence seufzte. «In Ordnung, Liebes. Ich verlasse mich darauf.» Und sie fing an, ihren Koffer zu packen.

Der Winter zeigte sich von seiner besten Seite an dem Tag, als Abbies Mutter den Busch wieder verließ. Soweit das Auge reichte, war die Welt ein einziges Glitzern und Glittern, Funkeln und Schimmern. Millionen von Prismen warfen die Strahlen der Sonne mit einem faszinierenden Glanz zurück.

Der Raureif, dick, weiß und flauschig wie der Pelz eines Polarbären, hüllte alle Äste ein. Jedes Geräusch erzeugte in der klaren Luft den Widerhall einer läutenden Glocke. Die Meise, dieser gesellige Wintervogel, stieß aus seinem gefiederten Hals einen fröhlichen Gesang hervor: «Zizidiiidiiidiii ... zizidiiidiiidiii ...»

Die grimmigen Züge des Winters wurden vorübergehend sanfter, und seine Schönheit verzauberte alle, die es müde beobachteten und ausharrten, und sie dachten daran, dass es ohne den Winter auch keinen Frühling geben würde: keine Rückkehr der Sommervögel, kein Erwachen der guten Erde, keine robusten Krokusse oder scheue Veilchen – und keine wiederkehrende Hoffnung.

Sam und Regina Morris brachten den Schlitten, und Florence, Abbie und die Kinder zwängten sich hinein, die Gesichter in den Wind gekehrt. Am Abend würden sie raue Wangen haben – und wenn schon!

Vom Zug aus betrachtete Florence die kleine Familie, die sich auf dem windgepeitschten Bahnsteig zusammendrängte. Wenn Tränen in Abbies Augen waren, dann konnte man sie kaum unterscheiden von den glitzernden Diamanten, die einen letzten Abschiedsgruß aus dem Busch von Saskatchewan herausfunkelten.

Als Jamie seinen nächsten Besuch abstattete, um zu sehen, wie die Dinge sich bei Abbie entwickelten, und um seine Hilfe anzubieten, wo er konnte, rief Abbie ihm zu: «Jamie, würdest du bitte für ein paar Minuten hereinkommen?»

Jamie schnallte seine Überschuhe ab und stellte sie ordentlich neben die Tür, hängte seine Mütze und seinen Mantel darüber auf und überließ seine nassen Handschuhe Abbie, die sie in den sich erwärmenden Ofen legte, damit sie während ihres Gespräches trocknen konnten.

Jamie saß in Matthews Schaukelstuhl und erinnerte sich, wie er das letzte Mal hier gesessen und wie die junge Witwe so unnachgiebig darauf bestanden hatte, sie werde schon allein «zurechtkommen». Zu Jamies Überraschung und auch zu seinem Kummer war ihr dies tatsächlich gelungen. Er und Sam waren immer wieder treu gekommen, doch sie fanden das Holz gehackt vor, die Kuh gemolken und den Stall ausgemistet. Zwar wurde der Misthaufen an der Stalltür immer höher, und Jamie fragte sich grimmig, was sie wohl damit machen würde, aber er vermutete, sie würde schon einen Weg finden, wie sie ihn im Frühling in den Garten verfrachten konnte. Allerdings war das eigentlich Männerarbeit.

Die Arbeitslast, die im Winter geringer war, würde ungeheuer zunehmen, sobald der Frühling kam: der Garten, der überlebensnotwendig war; Brennholz für den nächsten Winter; Küken und anderes Geflügel, das aufgezogen werden musste; vielleicht die Geburt und Aufzucht eines Kalbs; Heu machen; die Ernte einbringen.

Jamies verbissener Gesichtsausdruck wurde sanfter, als er sah, wie Abbie ein kleines Tablett auf den Tisch stellte und Tee einschenkte. Abbie hatte etwas an sich, das musste er anerkennen, einen besonderen Stil, der nicht zu leugnen war. Ihre schmalen Hände waren gerötet, aber dennoch graziös. Sie goss den Tee mit einer gewissen Anmut ein. Die Art, wie sie ihr Kinn neigte, die Haltung ihres Kopfes, wie sie sich bewegte und wie sie ihre Kleider trug –

all dies zeugte von «Klasse», obwohl Jamie Mühe hatte, die richtige Bezeichnung dafür zu finden.

Was in aller Welt dachte sie sich nur dabei, die Rolle des Ernährers übernehmen zu wollen? Jamie hoffte inständig, dass sie ihm nun mitteilen würde, den Busch verlassen zu wollen. Es war die einzig vernünftige Lösung. Doch er hatte Gerüchte gehört …

Abbie reichte Jamie eine zerbrechliche Tasse mit duftendem Tee und eine Serviette aus feinem Leinen, die er über sein Knie mit dem Overall ausbreitete. Während er die Tasse vorsichtig in einer seiner großen Hände balancierte, nahm er mit der anderen ein großzügig abgeschnittenes Stück Früchtekuchen entgegen und verzehrte es schweigend.

Abbie setzte sich und rührte ihren Tee um. «Ich habe mich entschlossen zu bleiben», sagte sie.

Jamies Tee drohte überzuschwappen.

«Du scheinst überrascht zu sein», sagte Abbie, und ihre großen, bernsteinfarbenen Augen beobachteten ihn über den Rand ihrer Tasse hinweg.

«Ja, ein wenig», gab Jamie zu und dachte insgeheim, dass dies die Untertreibung des Jahres war. In Wirklichkeit war er zutiefst bestürzt.

Irgendwie schien sie ihm seine innere Reaktion anzusehen. Abbie betrachtete ihn nachdenklich und sagte: «Du denkst, dass ich das nicht tun sollte.» Es war eine nüchterne Feststellung.

«Vielleicht.» Und als er einen Funken Ungeduld in Abbies Augen sah, fügte er hinzu: «Es ist natürlich deine Entscheidung. Ich denke nur, dass es zu schwer ist – ja, eigentlich unmöglich – für eine Frau allein.»

Abbies Augen glitzerten gefährlich, und Jamie hatte den Eindruck, dass sie sich auf die Zunge biss. Fasziniert beobachtete er den Kampf, der in ihr vorging. Als sie ihm antwortete, klang ihre Stimme freundlich: «Ich werde es versuchen, Jamie.» Er zuckte hilflos mit den Schultern.

«Sam hat es bereits angedeutet», sagte er plötzlich, «und er hat auch angedeutet, dass du mich bitten wirst, die Farmarbeit zu übernehmen.»

«Bist du interessiert?»

«Ja. Und nein.»

Abbie hob die Augenbrauen. «Das Ja verstehe ich. Aber das Nein?»

«Ich habe keine Lust, für eine Frau zu arbeiten», sagte er direkt. Wenn Abbie so unabhängig sein wollte, musste sie auch so behandelt werden.

Jamie war nicht überrascht, als er Zorn in Abbies goldenen Augen aufblitzen sah. Bisher waren sie füreinander mehr oder weniger Fremde gewesen. Nun lernten sie sich besser kennen, und Abbie, so folgerte Jamie, gefiel das, was sie da von ihm erfuhr, genauso wenig, wie ihm das gefiel, was er von ihr erfuhr.

«Nun, das ist *dein* Problem», antwortete Abbie gereizt. «Ich habe mir das folgendermaßen vorgestellt …»

Abbie schlug ihm ein Geschäft vor: Jamie würde die Felder pachten. Die Verantwortung dafür, was er anpflanzte und wann, lag bei ihm. Die Bezahlung wurde fällig, wenn die Ernte eingebracht war – die Hälfte für Abbie und die Hälfte für ihn.

Jamie nickte verbissen. Abbie deutete dies anscheinend als Zustimmung.

«Ich hole das Gespann von Sam zurück», sagte sie.

«Die Schöne und das Biest.»

Abbie warf Jamie einen strengen Blick zu. Er ließ sich nichts anmerken, und so fuhr sie fort: «Dann musst du nicht deine eigene Ausrüstung oder deine Pferde mitbringen.»

«Abbie», platzte er heraus, «wenn du die Pferde hier hast, bedeutet das eine Menge Arbeit für dich!» Und fast hätte er hinzugefügt: «Benutz doch deinen Verstand, Frau!»

«Wie erwartet!», knurrte Abbie. «Und wie ich schon sagte, Jamie, ich ...»

«... komme schon zurecht!»

Sie sprachen die Worte gleichzeitig und starrten einander dann herausfordernd an.

«Wie erwartet!», murmelte Jamie dann.

Abbies Augen sprühten Funken.

Jamie merkte, wie sein Kiefer sich anspannte.

Mit angestrengter Höflichkeit stimmte Jamie der vorgeschlagenen Vereinbarung zu und brach dann auf. Doch zuvor nahm er noch mit steifem Dank ein Stück eingepackten Früchtekuchen entgegen, den Abbie ihm mit ebenso kühler Höflichkeit angeboten hatte.

Abbie war zufrieden und ärgerlich zugleich, als Jamie gegangen war.

Jamie seinerseits war nur ärgerlich.

Kapitel 15

Willie betrat den Küchenanbau, stampfte den Schnee von seinen großen Überschuhen, wobei die Schneeklumpen in alle Richtungen flogen, und rief: «Hallo!»

Hubert und Harry, die auf den Schaukelstühlen beim glühenden Ofen saßen, streckten neugierig ihre Köpfe in Richtung des einzigen anderen Raumes im Erdgeschoss des Blockhauses: «Hallo, Willie! Haben dich heute gar nicht erwartet! Komm rein!»

«Wartet, ich muss hier erst mal den Dreck rausfegen.» Willies schneller Einsatz mit dem Besen beförderte nicht nur den Schnee nach draußen, den er hereingeschleppt hatte, sondern auch eine stattliche Menge Müll, die sich auf dem ausgebleichten Linoleum in der Küche der Runyons angesammelt hatte. Er legte seine Handschuhe ab, lockerte den Kragen und schob seine mit Ohrenschützern versehene Mütze bis zum Hinterkopf zurück.

«Zieh deine Sachen aus und setz dich eine Weile hin», lud Harry ihn ein.

«Ich kann nicht bleiben. Ich bin auf dem Nachhauseweg. Komme grade aus der Stadt [ein bildhafter Ausdruck für die Ansammlung von Häusern in dem Dorf Meridian] und muss noch ein paar Mal Halt machen. Aber hier ist, denke ich, der Brief, auf den ihr wartet.» Schwungvoll zog Willie einen zerknitterten Umschlag aus der Innentasche.

«Lies vor, Willie! Setz dich hin und lies vor!»

«Seid ihr sicher?» Willie zeigte sich erstaunlich taktvoll.

«Wir haben keine Geheimnisse vor dir, Willie. Außerdem: Wenn diese Sarah da kommt, wirst du wahrscheinlich derjenige sein, der sie vom Zug abholt.» Hubert warf

Willie einen listigen Blick zu, um herauszufinden, ob er den Hinweis verstanden hatte.

Es kam für Willie nicht überraschend. Er öffnete den Umschlag, schüttelte das einzelne Blatt Papier heraus und las: «Liebe Großonkel ...»

«Das bin ich also», posaunte Harry, «ein Großonkel.»

«*Halb* groß, Harry. Und auch nur mit einem halben Verstand!», rief Bert.

Willie las weiter, als sei er nicht unterbrochen worden: «Ich habe Großmamas Plan zugestimmt unter der Bedingung, dass ich im Herbst hierher zurückkehren kann, wenn es nicht gut läuft.»

«Hey, was soll denn das bedeuten? Will sie etwa nicht kommen?»

«Wie es aussieht, ist sie nicht übermäßig begeistert davon, sich um zwei so alte Käuze zu kümmern, oder, Harry?», sagte Bert bissig, und Harry schwieg.

«Immerhin», las Willie weiter, «wird es auch euch nicht leichtfallen, euch an ein Kind im Haus zu gewöhnen ...»

«Was?!», schrien die Brüder auf.

«Sie hat ein Kind», sagte Willie ruhig. Hubert und Harry hatte es, wohl zum ersten Mal in ihrem Leben, vor Schreck die Sprache verschlagen.

«Sie schreibt», fuhr Willie fort, «dass sie und Simon ...»

«Simon.»

«Na, so was!»

«Sie und Simon werden in drei Wochen hier sein. Sie geht davon aus, dass jemand sie am Bahnhof abholen wird.»

Hubert und Harry warfen Willie einen unschuldigen Blick zu. Willie las weiter: «Sie sagt, ihre Großmutter lässt euch herzlich grüßen, und unterschreibt mit ‹Sarah Thrum›.»

«Thrum? Thrum?» Huberts Stimme klang verwirrt. «Aber das ist doch Maudes Name!»

«Scheint so, als ob es hier ein Problem gibt, Bert!»

Willie faltete den Brief nachdenklich zusammen und gab ihn Harry. «Ich muss jetzt los. Ihr werdet das Problem schon lösen», sagte er mit beruhigender Stimme. «Wenn ihr Hilfe beim Beantworten des Briefes braucht ...»

«Ja-ja», murmelte Hubert, der in Gedanken offensichtlich mit dem «Problem» beschäftigt war.

Harry, der in dem Augenblick aufmerksamer war, antwortete: «Caro kommt heute Nachmittag.»

«Nun, dann kann sie euch ja helfen, einen Brief zu formulieren. Denkt dran: Ihr müsst diese – Sarah – überhaupt nicht herkommen lassen, wenn ihr das nicht wollt.»

Willie ging und schüttelte den Kopf, besorgt über den Kummer der beiden alten Männer und über die Entscheidung, die sie treffen mussten.

Das Feuer knisterte, und eine verirrte Meise ließ sich kurz auf dem verschneiten Fenstersims nieder. Doch die beiden Männer, die in ihre Stühle versunken waren, hörten weder den aufmunternden Gesang, noch sahen sie den bezaubernden Gast.

«Diese Sarah da», sagte Harry schließlich, «kann nicht die Antwort auf unsere Gebete sein.»

«Denk dran, Harry», erwiderte Hubert nachdenklich, «denk dran, dass wir um jemanden gebetet haben, der uns genauso sehr braucht wie wir ihn.»

Harry stöhnte.

Mit ungewöhnlichem Ernst hatten Hubert und Harry ihre Entscheidung getroffen, als ein fröhliches «Ich bin's, liebe

Onkel!» aus der Küche zu ihnen an den Ofen drang, wo sie, immer noch in Gedanken versunken, saßen.

«Warum so ernst, ihr Lieben?», fragte Carolyn und drückte ihre kalten, rosigen Wangen an die wettergegerbten, stoppeligen Gesichter der beiden.

«Caro, diese Sarah da ist entschlossen zu kommen.»

«Na, das ist doch eine gute Nachricht!»

«Du hast noch nicht alles gehört. Es kommt auch ein gewisser Simon mit ihr.»

Carolyn schaute verwirrt drein. «Und ist das eine schlechte Nachricht?», fragte sie.

«Dieser Simon da ist ein Kind», erklärte Hubert bedrückt.

«Aber das ist doch wunderbar! Sagt mal, warum nennt ihr die beiden eigentlich immer ‹diese Sarah da› und ‹dieser Simon da›?»

«Weil ihr Nachname Thrum lautet.»

«Nun ja, das ist ein ungewöhnlicher Name, aber deshalb muss man ja nicht deprimiert sein.»

«Doch, es ist deprimierend. Weißt du, Caro, Thrum ist der Name von Sarahs Großmutter – und von ihrem Vater. Es ist nicht sehr wahrscheinlich, dass sie jemanden geheiratet hat, der genau denselben Namen trägt, oder?»

«Oh. … Oh!» Carolyns Ton verriet das Fortschreiten ihrer Gedanken, als ihr die Bedeutung dieser rätselhaften Äußerung allmählich aufging.

«Worauf Bert hinauswill», sagte Harry direkt, «ist, dass diese Frau ihren Mädchennamen trägt.»

Dieses Mal sagte Carolyn ihr «Oh, oh» mit leiser Stimme und sank in ihren Stuhl zurück.

Würden die Bewohner von Donnybrook ihr Herz für eine Frau öffnen, die ein so bedauernswertes Schicksal erlitten hatte, die mit der größten Schande gebrandmarkt war, die es in diesen Gefilden gab: ein uneheliches Kind zu haben? Früher hätte Carolyn sich ohne weiteres der allgemein verbreiteten Meinung über solche «Mädchen, die in Schwierigkeiten geraten waren» angeschlossen. Doch nun, in ihrer überraschenden neuen Unabhängigkeit, sagte sie nur: «Für mich macht das keinen Unterschied.»

Huberts nächste Bemerkung ließ keinen Zweifel an der Entscheidung der beiden Brüder, was die unglückliche «Sarah da» betraf: «Wir haben gewartet, bis du kommst, Caro, damit du für uns einen Brief schreiben kannst. Schreib ihr und diesem Kind Simon, dass sie kommen sollen.»

Nachdem der Brief ordnungsgemäß verfasst, unterschrieben und in Carolyns Tasche verschwunden war, von wo er schließlich zur Post gelangen würde, wirbelte Carolyn durch das Haus, putzte, wusch das Geschirr ab, ordnete die Papiere, polierte den Herd und füllte Petroleum in die Lampen.

«Ich komme bald wieder», versprach sie, während sie ihren Mantel zuknöpfte, «und dann kümmere ich mich um eure Wäsche.»

«Scheint es heute schrecklich eilig zu haben», bemerkte Hubert, als Carolyn wie ein Wirbelwind aus der Tür gefegt war. «Hat keinen Tee gemacht ...»

«Vielleicht ist sie froh, dass sie in Zukunft nicht mehr so oft hierherkommen muss.»

Der Schlitten drängte voran und schlidderte die Straße hinunter, und Carolyn hatte Schwierigkeiten, das Pferd in den weniger befahrenen Weg zum See hinunter zu lenken. Als sie vorher dort vorbeigefahren war, hatte sie, wie sie es gehofft hatte, Micah erblickt, der immer noch Eisblöcke schnitt.

«Bieg ab, du stures Biest!», schimpfte sie und zog an den Zügeln, bis die widerwillige Stute schließlich in die weniger ausgeprägte Spur einbog.

Als sie aus dem Busch herauskam, hielt Carolyn ihren Schlitten am Seeufer an. Der rote Schlitten und das fuchsfarbene Pferd wirkten wie ein plötzlicher bunter Farbklecks vor dem eintönigen Hintergrund, und Micah drehte seinen Kopf in Carolyns Richtung. Carolyn sah, wie sein Gesicht einen verschlossenen Ausdruck annahm – doch zuvor hatte sie noch die reine Freude darin aufblitzen sehen.

Als sie ihn beobachtete, wie er mit finster zusammengezogenen Augenbrauen auf sie zukam, unterdrückte Carolyn das Lachen, das in ihr hochstieg. Armer Micah. Er konnte ja nicht wissen, welche Kräfte hier am Werk waren. Doch er würde irgendwann darüber glücklich sein!

Obwohl Carolyn in Sachen Liebe noch mehr als unerfahren war, hatte sie doch sofort jenen elektrisierenden Moment wahrgenommen, der wie ein Funke das Feuer zwischen einem Mann und einer Frau entfacht. Und da sie nicht zu den koketten Frauen gehörte, konnte sie nur ehrlich und aufrichtig reagieren.

Doch Micah schien irgendwelche Vorbehalte zu haben. Mit der Gewissheit, die nur jemand haben kann, dem noch nie ein Plan vereitelt wurde, sah Carolyn in all dem kein Problem – ein Hindernis vielleicht, das überwunden werden konnte, ja, aber kein dauerhaftes Problem.

Sie warf die Decke, die sie über ihre Beine gelegt hatte, beiseite und wollte aus dem Schlitten steigen – in Micahs Arme. «Steig nicht aus», sagte er barsch, als er neben ihr angekommen war. Carolyn zögerte. Er stand neben ihr am Schlitten und blickte auf ihr Gesicht nieder, das sie ihm zugewandt hatte – seine Kiefer zusammengepresst, sein

Blick ernst. Doch das war zu viel für sie. Ihr Lachen sprudelte hervor, und sie sagte fröhlich: «Du jagst mir keine Angst ein, Micah Lille. Ich kenne dich besser, als du denkst.»

Voller Liebe und Vertrauen blickte sie hinauf in sein schönes, verschlossenes Gesicht und sah, wie es sich veränderte. Der ernste Blick wurde sanfter, der barsche Ausdruck schmolz dahin – doch nur vorübergehend.

«Es ist nicht gut, Carolyn.»

«Doch, es ist sehr gut», sagte Carolyn sanft. Und wenn jemals Lippen um einen Kuss baten, dann waren es die ihren.

Der dunkle Blick war auf ihren empfindsamen Mund gerichtet. Carolyn konnte fast spüren, welcher Kampf sich hinter den intensiven Augen abspielte. Dann aber verhärtete sich sein Blick wieder, und der Moment war vorbei.

«Komm nicht wieder her, Carolyn.»

«Aber ...»

«Komm nicht wieder her.» Micah hatte seine Lippen zusammengepresst, doch seine Hände, mit denen er die Decke um sie herum befestigte, waren unaussprechlich sanft.

Mit einem raschen Schritt war er beim Pferd und gab ihm einen Klaps auf den Rumpf. Die Stute schreckte auf und sprang vorwärts. Carolyn wendete den Schlitten in Richtung Straße und in Richtung Zuhause.

Als sie an Micah vorbeifuhr, hielt sie kurz an und sagte klar und deutlich: «Ich verstehe es zwar nicht, Micah, aber ich werde es so machen.»

Der Mann mit der steinernen Miene sah ihr hinterher, als sie wegfuhr, und in seinen Augen war Verzweiflung zu lesen.

Kapitel 16

Jamie holte einen Laib Brot aus dem Ofen und betastete mit dem Daumen die Kruste. Als er sie für zufriedenstellend befunden hatte (wobei er allerdings oft falsch lag), trug er das Brot zum Tisch und holte noch drei weitere Laibe aus dem Ofen, dankbar dafür, dass sie alle gut aufgegangen waren, herrlich dufteten und schön anzusehen waren. Es gelang ihm sogar, sie aus den Formen herauszunehmen, ohne sich die Finger dabei zu verbrennen. Und er wusste, dass es wichtig war, sie erst abkühlen zu lassen, bevor er sie verstaute, weil sie sonst zu weich wurden. Jamie hatte nur allzu oft matschiges, zusammengefallenes oder saures Brot gehabt.

Dass er diese Arbeiten überhaupt bewältigte, war rein aus der Not geboren, denn er hatte niemanden, der sie für ihn übernehmen konnte. Und so machte er sich beharrlich an die Aufgaben, die notwendig waren, damit das Leben weitergehen konnte. Doch ein angenehmes oder einfach nur normales Leben war etwas anderes.

Häufig endeten die Arbeiten im Haushalt in einem Desaster. Dass das Brotbacken heute ein Erfolg gewesen war, überraschte ihn. Er verstand nicht, warum das Brot einmal gelang und ein anderes Mal flach, grau und ohne Geschmack war.

In den meisten seiner Töpfe hafteten angebrannte Speisereste am Boden, obwohl er die «Sapolio Scheuerseife» gründlich angewandt und die Töpfe in seiner Verzweiflung sogar mit Scherben von alten Fensterscheiben ausgekratzt hatte. Der Vorhang an dem einen Fenster hing durch, und alle müssten eigentlich gewaschen werden. Doch Waschen bedeutete auch Bügeln, und allein der Gedanke schreckte ihn ab.

Der Frühling stand bevor, und das hieß, dass er einen ganzen Morgen (oder sogar Tag!) mit der übermenschlichen Aufgabe verbringen würde, die Flickenteppiche zu waschen – deren Farbe schon unter mehreren Schmutzschichten verschwunden war – oder sie auszurangieren.

Als er an die Waschtage dachte, stöhnte Jamie auf, denn vor seinem inneren Auge sah er die Schublade voll hellblauer Unterwäsche in seiner Kommode. Er hätte sie nicht zusammen mit den Overalls in den Waschzuber stecken sollen. Doch irgendwie brachte Jamie es nicht über sich, die verfärbten Stücke im Gras und über den Büschen auszubreiten, damit sie in der Sonne ausbleichen konnten, wie es die Frauen sonst machten. Wenn er das täte, käme bestimmt im nächsten Moment Abbie Rooney vorbei (obwohl das bisher noch nie vorgekommen war) und blickte ihn von oben herab an. Schon bei dem Gedanken brach ihm der kalte Schweiß aus.

Er schnitt ein Stück von dem heißen Brot ab und schmierte aus einem kleinen Topf Butter darauf (die zu salzig war, wie er ärgerlich feststellen musste). Als er über all diese Dinge nachsann, sank sein Selbstvertrauen auf einen Tiefpunkt. Und es half auch nicht, wenn er an seine Nachbarin dachte, eine alleinstehende Frau, die versuchte, die Männerarbeit zu bewältigen, und der es recht gut gelang. Doch wenn sie erst der gewaltigen Arbeitslast im Frühling, Sommer und Herbst gegenüberstand – dann wollte er ja mal sehen, wie sie das schaffte! Wahrscheinlich kam sie genauso wenig zurecht wie er in der Küche. So stellte er es sich vor und genoss den Gedanken.

Die bitterkalten Wintertage waren vorüber, und manchmal lag so etwas wie Föhn in der Luft. Wenn Jamie zur Rooney-Farm fuhr – stur und beharrlich zweimal in der Woche (Sam Morris tat es ebenso, an anderen Wochentagen) –, dann traf er Abbie hart arbeitend in Stiefeln und Overall an. Wenn man von ein paar erfrorenen Küken absah, hatte sich alles gut entwickelt. Als er die schlecht schließende Tür zum Hühnerhaus erneuert und zahlreiche Risse gestopft hatte, hatte Abbie sich, wie immer am Ende seiner Besuche, bei ihm bedankt und darauf bestanden, dass er einen frisch gebackenen Apfelkuchen aus getrockneten Früchten mitnahm, den sie ihm mit ebenso viel Stolz überreichte wie er ihr den Hammer und die Säge nach getaner Arbeit.

Das Mitleid, das Jamie für Abbie empfunden hatte, hatte sich fast sofort in Kummer verwandelt und dann – als er mit ihr über ihre Pläne sprach – in Ärger. Und sie hatte ihm seither keinen Grund geliefert, seine Meinung zu überdenken.

Warum sie weiter in Donnybrook-Wildrose blieb, konnte er absolut nicht verstehen. Er wusste, dass sie sich einsam fühlen musste. Ihm ging es ja nicht anders. Sie war mit dem Farmleben nicht vertraut, denn sie war in der Stadt aufgewachsen. (Mit erhobenem Haupt hatte sie ihm einen strafenden Blick zugeworfen, als er über die Bänder an Aschenputtels Hörnern lachte, die sicherlich auf Betreiben von Merry dorthin gelangt waren.) Ihre Mutter hatte ihr ein Zuhause in Ontario angeboten, weit entfernt vom Busch, den sie angeblich so fürchtete. Und sie fürchtete ihn zu Recht, wie Jamie zugeben musste, schließlich hatte der Busch ihren Mann zu Tode gebracht. Warum nur bestand sie darauf, eine Arbeit zu bewältigen, für die sie genauso wenig geeignet war wie … wie *er* für die Hausarbeit?!

Jamie knüllte das Geschirrtuch zusammen und schleuderte es achtlos in die Ecke, wohl wissend, dass er es wieder aus dem Staub aufheben musste, es zusammenfalten und aufräumen musste, wenn es nicht bis zum Sankt Nimmerleinstag dort liegenbleiben sollte.

Er war versucht, einen Laib Brot einzupacken und ihn triumphierend zu Abbie zu bringen, ein selbstgefälliges Geschenk, das vor allem seinem Ego schmeichelte. Doch stattdessen hob er seufzend das Geschirrtuch auf und zuckte zusammen, als er einen Butterfleck darauf entdeckte. Wie um alles in der Welt sollte er den wieder herausbekommen?

«Wir haben es fast geschafft, Harry!», krähte Hubert vergnügt. «Der Frühling ist fast schon da, und wir strotzen vor Kraft!»

«Du strotzt viel zu fröhlich», brummte Harry. «Dieses Tonikum, das du da eingenommen hast …»

«‹Rindfleisch und Eisen›», ergänzte Bert.

«Das gibt ja mehr Energie als Kraftübungen, wenn du mich fragst!»

«Das ist das gute, herzhafte Stück Rindfleisch, was da drinnen ist, Harry», verteidigte sich Bert. «Es garantiert, dass man wieder rote Wangen und kräftige Muskeln bekommt, nicht wahr?»

«Farbe hast du bekommen, das ist wohl wahr, aber die Kraft scheint sich vor allem in deinen Stimmbändern angesammelt zu haben. Du solltest besser wieder ‹Bromo Vichy› nehmen, Bert. Das ist ein sicheres Heilmittel für überarbeitete Gehirne, und deins hat alle Anzeichen von Überlastung. Das Einzige, was ich übrigens habe, ist ein gereizter Magen, und das kommt von deinen Kochkünsten. Aber bald …», strahlte Harry, «bald haben wir eine richtige Köchin! Da kommt übrigens Caro, die bei uns klar Schiff machen will. Es geht bergauf, Bert!»

Als Carolyn ihre Putzsachen hereinbrachte und den Arbeitsplan für den Tag vorstellte, erklärten die Brüder sich bereit, ihren Teil dazu beizutragen.

Schon bald vibrierte das robuste Blockhaus vor Betriebsamkeit. Das wenigste davon kam von Hubert und Harry. Sie beteiligten sich eher als Mitläufer. Carolyn war es, die sprühend vor Energie hin und her wirbelte, entschlossen, Ordnung in das Chaos zu bringen, das die Brüder durch ihre Achtlosigkeit und ihre eingeschränkten Möglichkeiten geschaffen hatten. Hubert sollte in Harrys Zimmer umziehen, damit seines für Sarah und Simon vorbereitet werden konnte.

Hubert, der sich mit Besen und Schaufel bewaffnet die Treppe hinaufkämpfte, stand plötzlich Harry gegenüber, der mit einem Bündel Wäsche in der Hand hinunterwollte und fast Hals über Kopf gestürzt wäre. Ein paar frustrierende Augenblicke lang federten die beiden nach links und nach rechts und verwickelten sich in eine kurze, gespielte Rangelei. Schon lange hatten sie nicht mehr so miteinander gerauft und gerangelt wie als Jungen und als Männer im Vollsaft, und beide genossen es offensichtlich. Doch das wollten sie natürlich nicht zugeben.

«Brrrr!», rief Hubert. Und mit zitternden Beinen beendeten sie ihren vergeblichen Versuch, auf der engen Treppe aneinander vorbeizukommen.

«Selber brrrr, du alter Ziegenbock!», konterte Harry, mehr amüsiert als verärgert. «Siehst du nicht, dass ich ins

Schlingern geraten bin? Aus dem Weg!» Dankbar für eine kurze Pause, ließ Hubert sich gegen die Wand fallen, und sein Bruder machte sich wackelig auf den Weg nach unten.

«Wenn du oben bist, musst auch du wieder runterkommen! Falls das Tonikum wirkt, kannst du es ja mit dem Treppengeländer versuchen!» Harry warf die schmutzigen Laken und die streng riechenden Hemdhosen – lange Unterwäsche-Einteiler – in eine Ecke, hob sie allerdings wieder auf, als Carolyn hereinkam und einen gequälten Blick in seine Richtung warf. «Man könnte meinen, die Königin von England kommt jeden Moment!», murmelte er. «Ich hoffe, ihre Majestät weiß all diese Arbeit zu schätzen!»

«Das wird sie», beruhigte ihn Carolyn und nahm ihm die Wäsche ab. «Warum ruhst du dich nicht ein bisschen aus, Onkel Harry? Dabei könntest du diese hier zusammenlegen.» Sie überreichte ihm einen Armvoll Socken.

Harry ließ sich auf seinen Stuhl sinken, und seine alten Finger fummelten in der Wolle herum, bis seine Augen und Hände sich wieder koordiniert hatten. Ein dumpfes Geräusch aus dem oberen Stockwerk ließ Carolyn besorgt nach oben blicken, und Harry sagte listig: «Wahrscheinlich ist Bert zusammengebrochen.»

Carolyn war zwar überzeugt, dass dies nicht der Fall war, doch um sicherzugehen, rannte sie die Treppen hinauf. Als ihr Rockzipfel außer Sicht war, grinste Harry, legte seinen Kopf zurück und schloss die Augen.

Nachdem Carolyn die Stiefel aufgehoben hatte, die Hubert hatte fallen lassen, setzte sie den alten Herrn auf die Bettkante und ließ ihn eine Schublade mit Krimskrams aussortieren. Als er eine Häkelnadel fand und in seinen von lebenslanger harter Arbeit geformten und verformten Händen hielt, wurden Carolyns Augen feucht, während seine Augen das Durcheinander des Zimmers nicht mehr wahrzunehmen schienen; sie blickten irgendwohin in die Ferne, wohin Carolyn ihm nicht folgen konnte. Sanft tätschelte sie seine gebeugten Schultern und ließ den in Träume versunkenen Mann zurück, schlich auf Zehenspitzen am schlafenden Harry vorbei und begab sich in die Küche.

Sie holte von dem warmen Wasser, das im Vorratsbehälter am Herd bereitstand, tat Seife hinein und kniete nieder, um den Küchenboden zu schrubben.

Als sie mit dem Buggy nach Hause fuhr (für den Schlitten war schon nicht mehr genug Schnee vorhanden), hatte Carolyn, deren Herz voller Erinnerungen war, eine klare Aussicht auf den See. Keine männliche Gestalt ging am Ufer entlang oder stand gebeugt auf dem Eis und arbeitete. Inzwischen schlugen wieder kleine Wellen ans Ufer, und das Eis schmolz schnell dahin. Büsche und Bäume waren frei von Schnee und streckten ihre nackten Arme zum Himmel, aus dem alles Bedrohliche und Stürmische verschwunden war und wo die Sonne, die so lange Zeit eingeschüchtert worden war, vorsichtig wieder auftauchte.

Doch Micah Lille war weg.

Nachdem er sie – mit barscher Stimme und zärtlicher Berührung – aus seinem Leben verbannt hatte, hatte sie wochenlang nichts von ihm gehört oder gesehen. Stürme tobten durch Carolyns verwundetes Herz wie durch die Winterlandschaft draußen, und mehr als je zuvor schien es ihr, als würde diesem Winter kein Frühling mehr folgen.

Doch mit dem ersten warmen Windhauch kam auch der Beweis, dass es immer noch Leben gab, nicht nur im

Busch, sondern auch im menschlichen Herzen: Tiger Lilly steckte Carolyn bei einem Treffen einen Zettel zu: «Bei den Birken. Drei Uhr.»

Er wartete schon, als sie eintraf, lässig an einen Baum angelehnt, ein langes Bein über das andere gelegt. Er richtete sich auf und sah ihr entgegen, seine Augen dunkel wie die Nacht in einem ausdrucklosen Gesicht.

Carolyn blieb nur wenige Zentimeter vor ihm stehen. Mit der Aufrichtigkeit, die all ihre Begegnungen mit ihm gekennzeichnet hatte, hob sie ihr Gesicht und blickte ihn lange an. Dann lachte sie mit einer herzerfrischenden Spontaneität, und der Klang schwebte, fröhlich und frei, in die Stille des Busches hinein.

«Oh, Micah!» Sie schlang beide Arme um ihn und erhob ihr lachendes Anlitz zu seinem verblüfft dreinblickenden Gesicht. Sie legte ihre Wange an seinen rauen Mantel und sagte sanft: «Du Dummkopf!»

Micah holte tief Luft. Dann löste er ihre Arme und legte die seinen um sie, in der ersten zärtlichen Umarmung zwischen ihnen. Doch er küsste sie nicht. Er hielt sie sanft fest, und obwohl ihre auffordernden Lippen nur wenige Zentimeter von den seinen entfernt waren, küsste er sie nicht.

«Hör mir zu, Caro», sagte er, und sie lauschte seinen Worten.

«Du bist nicht wie die anderen Mädchen, die ich kenne», fuhr er fort. «Du bist lieb und aufrichtig. Und du bist stur. Oh, was bist du stur!»

«Ich weiß nur genau, was das Richtige für mich ist», erwiderte sie. «Und ich weiß, was für dich richtig ist», fügte sie hinzu, und in ihren hellen Augen blitzte etwas Freches auf.

Micah gab einen unterdrückten Laut von sich, der einem Stöhnen ähnelte, und schlang seine kräftigen Arme noch fester um sie.

«Ich kann nur aufrichtig zu dir sein», sagte er mit ruhiger Entschlossenheit. «Es gibt ein paar Dinge, um die ich mich kümmern und die ich klären muss ...»

«Du gehst ins Reservat zurück.» Es war eine Feststellung.

«Ich muss. Und ich weiß nicht, wann ich zurück sein werde.»

«Aber du wirst zurückkommen.» Auch dies war eine Feststellung.

Wieder ein Stöhnen. «Oh, Caro! Deine Kraft – ich frage mich, ob du genug Kraft hast?»

«Mama sagt, ich sei ziemlich dickköpfig geworden. Ich nenne es lieber dickherzig.» Ein Lächeln funkelte in Carolyns Augen.

«Ich bitte dich nicht darum, auf mich zu warten ...»

«Ich werde warten.»

Micahs kräftige Hände schlossen sich um Carolyns Oberarme, und er schob sie ein Stück weg von sich. Seine schwarzen Augen blickten eine lange Zeit tief und fast mit Verzweiflung in Carolyns graue Augen.

Dann machte Micah Lille auf dem Absatz kehrt und ging mit sehr entschlossenen Schritten durch die glitzernden Schneeflecken, an den Birken vorbei, in den Busch hinein, und er blickte nicht mehr zurück.

Als das abgenutzte Linoleum in der Küche der Runyons seine klebrigen Schmutzschichten losgeworden war und die ursprünglich darauf abgebildeten Rosen wieder erblühten, goss Carolyn die Seifenlauge weg, holte frisches Wasser und machte sich an den Herd, wobei sie ihre Erinnerungen beiseiteschob. Entschlossen, dem gruselig aussehenden Herd wieder seine alte Schönheit zu verleihen, polierte und reinigte sie ihn, bis er schwarz und silbern glänzte. Befriedigt betrachtete sie ihn und war fast schon überzeugt, dass man darauf nun auch besser kochen könnte. Jedenfalls würde «diese Sarah da» nicht von Ekel gepackt werden, wenn sie sich ihm näherte.

Sie füllte ihre Schüssel wieder mit Wasser auf, nahm frische Handtücher, Seife und Waschlappen und trug alles nach oben. Auf dem Weg dorthin weckte sie Harry und bat ihn, ihr zu folgen.

Die Brüder, die es bei dem Gedanken an ein «Vollbad» und auch aufgrund der Kälte des Raumes schauderte, wuschen sich schnell und zogen die frischen, sauberen Kleider an, die Carolyn ihnen bereitgelegt hatte.

«Du liebe Güte, Harry!», prustete Hubert, der in dem kleinen Spiegel über der Kommode sich selbst anstarrte, während er sich die Haare kämmte. «Was machst du denn in meinem Spiegel?»

«Wenn du deine Haare öfter kämmen würdest, Bert, würdest du dich selbst erkennen. Du bist nämlich hässlicher als ich.»

«Aber ich bin nicht so alt!», widersprach Hubert.

«Du bist genauso vergesslich, wie du hässlich bist, Bert», sagte sein Bruder, der versuchte, seinen Fuß hoch genug zu bekommen, um sich die Schuhe zuzubinden, «und du bist so hässlich, wie du alt bist.»

«Das ist deine Schuld! Ich hab dir immer alles nachgemacht, Harry, und du störrischer alter Esel bist einfach älter und älter geworden. Und weil ich dich anscheinend nicht aufhalten konnte, habe ich mich wie immer an dich drangehängt.»

Als das Bad beendet war, rieb Harry sich die braunen Flecken, die wie von Zauberhand auf seinem Handrücken erschienen waren. «Ich kann mich erinnern, dass ich solche Flecken auf dem Nasenrücken hatte», sagte er bedauernd.

«Sommersprossen. Virgie hatte eine davon. Nur nannten wir das Schönheitsfleck. Genau hier auf der Wange war das, direkt neben ihrem Grübchen ...» Er sprach immer langsamer und hielt schließlich inne.

Die Stimmung der beiden Männer heiterte sich wieder auf, als sie, sauber und warm, neben dem Ofen saßen und Carolyn ihnen berichtete, dass ein Hühnchen im Ofen schmorte, Kartoffeln geschält waren und zu kochen begannen und ein Laib frisches Brot und ein paar Törtchen, die sie von zu Hause mitgebrachte hatte, abgedeckt auf der Anrichte lagen.

«Die Arbeit hat sich jetzt schon gelohnt», gluckste Harry und schnupperte anerkennend.

Plötzlich stiegen Carolyn die Tränen in die Augen. Sie drückte den beiden noch schnell einen Kuss auf den Kopf, dessen Haut unter den wenigen dünnen Haaren glänzte, und sagte ihnen zum letzten Mal als ihre Haushälterin auf Wiedersehen. *Was,* so fragte sie sich, *werde ich jetzt mit meiner Zeit anfangen? Micah, Micah – komm bald wieder zurück!*

Voller Erwartung und auch voller Befürchtungen, zwischen Ungeduld und Zögern, Optimismus und Bedenken, legten Hubert und Harry den Kopf zurück.

«Willie wird sie in ungefähr einer Stunde hierherbringen», sagte Bert.

«Mit ‹sie› meinst du wohl alle beide.»

Die Sonne schien immer wärmer auf das mit Schneeflecken gesprenkelte Land. Die Männer flickten die Geschirre ihrer Pferde und überprüften die Pflüge, Eggen und Saatgeräte. Die Frauen holten das letzte eingemachte Gemüse aus dem Keller und waren dankbar, dass sie einen weiteren Winter überstanden hatten. Sie sahen ihre Vorräte an Saatgut für den Garten durch und träumten von einer neuerlichen Rekordernte.

Abbie hatte ihre Röcke hochgebunden und sich eine alte Jacke aus Baumwoll-Drell über die Schultern gelegt. So umrundete sie die schmelzenden Schneehaufen und eisigen Pfützen, bis sie an dem Stück Land ankam, das Matthew im letzten Jahr bestellt hatte – eine seiner ersten Arbeiten nach der Ankunft in Donnybrook. Die Erde im Buschland wurde ihrem Ruf gerecht, besonders fruchtbar zu sein, den Pflanzen die notwendige Nahrung zu bieten und Feuchtigkeit gut speichern zu können. Trotzdem konnte einem die unberechenbare Wachstumssaison, was Garten und Felder betraf, einen Strich durch die Rechnung machen, indem sie die ohnehin schon kurze frostfreie Zeit von nur ungefähr 110 Tagen weiter verkürzte. Abbie wollte ihren Garten also so bald wie möglich nutzen.

Sie kauerte sich auf die reiche schwarze Erde nieder, zwischen abgestorbenen Stielen und verrottenden Gemüseresten, die kahl und hässlich in schiefen Reihen über das Beet verstreut lagen. Die Sonne vollbrachte ihr sanftes Werk und lockte kleine Triebe aus dem Boden, ließ neues Leben aus alten Wurzeln aufsprießen und weckte Saatkörner auf, die den ganzen Winter über in der Erde geschlafen hatten.

Abbie verstand diese Botschaft genau: Aus dem Reichtum des vergangenen Jahres setzte sich nach einem harten Winter der Kreislauf des Lebens fort.

Abbie hob eine Handvoll der guten Erde auf und presste sie in ihrer Hand zu einem feuchten Ball. Sie stand auf, hörte auf den Klang der erwachenden Welt um sie her, roch das Land und fühlte sein Leben in ihren Händen.

Sie atmete die prickelnde Luft tief ein, ließ den kleinen Ball aus Erde fallen und rieb die Hände an ihrem Rock ab. «Ich werde als Erstes Radieschen pflanzen», sagte sie.

Kapitel 17

Es war wohl das einzige Mal in Willies selbstlosem Leben, dass er in Meridian ankam, ohne Einkaufslisten von fast allen Farmen dabeizuhaben, die auf dem Weg lagen. Diese aufmerksame Geste hatte er diesmal unterlassen, denn es schien ihm dringlicher, auf die Gefühle der jungen Frau und des Kindes Rücksicht zu nehmen, die müde und vielleicht auch angespannt ankommen würden und nicht in der Stimmung wären, auf dem letzten Abschnitt ihrer Reise bei zahlreichen Farmen Halt machen und geschwätzige wie neugierige Nachbarn begrüßen zu müssen.

«Holen Sie die Großnichte ab?», fragte Pete Wiebe, als er Willies kleine und die größere Liste der Runyons durchging, die Carolyn Morris noch aufgestellt hatte, um die kargen Vorräte der beiden Brüder aufzufüllen.

Willie nickte, und Pete erwartete auch keine weiteren Ausführungen. Doch er sah wohlwollend zu, wie der hagere Mann geduldig seine Einkäufe einpackte und zu seinem Wagen brachte.

«Ein guter Mann, dieser Willie Tucker», sagte Pete zu niemand Bestimmtem. Und es hörte ihm auch niemand zu.

Am Bahnhof band Willie sein Pferd fest, nickte dem Bahnhofsvorsteher zu und setzte sich auf ein aufrecht stehendes Fass, die langen Beine ausgestreckt, wobei ihm die Stiefel an seinen großen Füßen irgendwie hinderlich waren. Als er sie schließlich zufriedenstellend arrangiert hatte, wartete er geduldig.

«Da kommt sie, genau pünktlich», sagte Rudy Bannister, der Bahnhofsvorsteher, während er seine Uhr wieder in die dazu vorgesehene Tasche steckte. Ein fernes Pfeifen bestätigte seine Feststellung, und über dem Busch erschien eine Rauchwolke.

Willie richtete seine schlaksige Gestalt auf und stand da, mit den Händen in der Jackentasche und der Mütze auf seinem dunklen Kopf nach hinten geschoben, während das schwarz glänzende Ungeheuer aus dem Busch hervorbrach und innerhalb von Sekunden dröhnend und dampfend zum Stehen kam.

Der Schaffner sprang herunter, legte einen Tritt vor die Stufen und reichte der Frau, die zum Aussteigen bereitstand, die Hand. Sie drehte sich nach dem Kind um, das ihr folgte, und bot ihm die Hand an. Doch der Knabe lehnte in typischer Jungenmanier ab und sprang auf den Bahnsteig.

Dies, so nahm Willie an, war die Großnichte mit ihrem Kind, und er war ein wenig überrascht, ohne genau zu wissen, warum. Vielleicht deshalb, weil er ein junges Mädchen mit einem Baby erwartet hatte (Hubert und Harry hatten dunkel angedeutet, dass Sarah unverheiratet war). Doch dies war kein unreifes Mädchen, das beschämt einen Säugling auf dem Arm trug. Sie war eine Persönlichkeit, die Anfang zwanzig zu sein schien, jedoch eine Reife ausstrahlte, die sie älter erscheinen ließ.

Das war nicht die einzige Überraschung. Während die meisten Frauen eher klein waren, war diese hier groß und kräftig. Von ihr, so fühlte Willie instinktiv, war nicht zu erwarten, dass sie um ihre kleinen Hände und Füße viel Aufhebens machte, zierliche Posen einnahm und sich mit femininen Düften umgab.

Sie stand aufrecht, fast majestätisch, und ihr weiter, klarer Blick schweifte über den Bahnsteig und heftete sich an Willie, der einen Moment lang in stiller Neugier reglos dastand.

«Guten Tag, Madam», sagte er, ging auf sie zu und zog die Mütze. «Ich bin Willie Tucker. Ich nehme an, Ihre Onkel haben Ihnen mitgeteilt, dass ich Sie vom Zug abhole.»

Willie sah nun, dass sie schiefergraue Augen und sehr dichte Wimpern hatte. Ihre Züge waren markant, die Stirn breit und die Wangenknochen hervorspringend. Die Nase war nicht klein, aber schön geformt, und ihre breiten, vollen, geschwungenen Lippen passten zu ihrem Gesicht. Willie, der seine Fantasie normalerweise nicht schweifen ließ und schon gar kein Frauenkenner war, fragte sich nur flüchtig, wie dieser volle Mund wohl aussehen würde, wenn er lächelte. Er war überzeugt, dass die Zähne groß, weiß und kräftig sein würden. Damit lag er nicht unbedingt falsch. Es fehlte nur noch ein «leicht schief». Doch nachdem sie kurz gelächelt hatte, nahm sie wieder einen zurückhaltenden Ausdruck an.

«Guten Tag, Herr Tucker», sagte sie mit leiser Stimme und einem festen Händedruck. «Es ist sehr nett von Ihnen, uns abzuholen.»

«Aber nein», antwortete Willie, «ich musste sowieso in die Stadt fahren.» Jeder andere Mann wäre bei dieser Bemerkung wohl rot geworden, doch Willie war wie immer er selbst: aufrichtig und bescheiden.

Die Frau zögerte noch mit einer Antwort, doch das fiel Willie nicht auf. Ihre Augen waren ernst, ihr Blick durchdringend. «Das ist mein Sohn Simon», sagte sie schließlich ruhig und legte ihre Hand auf den Kopf des Jungen. Ihre Hand war, wie alles an ihr, zwar groß, doch schön geformt und wohlgestaltet. Wie es aussah, war sie eine sehr fähige Frau. So schrumpften Willies Befürchtungen, sie könnte der Situation im Haushalt der Runyons nicht gewachsen sein, plötzlich auf ein kleines Maß zusammen.

Der Junge hob sein Gesicht und sah Willie an. Er hatte

die gleichen großen grauen Augen und dichten Wimpern wie seine Mutter. Doch während ihr Blick kühl und distanziert war, war seiner sanft und empfindsam. Und sein Gesicht war nicht markant und zurückhaltend, sondern schmal – wie der unbekannte Mann, der sein Vater war, dachte Willie flüchtig. Das Haar des Jungen, das unter seiner Mütze hervorschaute, war dicht und hell, während das Haar seiner Mutter, das sie zu einem losen Knoten am Hinterkopf hochgesteckt hatte, einen dunklen Honigton hatte.

«Hallo, mein Junge», sagte Willie, und der Junge blinzelte, als er an der hohen Gestalt vor ihm hochschaute. Willie wusste durch den Blick in den Spiegel, dass er kantige Züge, tiefliegende Augen und einen traurigen Gesichtsausdruck hatte. Er wusste auch, dass sein Gesicht sich automatisch in kummervolle Falten legte und dass nur sein gelegentliches Lächeln seine, wie man ihm humorvoll zu verstehen gab, verdrießliche Ausstrahlung abmilderte. Nun lächelte er.

«Sie sehen aus wie ...», sagte der Junge plötzlich.

«Abraham Lincoln.»

Die Augen des Jungen weiteten sich.

«Simon», ermahnte seine Mutter sanft.

«Schon in Ordnung, Madam», sagte Willie und lächelte wieder. «Den Satz habe ich schon oft gehört.» Allerdings hatte sich anscheinend niemand die Mühe gemacht, hinzuzufügen, dass er der historischen Persönlichkeit nicht nur dem Aussehen nach glich, sondern auch, was seine Fähigkeiten betraf.

Mit Rudys Hilfe lud Willie das Gepäck, das zu Füßen der Frau stand, auf den Wagen, und auf seine Einladung hin setzte Sarah ihren Fuß auf die Radnabe und schwang sich flink in die Kutsche hinauf. Simon kletterte alleine hoch.

Das Kind, das zwischen den beiden Erwachsenen auf

dem hohen gefederten Sitz saß, war still – vielleicht schüchtern, vielleicht auch müde. Und seine Mutter ebenso. Es gab kein nervöses Geplapper, keine oberflächliche Unterhaltung und auch keine Fragen, während sie aus Meridian hinaus in Richtung Donnybrook fuhren. Dies gefiel Willie gut. Willie fand Unterhaltungen – insbesondere leichtes, bedeutungsloses Gerede – immer schwierig. Besonders, wenn er mit jemand Fremdem zusammen war, dazu noch mit einer Frau.

Willie steckte seine große Pranke kurz in die Jackentasche, blinzelte zu dem Kind hinunter und ließ eine Papiertüte in die kleine Hand fallen, die sich spontan danach ausstreckte. Der Blick aus den empfindsamen grauen Augen erwärmte sich, als sie den großen Mann anschauten.

Die Pferde trotteten weiter, der Wagen knarrte und hüpfte, und der Junge hielt seine Augen fest auf die des Mannes gerichtet, wie nur Kinder es vermögen – beständig, ernst und unbefangen –, bis Willie, der dadurch seltsam berührt war und nicht wusste, warum, mit den Zügeln schnalzte, das Gespann antrieb und die Pferde zu traben anfingen.

Wie sollte ein kinderloser Junggeselle auch wissen, dass die kleine goldene Kugel, die der Junge in den Mund steckte, für diesen mehr bedeutete als nur Zitronengeschmack und Zucker? Wie konnte ein Mann, dessen Herz leer war und der so oft übergangen wurde, ahnen, dass in seinem kleinen Geschenk eine Zutat steckte, die im Lauf der Zeit und bei vielen Gelegenheiten drei Menschen das Leben versüßen würde?

«Hüja!», rief der Mann schroff.

«Hüja!», ertönte neben ihm die kleine Stimme in einem Ausbruch von Freude.

Kapitel 18

Hubert und Harry hatten sich in eine Art fiebrige Neugier, Besorgnis und Ungeduld hineingesteigert, bis Willie Sarah und Simon brachte, ihre Habseligkeiten in die Tür stellte und weiterfuhr. Er überließ es ihnen, mit dem fertigzuwerden, was sie als eine angespannte Situation vorausgesehen hatten.

Sarah begrüßte ihre Großonkel mit natürlicher Schlichtheit, hängte ihren Mantel und den ihres Kindes hinter der Küchentür auf, als hätte sie dies schon ihr ganzes Leben lang getan, wandte sich dann den beiden um sie herumstehenden Männern zu – die sonst so gesprächig, nun aber schweigsam waren – und stellte fest: «Ich bringe nur schnell unsere Sachen in unser Zimmer.»

«Oben ...», brachte Harry hervor und machte eine verkrampfte Bewegung in Richtung der Treppe.

«Ich werde es schon finden.»

Das Kind folgte ihr und warf den beiden alten Männern zwischen gesenkten Augenlidern scheue Blicke zu. Hubert und Harry ließen sich, wie immer, wenn etwas sie anstrengte, in ihre alten Schaukelstühle fallen.

«Uh, so weit, so gut, könnte man sagen», begann Bert mit leiser Stimme.

Harry schluckte und flüsterte: «Ein wenig – drall, meinst du nicht auch?»

«Nun ja, sie ist kein dünner Spatz, Harry. Aber auch keine fette Kropftaube.»

Es herrschte Stille, bis Sarah wieder die Treppe herunterkam, mit dem Kind im Schlepptau. Bei den Stühlen ihrer Onkel blieb sie stehen und sagte: «Dem Duft nach zu schließen ist das Abendessen im Ofen. Ich kümmere mich darum.» Und sie ging in die Küche, wobei Simon ihr auf den Fersen folgte.

Mit wachen Sinnen nahmen Hubert und Harry die Gerüche und Geräusche wahr, die aus der Küche drangen. Abwechselnd rollten sie die Augen und warfen einander vielsagende Blicke zu, als die Ofentür aufging. Sie spitzten die Ohren, als das Brot aufgeschnitten wurde, und nickten wissend, als das kochende Wasser in die Teekanne gefüllt wurde. Und als Simon in der Küchentür erschien und ankündigte, das Abendessen sei nun fertig, machten sie sich etwas befangen auf den Weg in die Küche und nahmen ihre Plätze ein, wobei sie sich an ihrem eigenen Tisch wie Fremde vorkamen.

Ganz offensichtlich war Sarah nicht sehr gesprächig. Und der Junge zumindest an diesem Abend auch nicht. Simons Wangen röteten sich, als er sich über den Teller beugte, und ihm fielen vor Müdigkeit fast die Augen zu. Schließlich entschuldigte sich Sarah und brachte das Kind zu Bett.

Bevor sie wieder zurückkam, um in der Küche aufzuräumen, begaben sich Hubert und Harry wieder an ihren Zufluchtsort am Ofen zurück, und ihre Gürtel spannten nach der besten Mahlzeit, die sie seit langer Zeit gegessen hatten. Dann hörte man aus der Küche, wie – endlich wieder – eine Frau all die häuslichen Arbeiten verrichtete, die eine Frau so gut kann und die Hubert und Harry so sehr vermisst hatten.

Sarah band ihre Schürze ab, fuhr sich mit den Händen durchs üppige Haar und schob eine oder zwei abtrünnige Locken an ihren Platz zurück. So betrat sie den Raum, und zwei Augenpaare sahen besorgt zu ihr auf. Ein kleines Lächeln huschte über ihre Lippen, und ihr Blick wurde sanft.

«Ich werde mich heute Abend nicht hier unten zu euch

setzen. Bitte entschuldigt mich, aber es war ein langer Tag.»

Schon auf dem Weg nach oben, wandte sie sich noch einmal um, und ein Schatten lag über ihren grauen Augen. «Ich möchte noch sagen», begann sie leise, «Simon und ich danken euch sehr dafür, dass ihr uns aufgenommen habt.»

Dann stieg sie die Treppe hinauf. Zwei erstaunte Augenpaare und zwei verblüffte Gesichter blickten ihr hinterher.

«Hast du das gehört, Harry?» Berts Flüstern durchbrach die Stille. «*Sie* dankt *uns*!»

«Also, so was!» Harry klappte vor Staunen der Kiefer herunter. «Stell dir mal vor, Bert: *Sie* bedankt sich bei *uns*!»

«Sieht mir sehr danach aus, als ob Gott auf rätselhafte Weise seine Wunder wirkt!»

Dies gab den Brüdern Anlass zu weiteren geflüsterten Vermutungen, bis das Feuer heruntergebrannt war und der Raum kalt wurde. Erst dann merkten sie, dass sie ihre übliche Zubettgehzeit weit überschritten hatten. Sie schoben das Holz im Ofen zusammen, nahmen eine Lampe und krochen die Treppe hinauf in das Zimmer, das sie sich von nun an teilten.

Zwar zogen sie noch an den Bettdecken herum und murmelten einander Drohungen zu, der andere solle jeweils auf seiner Seite des Bettes bleiben, doch dann gewöhnten sie sich auch an diese Einschränkung und fühlten sich getröstet bei dem Gedanken, dass noch jemand im Haus war, es am nächsten Morgen ein warmes Frühstück geben würde und ein paar fröhliche Gesichter mit am Tisch sitzen würden.

Man stelle sich einmal vor: Sarah brauchte sie genauso, wie sie Sarah brauchten!

«Die Sache mit dem Beten, Harry», sagte Bert schläfrig, «die zahlt sich wirklich aus!»

«Könnten wir uns zur Gewohnheit machen», bestätigte sein Bruder.

Nach dem mit Vorfreude erwarteten Frühstück von heißem Haferbrei (Sarah hatte ihn die ganze Nacht in einem Topf auf dem Ofen ziehen lassen) mit einem guten Schuss gelber Sahne und mit braunem Zucker, Toast (nicht angebrannt!) und Kaffee – gutem Kaffee – schoben Hubert und Harry ihre Stühle zurück, schlurften zu den Haken hinter der Tür und schlüpften mühsam in ihre Mäntel.

Hubert nahm den Wassereimer, goss den Rest in den Vorratsbehälter und machte sich auf den Weg zum Brunnen, während Harry zum Holzstapel wankte und angestrengt versuchte, Holz zu hacken.

Sarah wartete auf der Veranda, nahm den Wassereimer entgegen und half mit dem Armvoll Holz, der auf Harrys dünnen Armen hin und her schwankte. Ihr Mund war zu einer schmalen Linie geworden.

Nachdem sie die Sägespäne aus Harrys Mantel herausgebürstet und die Kleider der beiden wieder aufgehängt hatte, führte sie die beiden Männer, die immer noch vor Anstrengung zitterten, zurück zum sicheren Hafen ihrer Schaukelstühle mit den Kissen, die so angefertigt waren, dass sie sich der jeweiligen Gestalt der beiden Männer genau und dauerhaft anpassten.

Nun schaukelten sie gemütlich auf ihren Stühlen, eingepackt von den Kissen, die Bessie und Virgie vor Jahren passend für die beiden genäht hatten, und ihr Klagen verstummte, als Sarah ihnen noch den Rest Kaffee brachte.

«Ihr lieben Onkel», sagte sie, und die beiden richteten ihre wässrigen Augen auf sie, «von nun an hole ich das Holz und das Wasser.» Und da die beiden ihre guten Absichten nicht durch gelungene Taten untermauern konnten, blieb Hubert und Harry nur das Schimpfen übrig.

«Wir sind es nicht gewohnt, von einer Frau rundum bedient zu werden!»

«Wir sind vollkommen in der Lage ...» Harrys Stimme verstummte, denn er wusste, dass sie keineswegs in der Lage waren.

Wenn ein Lächeln um Sarahs Mundwinkel zuckte – wer konnte es schon bemerken, wenn er sie noch nicht so gut kannte? «Darum bin ich doch hier», stellte sie fest, und damit war das Thema erledigt.

Doch als sie in die Küche zurückging, wandte Harry sich zu seinem Bruder und zischte: «Es ist nicht richtig!»

«Kochen ist das eine – Holzhacken ist etwas ganz anderes. Und wir sitzen hier herum wie die Landstreicher auf einem Baumstumpf!»

Doch die Baumstümpfe waren bequem, und die beiden «Landstreicher» wussten um ihre eigene Hilflosigkeit und grübelten darüber nach, traurig und erfreut zugleich.

«Ich hab's!», rief Hubert plötzlich, und Harrys Kaffee schwappte fast über.

«Wir wollen sehen, ob Willie uns hilft!»

«Genau, er schuldet uns ja noch einen Gefallen!» Harrys Antwort war sarkastisch gemeint.

«Das nicht, aber er ist ein guter Christ und so. Heißt es nicht in der Bibel, dass du deinem Nächsten das Wasser auffüllen sollst, wenn es leer ist? Und dass der gesegnet sei, welcher seinem Nächsten das Holz hackt?»

«So ähnlich», gab Harry zu.

«Ja, Willie wird's machen. Du weißt ja, wenn wir Willie

um sein Hemd bitten, dann gibt er uns auch noch den Mantel.»

Und Harry wusste, dass Willie das tun würde.

Als Willie das nächste Mal mit frischer Milch und Eiern kam, baten Hubert und Harry ihn, «auf einen Sprung hereinzukommen». Da Willie die Dringlichkeit in ihren Stimmen hörte, legte er seinen Mantel beiseite, setzte sich ans Feuer und blickte in die alten Augen, die sich verschmitzt auf ihn gerichtet hatten.

«Du bist ein guter Mann, Willie.»

Willies Blick wurde misstrauisch.

«Wir haben grade mal drüber nachgedacht, Harry und ich, wie viele Sterne du wohl schon in deiner Krone hast und ...»

«Gibt's was, das ich für euch tun kann, ihr beiden?»

«Siehst du, Harry, hier ist ein Mann, der wirklich seinen Nächsten liebt wie sich selbst!»

Willie, der ein geduldiger Mensch war, durchschaute die beiden alten Männer, die nicht mehr in der Lage waren, mit ihrer eigenen Arbeit und Muskelkraft zu überleben, und er bewunderte ihre Gewitztheit, die sie nie verlassen hatte. Also wartete er, bis das kleine Theaterstück zu Ende gespielt war. Sarah, die an einem kleinen Tisch Tee für ihre beiden Onkel und den Gast einschenkte, schien ein Lächeln zu unterdrücken.

Für Willie, so erklärte Hubert, wäre es nur eine kleine Anstrengung, aber er würde ihnen und ihrer kleinen Großnichte (Sarah hob den Kopf) damit einen großen Gefallen tun, wenn er einen Moment oder vielleicht auch ein paar Momente länger blieb – wenn er sowieso da war –, um Holz und Wasser hereinzuholen.

Sarah stellte abrupt die Teekanne ab.

Überzeugungsarbeit war nicht notwendig. Willie war

einsichtig. «Ich helfe euch gerne», sagte er, und die Brüder warfen einander triumphierende Blicke zu. Sarah goss nachdenklich den Tee ein und brachte ihn anschließend zu ihnen herüber.

Willie war ganz einfach erleichtert, was die Runyons betraf. Auch wenn der Prediger sie besuchte und Carolyn im Haushalt geholfen hatte, war doch er, Willie, der Einzige gewesen, der regelmäßig Kontakt zu den beiden älteren Herren hatte, und er war immer wegen ihrer Gebrechlichkeit besorgt gewesen. Nun aber wurde ihm diese Bürde durch die Ankunft der Großnichte zum Teil abgenommen. Gerne würde er weiterhin helfen.

Als er an der Tür stand und gerade gehen wollte, hielt Sarah ihm die leere, saubere Milchkanne hin und sagte mit fester Stimme: «Es ist nicht notwendig, dass Sie weiterhin Verantwortung für meine Onkel übernehmen, Herr Tucker. Ich bin bereit, all diese Aufgaben zu erledigen, um die Sie gerade gebeten wurden.»

Und wieder sagte Willie, nicht gerade galant, aber ehrlich: «Ich werde sowieso hierherkommen, um die Milch zu bringen.»

Aus seiner hohen Warte blickte er auf die Frau – das Mädchen, wie er vermutete – nieder und musste seine ursprüngliche Meinung über sie nochmals überdenken. So ruhig und eigenständig, wie sie war, wirkte sie doch älter. Und egal, wie alt sie tatsächlich war, sie war wirklich eine Frau und kein Mädchen.

Sarahs Augen, die in ihrem dichten Wimpernbett kühl wirkten, beobachteten Willies Gesicht; ein Gesicht, von dem er wusste, dass es schmale Wangen, eine große Nase und eine breite Stirn besaß. «Abraham Lincoln» hatte der Junge gesagt, und Willie dachte, dass dies kein schmeichelhafter Vergleich für Herrn Lincoln war. Wie konnte

Willie auch wissen, dass seine Augen sanft waren und seine Lippen, die sich über sehr weißen Zähnen schlossen, ungewöhnlich schön für einen Mann? Niemand, kein Einziger, hatte ihm das jemals gesagt.

Sarah setzte das strittige Thema nicht weiter fort, und Willie vermutete, dass sie die notwendigen Arbeiten auf ihre ruhige und zupackende Art selbst erledigen würde. Sie dankte Willie und trat zurück. Ihre Unterarme schimmerten unter den hochgerollten Ärmeln, und ihre schön geformten Hände hatte sie leicht auf ihre breiten Hüften gestemmt. Sogar Willies in diesen Dingen unerfahrenes Auge bemerkte, dass die Schürze darüber um eine sehr schlanke Taille gebunden war. Schnell blickte er weg und wäre fast rot geworden. Er hantierte mit der Milchkanne herum und murmelte ein hastiges «Auf Wiedersehen».

Mit einem eher widerwilligen Simon an der Hand trottete Sarah unter einem kühlen Frühlingshimmel zur Schule von Donnybrook-Wildrose und war froh, dass diese ganz in der Nähe lag. Man musste nur über den Kamm des Hügels gehen und dann die Landstraße überqueren. Das Schuljahr war in wenigen Wochen zu Ende, dennoch hatte sie es für richtig gehalten, Simon noch anzumelden, damit er den Lehrer kennenlernen, sich ein wenig einleben und vielleicht Freunde finden konnte. Dann würde es im Herbst einfacher für ihn sein.

Ein großer und jugendlich aussehender Mann begrüßte sie und stellte sich vor: «Guten Morgen! Ich bin Ben Fairchild, der Lehrer – zumindest für eine Weile.» Er lächelte warm, und unwillkürlich musste man zurücklächeln.

«Ich bin Sarah Thrum», sagte Sarah, «und das ist Simon.» Sie zog ihr Kind mit den hellen Haaren und dem schmalen Gesicht nach vorne. Zwanzig Augenpaare erhoben sich von ebenso vielen Tischen, und die Kinder von Donnybrook musterten ihren neuen Mitschüler.

«Kommen Sie bitte zu mir ans Pult, Mrs. Thrum, ich brauche noch ein paar Informationen von Ihnen, und dann wollen wir sehen, wo Simon sitzen kann.»

«Es heißt Miss Thrum.» Die Frau blickte dem Lehrer fest in die Augen.

Der junge Mann fing an zu stottern: «Sie sind also Simons ...»

«Mutter.»

Ben Fairchilds gerötetes Gesicht wurde noch röter. Um seine Fassung wiederzuerlangen, beschäftigte er sich mit Papier und Bleistift. Alter? Sieben. Klasse? Zweite.

Als Sarah ging, verstaute Ben gerade Simons Schreibzeug in einem der kleinen Schreibtische vorne, und Simon, noch blasser als sonst, stand steif neben ihm, die Augen auf den Boden gerichtet.

Seufzend schloss Sarah die Tür und überquerte die Straße, ging durch das Tor im Zaun den Hügel hinunter, auf ein Haus zu, das sie nicht ihr Zuhause nennen konnte, in dem zwei Männer wohnten, von denen keiner ihr Mann oder der Vater ihres Kindes war, das sie in dem stillen Schulraum zurückgelassen hatte.

Der bedeckte Himmel war nicht grauer und auch kaum trüber als ihre Augen, die um ihren sonst so kühlen, selbstbeherrschten Ausdruck ringen mussten.

Kapitel 19

Getreu der geschäftlichen Vereinbarung, die er getroffen hatte, pflügte Jamie den Garten der Rooneys um. Abbie stand am einen Ende des Feldes und konnte es offenbar kaum erwarten, es zu bepflanzen.

Als Jamie fertig war, brachte er das Gespann neben ihr zum Stehen und sagte: «Ich komme morgen Früh wieder und helfe dir beim Einpflanzen.»

«Danke, Jamie», antwortete sie kühl und freundlich, «doch ich komme schon zurecht.»

Ein schwaches Rot breitete sich von Jamies offenem Hemdkragen über sein Gesicht aus, das hinter seinem struppigen schwarzen Schnurrbart und dem noch struppigeren schwarzen Haarschopf winterblass war, und er brummte: «Ich bin morgen Früh da.»

Und das war er auch. Er traf Abbie an, deren schmale Gestalt sich über eine Hacke beugte. Sie harkte, säuberte und ebnete den Boden, und die Kinder halfen fröhlich mit.

Wortlos nahm Jamie seine Hacke und grub Loch für Loch, an einer Seite des Landes entlang. Falls Abbie ihre Kartoffeln eigentlich woanders hatte einpflanzen wollen, so behielt sie es für sich, folgte ihm sanftmütig und warf Kartoffelstücke in jedes Loch, während die Jungen die Löcher wieder verschlossen, so dass kleine Hügel entstanden.

Ohne eine Pause einzulegen, steckte Jamie Pflöcke in die Erde und spannte Schnüre, um gerade Reihen für die Bohnen, Erbsen, Rüben, Salate und Radieschen vorzugeben. Falls er Abbies zunehmend schmaler werdende Lippen bemerkte, so behielt er es für sich.

Schließlich schwang er seine Hacke unnötig heftig, um hier und da Unkraut zu beseitigen, und stampfte dann zum Gespann und in Richtung der Felder davon. Abbies Augen, das spürte er, waren auf seinen Rücken gerichtet und wahrscheinlich mit einem ähnlichen Groll erfüllt, wie er ihn verspürte.

Er war jedoch etwas beschwichtigt, als sie ein «Danke, Jamie!» hinter ihm herrief. Sein Ärger entflammte allerdings erneut, als sie noch hinzufügte: «Sag mir Bescheid, wenn du deinen Garten bestellst, dann komme ich mit den Kindern rüber und helfe dir.»

Er rief über die Schulter ein «Ich komme schon zurecht!» zurück und hielt sich dabei für äußerst schlagfertig. Doch im nächsten Moment wurde er rot vor Scham, denn er sah, wie Corcoran und Cameron mit verwirrten Gesichtern von ihrer Mutter zu ihm blickten und wieder zurück.

Nach wochenlanger Knochenarbeit waren die Bewohner von Donnybrook – von der Sonne verbrannt und mit Schwielen an den Händen – reif für eine Pause. Die Stimmung hob sich merklich, als Bruder Victor das alljährliche Sonntagsschul-Picknick ankündigte. Ausschüsse wurden gebildet, das Essen wurde geplant und Termine wurden vereinbart und wieder umgelegt für diese offizielle Eröffnung des Sommers.

Nach allem, was Jamie wusste, hatte Abbie bisher nicht versucht, die Pferde anzuschirren und vor den Wagen zu spannen. Um zum Gottesdienst zu gelangen, ging sie immer mit den Kindern zu Fuß zur Morris-Farm und wurde von dort mitgenommen.

Jamies gutes Herz kämpfte gegen seine Ungeduld mit Abbie an. Er hatte das Gefühl, er solle ihr anbieten, sie und die

Kinder mitzunehmen; schließlich würde er sowieso an ihrer Farm vorbeifahren. Doch er hatte auch das ungute Gefühl, sein Angebot würde auf der Stelle ausgeschlagen, und so brachte er es nicht über sich, Abbie zu fragen.

Eines Nachmittags, als er die Pferde im Hof vor der Scheune abspannte, hörte er zu seiner Überraschung Abbies Stimme an seiner Schulter. «Jamie, ich denke gerade über das Picknick nach. Du wirst doch auch hingehen, oder?»

«Ja, klar», antwortete er und beschloss, großmütig zu reagieren auf ihre Anfrage, sie mitzunehmen.

«Nun», sagte sie freundlich, «ich würde mich freuen, wenn ich Essen für dich mitnehmen könnte, damit du nicht selber versuchen musst, etwas – wie zum Beispiel Brot – zuzubereiten.»

Woher wusste sie bloß, wie schwierig das Brotbacken für ihn war? Obwohl sein Nacken vor Zorn glühte, brachte Jamie ein gepresstes «Ich bin durchaus in der Lage, selbst etwas zu machen. Trotzdem vielen Dank!» hervor.

«Aber es macht mir nichts aus, eine etwas größere Menge zuzubereiten», beharrte Abbie.

Hätte er sie in diesem Moment nicht angesehen, hätte er vielleicht besser reagiert. Doch als er ein entschlossenes Zucken um ihre Lippen bemerkte, platzte er ein zweites Mal heraus mit: «Ich sagte, ich komme schon …»

«… zurecht!» Abbie war ihm zuvorgekommen, und aus der Tiefe ihrer bernsteinfarbenen Augen stieg ein Lachen auf.

Jamie ruckte an den Zuggurten, machte, dass er davonkam, und wünschte, ihm wäre etwas Originelleres eingefallen.

In der Folge stand er etliche Kämpfe mit einem heruntergefallenen Kuchen, einem verbrannten Törtchen und einem zu hart gebratenen Hühnchen aus. Der Verzweiflung nahe, fielen ihm gefüllte Eier ein, und mit grimmiger Befriedigung bereitete er eine annehmbar aussehende Platte voll zu, lud seine Kiste – mit den Eiern, einem Teller, einer Tasse, Silberbesteck und einer hellblau verfärbten Serviette – auf den Wagen und fuhr los zum Picknick.

Als er an Abbies Tor vorbeikam, sah er, wie sie ihre Sachen auf den Wagen von Familie Morris lud – aufrecht und schlank, kühl und strahlend, in einem weißen Kleid, dem ersten, das er seit langem (abgesehen von den Sonntagen) an ihr sah.

Da Abbie so oft Matthews Hosen trug, hatte Jamie ganz vergessen, wie weiblich sie eigentlich war. Der Gedanke daran brachte ihn wieder zum Kochen. Er schäumte vor Wut über ihren in seinen Augen lächerlichen Versuch, unabhängig zu sein. Niemand wusste besser als er, wie töricht ihr ganzes Unterfangen war. Und mehr als jeder andere fühlte er Gewissensbisse, wenn eine solche Situation sich wiederholte.

Er weigerte sich zu glauben, dass seine verstorbene Frau Dora ihre Notlage eigentlich hätte bewältigen können, und darum nahm er selbst die ganze Last der Schuld auf sich. Abbies Hartnäckigkeit und Mut stellten seine Sicht in Frage. Dennoch widersetzte er sich dem Gedanken, dass eigentlich jemand anders für das Geschehene die Verantwortung trug, und glaubte weiterhin beharrlich an seine eigene Schuld.

«Unmögliche Frau!», murmelte er im Vorüberfahren. «Sieht sie denn nicht, dass diese Aufgabe für eine Frau zu schwer ist?»

Abbie sah Jamie vorbeifahren und winkte lässig, wobei sie zugleich die Zähne zusammenbiss. Sie hatte zwar Mitleid mit Jamies Trauer (wer konnte das besser verstehen als sie?), doch sie hatte wenig oder keine Geduld mit Jamies unablässigen Selbstvorwürfen.

«Unmöglicher Mann!», knurrte sie. «Sieht er denn nicht, wie zwecklos das alles ist?»

Ohne Begeisterung kletterte Carolyn vom Wagen und half, die Essens-Kisten zu den Tischen zu tragen, die bereits ächzten unter dem Gewicht der erlesenen Köstlichkeiten aus den Küchen von Donnybrook: Großmutter Dunphys Felsenbirnen-Törtchen, Regina Morris' Rosinenkuchen, Mary van Vleeks' Oliebollen. Jede Köchin hatte ihre Spezialität, die immer erwartet und auch stets geliefert wurde.

Doch am meisten ersehnt wurden die knackigen Salate, eine Delikatesse, die man während der langen Wintermonate, in denen es nur eingemachtes Gemüse, verschrumpelte Kartoffeln und saure Gurken gab, beinahe vergessen hatte.

Doch Carolyn interessierte sich nicht für das Essen. Ihr blasses Gesicht sah noch bleicher aus als sonst nach einem vorwiegend im Haus verbrachten Winter. Freudlos betrachtete sie die Gruppe von schwatzenden Mädchen, die sich in der Nähe von einigen jungen Männern zusammengefunden hatte. Bald schon, so wusste sie, würden die beiden Gruppen miteinander verschmelzen und sich dann in Paare auflösen, die sich tief in die Augen blickten, sich neckische Dinge sagten und, wenn sie den Mut dazu hatten, Händchen hielten.

Carolyn sah dem weiteren Verlauf des Tages teilnahmslos entgegen, doch ihre Seufzer verstummten, als der Wagen der Lilles auf die Wiese rollte. Joe hielt die Zügel, und neben ihm auf dem gefederten Sitz waren Ruby und Tiger. Auf Rubys bequemem Schoß saß ein kleines Mädchen, dessen schwarzes Haar in der Sonne schimmerte. Seine Haut war dunkel, die Augen scheu, und es hatte einen Finger in den rosigen Mund gesteckt.

Erstaunt sah Carolyn zu, wie Tiger mit ihrer üblichen Anmut heruntersprang und ihre schlanken Arme nach dem Kind ausstreckte. Offensichtlich ganz stolz auf die Kleine, nahm Tiger sie bei der Hand und ging auf den Bereich zu, wo die Tische standen und die Frauen entweder dort beschäftigt waren oder sich hingesetzt hatten. Die Frauen von Donnybrook, für die jeder Neuankömmling sofort von Interesse war, beendeten augenblicklich ihre Gespräche und beobachteten die beiden.

«Wen hast du denn da mitgebracht, Tiger?», tönte Großmutter Dunphy, das Hörrohr angelegt.

Tigers Antwort konnte Carolyn nicht verstehen, und Großmutter Dunphy offenbar auch nicht. «Sprich lauter, Mädchen!», schrie sie, in der Überzeugung, dass jeder so schwerhörig war wie sie selbst.

Tiger beugte sich zu dem Hörrohr hin, Gabe Durham unterbrach sein Mandolinenspiel, und Tigers Worte drangen klar und deutlich bis zu Carolyn durch: «Das ist Cheri.»

«So?», bellte Großmutter Dunphy neugierig. «Und zu wem gehört diese Cheri, hä?»

«Micah», antwortete Tiger, und der Klang ihrer Stimme echote in der Stille. «Cheri ist Micahs Tochter.»

Die Worte trafen Carolyn wie ein Donnerschlag.

Die Damen von der Kirchengemeinde standen hinter den Tischen und teilten Essensportionen aus an alle, die ihnen ihre Teller entgegenstreckten. Bei dem Anblick lief einem das Wasser im Mund zusammen. Jamie, der sich in der

Reihe angestellt hatte, hätte nie gedacht, dass er je wieder ein so abwechslungsreiches Essen kosten würde. Seine gefüllten Eier, so stellte er wie jeder andere Koch befriedigt fest, gingen ebenso schnell weg wie die anderen.

Jamie zog sein bestes Paar Hosen zurecht («Wir garantieren, dass wir bei einem Riss oder bei Ablösung eines Knopfes oder einem sonstigen Mangel am Kleidungsstück kostenlosen Ersatz leisten») und bemerkte, dass sie um den Bund herum lockerer geworden waren und seine ohnehin schon schlanke Figur dünner war als je zuvor. Warum er nicht mehr Zeit und Mühe auf die Zubereitung seiner Mahlzeiten verwandte, wusste er nicht. Es gab fast immer gekochte Kartoffeln oder Bohnen. Nun aber verschmähte er beides und begab sich lieber zu den verführerischeren Gerichten.

Während er Abbie Rooney hinter dem nächsten Tisch erblickte, ertastete er einen kleinen Riss in seinem feinen blauen, «unzerreißbaren» Hemd und wünschte inständig, er hätte sich die Zeit genommen, es zu flicken. Der «gute, solide verarbeitete Stoff, der weltweit für seine hervorragenden Tragequalitäten bekannt ist», war an einem Stück Stacheldraht hängengeblieben und hatte augenblicklich kapituliert.

Natürlich richtete sich Abbies Blick sofort auf den Riss und wanderte dann, unter Jamies defensiver Beobachtung, von dem Riss zu seinem Gesicht. Der goldene Glanz in ihren Augen, der sonst voller Funken war wie ein Feuerwerk, wurde sanft.

«Wenn du alles hast, was du wolltest, Jamie», sagte sie in ungewöhnlich weichem Ton, «dann setz dich ruhig hin und iss. Ich trage dir dann den Nachtisch rüber, wenn du fertig bist.»

«Du meinst», erwiderte Jamie misstrauisch, «du willst heute nachtragend sein?»

Abbie lachte spontan und antwortete, als die ungeduldige Menschenmenge hinter ihm drängte: «Nein, Jamie. Aber dein Teller ist ja voll. Ich bringe dir dann einen anderen mit dem Dessert. Was hättest du gerne? Törtchen, Kuchen, Obsttorte?»

«Alles», rief er zurück. «Alles, bloß keine Kartoffeln und Bohnen!»

Als die Sonne sich allmählich nach Westen neigte, dachten ausnahmslos alle an die Arbeiten, die am Abend noch auf der Farm zu erledigen waren, und machten sich zu ihren Wagen auf, die in einer Reihe nebeneinander standen. Die Frauen riefen nach ihren Kindern, packten ihre Sachen ein, folgten ihren Männern zu den Kutschen und verabschiedeten sich, wenn auch ungern, von ihren Freunden.

Bald waren nur noch ein paar junge Leute am Seeufer, wanderten Hand in Hand durch die länger werdenden Schatten, warfen Kieselsteine ins Wasser, sahen die blasse Sichel des Mondes am Nachmittagshimmel aufgehen und träumten all die Träume, die nur die unschuldige Jugend träumen kann.

Carolyn schaukelte unglücklich auf dem gefederten Sitz hin und her, als der Wagen über die unebene Wiese fuhr. Sie warf einen letzten Blick auf die Lilles und das müde Kind in Tigers Armen, dessen dunkler Kopf sich neigte und dessen dunkle Augen allmählich zufielen. Blind klammerte Carolyn sich an den Gedanken, der ihr bis dahin Kraft gegeben hatte, und dachte grimmig entschlossen: «Er hat gesagt, dass er zurückkommt, und jetzt ist er da. Ich habe gesagt, dass ich warten werde, und das tue ich auch! Aber, oh, Micah – Micah ...»

Abbie befand sich in einer misslichen Lage. Sie war mit Familie Morris gekommen, doch als sie aufbrechen wollten, waren Corky und Cameron nirgends zu finden. «Fahrt schon los», sagte Abbie zu Regina. «Ich fahre bei jemand anderem mit.»

Schließlich tauchten die Kinder auf. Als Abbie sich unter den verbleibenden Besuchern umsah, traf ihr Blick mit dem von Jamie zusammen.

«Ich würde ja meine Hilfe anbieten», sagte er vorsichtig, «doch ich bin mir fast sicher, dass du irgendwie zurechtkommen wirst. Macht es dir etwas aus, wenn ich dabei zusehe?»

Abbie wurde rot, doch schließlich warf sie in gespielter Resignation die Arme nach oben und sagte: «Ich gebe es zu. Ich brauche Hilfe.» Ihr leise hinzugefügtes «diesmal» hörte der erstaunte Jamie nicht. Er schüttelte den Kopf und handelte sich dafür einen halb herausfordernden Blick ein.

Doch Abbie erschien es gut, dass die starken Arme eines Mannes die Kiste, mit der sie sich so sehr abgemüht hatte, hochhoben, als wären nur Federn darin. Es war fast ein normaler Anblick, dass ein Paar lange, männliche Beine neben ihr hergingen und sie selbst zwei Schritte machen musste, wo diese nur einen brauchten. Abbie gestand sich selbst (wenn auch nur kurz) ein, dass es ein harter Kampf war, den sie da allein ausfechten wollte.

Die Kinder saßen schläfrig hinten im Wagen, als Abbie und Jamie durch den späten Nachmittag nach Hause fuhren, sich angeregt unterhielten und so einen Waffenstillstand schlossen – zumindest vorübergehend.

Kapitel 20

Der Sommer – mit seiner Hitze, seinen Fliegen, seinem Berg an Arbeit – war in vollem Schwung. Die Kinder freuten sich, endlich die langen Winterunterhosen weglassen zu können, die ein Symbol der nördlichen Länder waren, und sie fühlten sich befreit von den Einschränkungen durch die Schule, das Haus, das Wetter und die dicken Mäntel. Sie streiften durch die Wälder und Wiesen, kletterten auf Bäume, um Krähennester auszuheben, leerten Wasser aus Tümpeln in die Erdhörnchenhöhlen, und sie pflückten und aßen wilde Erdbeeren, bis ihre rosigen Münder noch röter gefleckt waren.

Aber auch für sie war Arbeit unvermeidlich. Doch kann man Beerenpflücken als Arbeit bezeichnen, wenn einem die Sonne warm auf die bloßen Arme scheint? Wenn einem die Bienen um die Ellbogen herumsummen? Wenn Streifenhörnchen über einem durch die Zweige huschen und man Stachelbeermus oder Sauerkirschenkompott oder Felsenbirnen-Törtchen zum Abendessen versprochen bekommen hat?

Das mühsame Unkrautjäten im Garten wurde durch die Vorstellung versüßt, dass es bald Püree aus frischen Kartoffeln und Erbsen geben würde. Die Hühner zu füttern machte Spaß, wenn ihnen kleine goldene Flaumbälle auf den Fersen folgten («Mama, haben Hühner Fersen?»), wenn sie einem die kleinen nackten Zehen anpickten und auf die sonnenverbrannten Fußrücken hopsten. Die Kühe auf die Weide zu treiben war das pure Vergnügen, wenn die Kälber nebenhertollten und die Kuhglocke ihr metallenes Lied in die Morgenluft hinaus ertönen ließ. Die Kinder von Donnybrook-Wildrose genossen den Sommer.

Ihre Mütter allerdings arbeiteten von Sonnenaufgang bis Sonnenuntergang und auch danach noch. Nichts aus dem Garten durfte verderben. Auch wenn man viele heiße Stunden mit dem Einmachen verbringen musste, so war dies doch immerhin eine Art Versicherung gegen karge Mahlzeiten im Winter. Schwere Decken, die monatelang benutzt worden waren, wurden umständlich gewaschen, während die Sonne heiß genug brannte, um sie zu trocknen. Und der grimmigen Kälte des Winters wurde endlich Einhalt geboten. Neue Betttücher aus ungebleichtem Musselin wurden tagelang auf dem Gras oder über den Büschen ausgebreitet, damit sie ausbleichten und weich wurden, und die besten Teile der abgenutzten Leinenstoffe wurden zu Geschirrtüchern, Spüllappen oder Staubtüchern zurechtgeschnitten. Im Busch wurde nichts weggeworfen, es sei denn, man hatte es benutzt, so lange es nur ging.

In den kleinen Anbauküchen herrschte eine brütende Hitze. Kaum eine Mahlzeit konnte ohne ein loderndes Feuer im Herd zubereitet werden. Ohne Feuer konnte man kein Geschirr abwaschen, kein Bad nehmen, ja, nicht einmal eine Tasse Tee zubereiten. Wenn eine Familie sich waschen wollte, brauchte man einen ganzen Waschkessel voll dampfenden Wassers. Brot musste mindestens ein- oder zweimal pro Woche gebacken werden. Im Sommer nutzte man seine Schürze ebenso oft zum Abwischen von Schweißperlen wie zum Schutz von karierten Hauskleidern. Doch langsam, aber sicher – und zur Zufriedenheit aller – zog in die Häuser wieder ein guter, frischer Duft ein, die Räume wirkten heller mit einer neuen Schicht schneeweißer Tünche, die Fenster glänzten wieder, und die Keller füllten sich mit Essensvorräten.

Carolyn brauchte eine Verschnaufpause. Sie verließ die heiße Küche und die Einmachgläser mit den Bohnen, die zum Abkühlen in Reihen auf dem Tisch standen, und trat nach draußen, ging um die Ecke und in den Schatten der Pappeln. Sie lehnte sich an einen Baum, dachte (wie immer) an Micah und die kleine Cheri und suchte verzweifelt nach Antworten. Schließlich formte sich in ihrem Herzen ein Gebet.

Himmlischer Vater, diese Gefühle, die ich für Micah Lille habe – ich bin nicht stark und weise genug, damit richtig umzugehen. Ich lege es in Deine Hand …

Und während sie die Tränen vergoss, die fließen mussten, kehrte Frieden in ihr verzweifeltes Herz ein und kamen ihre Gedanken zur Ruhe, die vorher durcheinandergewirbelt hatten.

Warum habe ich das nicht schon längst gemacht?, fragte sie sich und kannte die Antwort. Sie hatte sich so sehr in ihrer inneren Stärke gesonnt (obgleich ihr Körper schwach war), dass sie ganz vergessen hatte, woher diese Stärke kam. Nun aber, da sie «den Herrn, der Himmel und Erde gemacht hat», als Quelle dieser Kraft erkannt hatte, kam ihre ins Schlingern geratene Welt wieder ins Gleichgewicht. «Ich behalte dein Wort in meinem Herzen», so sagten es die Kinder von Donnybrook in der Sonntagsschule auf. Auf diese Weise fanden Jahr für Jahr 52 Bibelverse ihren Weg in die kleinen Herzen. Und einer dieser Verse stand nun zur Verfügung, als er gebraucht wurde.

Carolyn nahm den Zipfel ihres fleckigen Kittels, wischte sich über die Augen, schluchzte noch einmal, wandte sich dann wieder zum Haus und ging mit leichteren Schritten zurück, als sie gekommen war.

Kein Weg führte daran vorbei: Huberts und Harrys streng riechendes Bettzeug musste gewaschen werden.

Sarah war harte Arbeit gewohnt. Doch wenn es um das Waschen von schweren Wolldecken ging, ließ selbst sie den Mut sinken. Zunächst stand man vor der gewaltigen Aufgabe, zahlreiche Eimer Wasser vom Brunnen zum Haus zu schleppen, sie hochzuhieven und in den Kupferkessel auf dem Herd zu kippen. Wenn das Wasser heiß war, musste ein dampfender Eimer nach dem anderen hinaus in den Hof getragen werden, wo die verzinkte Wanne stand.

Die Wolldecken, die auch innen mit Wolle gefüttert waren, wurden eine nach der anderen in die Wanne gestopft. Man gab Seife hinzu und stampfte die schwere Masse mit Hilfe eines Wäschestampfers, einer Art Metalltrichter, der an einem Besenstiel befestigt war.

Doch all dies war nichts im Vergleich zu der Herkules-Aufgabe, Wasser und Seife aus dem gewaltigen Stoffberg herauszuwringen. Und dann wiederholte sich alles noch einmal mit klarem Wasser. Am Ende schmerzten die Arme, tat der Rücken weh, und man war völlig aus der Puste.

Als Sarah die Hälfte der Arbeit erledigt hatte, war sie zu Tode erschöpft. Sie machte eine Pause und lehnte sich müde auf den Stampfer, den sie in das letzte Spülwasser getaucht hatte. Da fühlte sie eine Hand auf ihrer Schulter, und eine teilnahmsvolle Stimme sagte: «Komm, ich löse dich ab.»

Es war natürlich Willie.

Wie benommen reichte Sarah ihm den Stampfer, setzte sich auf einen umgedrehten Wäschekorb und war so dankbar, dass sie fast keine Worte dafür fand. Doch inzwischen wusste sie schon, dass Worte auch gar nicht erwartet wurden. Willie war eben Willie.

Trotzdem musste sie es versuchen. Als die letzte mit

Wasser vollgesogene Decke so lange gedrückt und ausgewrungen worden war, bis sie wieder gut zu handhaben war, hievte Willie sie auf die Schulter und trudelte mit ihr zu einem Flecken Erde, der mit Kletten-Labkraut überwuchert war, wo er sie zum Trocknen ausbreitete.

«Danke, Willie», sagte Sarah mit warmer Stimme, «ich danke dir so sehr!» Und dies schien ihm schon zu genügen.

«Willie!»

Simon und sein Welpe namens Kratzi, den Willie ihm geschenkt hatte, stürmten aus dem Schatten der leeren Scheune hervor. Simon war über die Boxen geklettert, in den Futterkrippen herumgekraxelt und mit dem ausgefransten Seil hin und her geschwungen, und die ganze Zeit war ihm der kleine Hund tollend, kläffend und mit fliegenden Schlappohren auf den Fersen. Nun schlidderte Simon heran, kam nur wenige Zentimeter vor dem großen Mann zum Stehen und fragte atemlos: «Ich und Kratzi – können wir heute mit dir kommen?»

«Simon …», murmelte Sarah.

«Lass ihn doch mitkommen, Sarah», bat Willie mit sanfter Stimme, und sie gestattete es.

Hand in Hand gingen der Mann und der Junge zum Wagen, hoben den Hund hinauf, kletterten selbst hoch und fuhren ratternd vom Hof. «Ich und Willie bringen die Sahne in die Stadt», schrie Simon. «Und auf dem Heimweg bringen wir allen Leuten die Post!»

«Er redet schon wie die beiden Onkel», dachte Sarah, «und er handelt immer mehr wie Willie.» Und sie hatte weder gegen das eine noch gegen das andere etwas einzuwenden.

Abbie zog gerade den Wassereimer aus dem Brunnen hoch, als sie ein dumpfes Geräusch hörte. Ein Blick nach hinten zeigte ihr, dass Aschenputtel gerade über den Zaun stieg, nachdem sie einen Pfosten umgeworfen hatte.

«Corky! Cammie! Holt die Kuh aus dem Garten!»

Doch es kam keine Antwort, und Abbie fiel ein, dass die Jungen auf Erdhörnchenjagd gegangen waren, den Hund und ihre Schwester im Schlepptau – genau in dieser Reihenfolge.

Abbies Augen waren auf die Kuh gerichtet, die sich nun in Richtung des zarten Salates voranfraß. Hastig stellte sie den Eimer ab und bemerkte erst zu spät, dass er auf dem Brunnenrand ins Wanken geriet und in die finstere Tiefe zurückfiel. Schon auf dem Sprung zum Garten, stöhnte sie: «Oh, nein!», denn sie hatte das Seil bereits losgebunden, und so folgte es dem Eimer und war schon nicht mehr zu sehen. Das beruhigte ihren Ärger erst recht nicht.

Abbie packte eine Handvoll Erdklumpen und schleuderte sie nach der lästigen Kuh, konnte dann aber nur noch mit Tränen in den Augen zusehen, wie der Salat zwischen den malmenden Kinnbacken verschwand.

«Du Miststück! Du … du Biest, du!» Aufgebracht durch den stoischen Gleichmut des Tieres, schrie sie es an, und die Kuh begann langsam wieder in Richtung Hof zurückzuschlendern.

Unwirsch verfolgte Abbie das Tier. Schäumend vor Wut scheuchte und beschimpfte sie es und wünschte, sie könnte ihm einen Tritt versetzen gegen den plumpen Rumpf, unter dem das schwere Euter lächerlich hin und her baumelte, während Aschenputtel schließlich in einen schwerfälligen Trab verfiel.

Müde wandte Abbie sich um und begutachtete den Schaden: Ein Zaunpfahl war umgestürzt und hatte den Stacheldraht mitgerissen – als ob sie nicht schon genug zu tun hätte!

Es gab Zeiten, in denen Abbie sich von ganzem Herzen danach sehnte, wieder in ihrem Wohnzimmer in Ontario zu sitzen: ruhig und ohne Sorgen, weit weg vom Busch; ihren schön frisierten Kopf mit nichts Ernsterem gefüllt als mit der Frage, welches delikate Sandwich sie heute essen sollte, und mit einer Tasse voll duftendem Tee in der Hand, die Fingernägel frisch manikürt und in ein lockeres Gespräch mit ihrem nachmittäglichen Besuch vertieft. Doch dies schien eine Ewigkeit entfernt zu sein. Hier stand sie nun in Stiefeln und Overall mitten im Kletten-Labkraut, die schwieligen Hände auf die Hüften gestützt, der Schweiß lief unter der Krempe von Matthews altem Filzhut hervor über ihr Gesicht, und statt gepflegte Konversation zu betreiben, beschimpfte sie eine sture Kuh.

Sie schloss die Augen und betete inständig: *Gib mir Kraft!*

«Ihr bittet und empfangt nichts, weil ihr in übler Absicht bittet», zitierte eine männliche Stimme hinter ihr.

Abbie wirbelte herum und sah Jamie, der ebenfalls den zerbrochenen Zaun und den zertrampelten Garten betrachtete. «Du solltest eine Kanzel haben, Jamie. Ich wusste gar nicht, dass du eine Ausbildung zum Prediger hast!», polterte sie.

«Es gibt vieles, was du nicht über mich weißt.» Und obwohl er kein «Miss Besserwisserin» hinzufügte, klang sein Ton ganz danach.

Und während Abbie vor Feindseligkeit und Wut förmlich bebte, ging Jamie zum Zaun und stellte den umgefallenen Pfosten senkrecht hin, der aber sofort wieder umfiel, sobald er ihn losließ.

Abbie litt unter dem Gefühl, überrumpelt worden zu

sein, als sie nicht darauf gefasst war. Sie sah das Durcheinander, das die Kuh hinterlassen hatte, und den starken Mann, der sie in einem Augenblick der Schwachheit überrascht hatte, und gegen ihren Willen schoss ihr das Wasser in die Augen. Eine riesige Träne zitterte hinter ihren rasch gesenkten Lidern und verriet sie schließlich, indem sie langsam die Wange hinunterlief. Abbie wandte den Kopf ab und wischte sich hastig übers Gesicht, sie bückte sich und hantierte an ihren Schnürsenkeln herum, klopfte den Staub von ihren Hosen und beruhigte sich so weit, dass sie Jamie schließlich gegenübertreten konnte mit einem fröhlichen: «So! Eine neue Herausforderung!»

Jamie, der neben dem umgefallenen Pfosten in die Hocke gegangen war, um dessen verrotteten Fuß in Augenschein zu nehmen, blickte hoch und betrachtete die junge Frau, die ziemlich mitgenommen aussah. Seit ihrer gemeinsamen Nachhausefahrt nach dem Picknick hatte eine Art Waffenstillstand zwischen ihnen bestanden. Deshalb und wegen des klaren Blickes, den Jamie ihr zuwarf, brach Abbies Verteidigungsbastion, die ohnehin schon geschwächt war, weiter in sich zusammen.

Zu ihrem Entsetzen bildete sich – unter Jamies wachsamem Blick – eine weitere Träne. Sie schwoll an, bis sie, dick und durchsichtig, aus dem Auge quoll.

Das kleine Drama hätte völlig anders enden können, wenn Jamie geistesgegenwärtig genug gewesen wäre, Abbie einfach in den Arm zu nehmen. Stattdessen stand er auf, und seine Augen verdunkelten sich vor Zorn. «Du hättest dir niemals eine so gewaltige Aufgabe aufladen dürfen! Ich habe dir das von vorneherein gesagt! Aber hast du auf mich gehört? Nein, du wusstest es natürlich besser!» Nun bahnte sich Jamies Frustration einen Weg und kochte über.

Abbie blinzelte, und Jamie fuhr wütend fort: «Sieh dich doch an!» Und seine Augen musterten sie von Kopf bis Fuß, so voller Staub, wie sie war.

Abbies Blick wurde unsicher und fiel auf ihre Hände. Sie drehte sie um und betrachtete sie. Jamie schritt schnell auf sie zu, packte ihre kleinen Hände mit seinen großen Pranken und hielt sie nach oben, um sie zu inspizieren. «Was tust du dir da nur selber an?» Seine Stimme war rau.

Abbie zog ihre Hände weg und steckte sie in die Taschen. Doch Jamie war noch nicht fertig. Er zupfte ihr den alten Hut vom Kopf und fuhr ihr mit der Hand verächtlich durch die Haare. Sie fielen herunter und umrahmten ihr Gesicht, wobei einzelne Strähnen an den schweiß- und tränennassen Wangen festklebten.

«Halb Mann, halb Frau!», murmelte Jamie. «Das ist nicht natürlich!»

Abbie schluckte und wich zurück. Jamie folgte ihr. Er wischte mit dem Finger über ihre Wange, besah die Mischung aus Tränen und Schmutz, mit der sie verschmiert war, und brummte: «Ein schöner Puder ist das!» Sein Fuß tippte gegen den Stiefel an ihrem schlanken Fuß, an dem Stallmist klebte. «Eau de Mist! Eau de Toilette! Echtes Toilettenwasser, Abbie!»

Mit geweiteten Augen, aber sprachlos angesichts dieser Tirade, fand Abbie schließlich ihre Fassung wieder. «Du – du Mann, du!», rief sie, in einem ähnlichen Ton wie vorher, als sie die Kuh beschimpft hatte.

«Ja, genau!», gab Jamie aufgebracht zurück. «Ein Mann! Genau das, was du nicht bist und auch nie sein wirst! Und das, was hier eigentlich gebraucht wird! Darum solltest du beten – um einen Mann und seine starken Arme!»

Abbies Mund stand offen, doch er fuhr fort: «Zieh dich

an wie ein Mann, wenn du willst. Riech wie einer, wenn es sein muss. Aber um Himmels willen hör auf, dich wie einer benehmen zu wollen!»

Schritt für Schritt war Abbie vor Jamies zornigem Blick und den Stößen seines Fingers zurückgewichen, und in ihren Gedanken schwand jede Erinnerung an seine freundliche Hilfe seit Matthews Tod dahin. Vergessen war, wie liebevoll er mit Merry umging, die auf ihn zurannte, damit er sie auf den breiten Rücken von der «Schönen» und dem «Biest» heben konnte; Merry, die sich in seine Arme heruntergleiten ließ und sich an seinen Hals klammerte, bis er sie durchkitzelte. Vergessen war auch, wie er mit den Jungen herumtobte, mit ihnen Schießübungen machte und ihnen Münzen in die Hand drückte, wenn er sie mit zum Laden nahm.

Als Abbie nicht weiter zurückkonnte, bohrte sie ihre Absätze in den Boden. Jamie aber ging immer noch vorwärts und schrie, fast in ihr Ohr: «Eine Frau – alleine! Du kannst so nicht weitermachen!»

Jamie stieß fast mit Abbie zusammen und blieb schließlich, mit verwirrtem Blick, stehen, seine Brust nur wenige Zentimeter von Abbies Nase entfernt. Der Anblick von ein paar Sommersprossen, die er vor diesem arbeitsreichen Sommer noch nie an ihr bemerkt hatte, trugen nicht gerade dazu bei, dass er sich beruhigte.

Abbie befand sich durch ihre Lage im Nachteil, weigerte sich jedoch, weiter zurückzuweichen, und blieb stehen. Jamie, dem schon ein wenig der Wind aus den Segeln genommen war, ging einen Schritt zurück und murmelte Unverständliches.

«Und so», sagte Abbie mit unheilschwangerer Stimme, «willst du mich also dazu bringen, um einen Mann zu beten.»

«Abbie ...» Jamie schien sich plötzlich gedrängt zu fühlen, eine Antwort auf ein unausgesprochenes Gebet zu geben. «Ich melde mich freiwillig.»

Doch als er ihr verblüfftes Gesicht sah, beruhigte Jamie sich, nahm Abbies Hand, die sich ihm nicht widersetzte, und führte sie zum Brunnen, wo er sich auf die Holzeinfassung setzte und Abbie neben sich zog. Abbie dachte einen Moment lang mit Unbehagen an den fehlenden Eimer und das Seil und hoffte, Jamie würde nichts davon bemerken.

Jamie wischte sich die Schweißperlen von der Stirn und sagte so gefühlvoll, als würde er über den Preis für Hühnerfutter verhandeln: «Nun, Abbie, was sagst du dazu? Ich kann nicht länger tatenlos mitansehen, was du alles durchmachst ...» Er machte eine Handbewegung, die den umgefallenen Zaunpfosten, den zertrampelten Garten und die staubübersäte Abbie selbst miteinschloss.

Ein glucksendes, hysterisches Lachen entfuhr Abbies Lippen, und Jamie blickte betrübt drein. «Ich wünschte, du würdest das ernstnehmen», sagte er.

Nachdem Abbie ihre erste Reaktion – Unglaube und Heiterkeit – unterdrückt hatte, gewann der Ärger wieder die Oberhand. «Danke», entgegnete sie wirsch, «nein, danke! Wenn ich einen Mann will, Jamie, dann stelle ich einen an. Das ist es doch, was du mir anbietest, oder? Einen Arbeiter, der nichts kostet?»

«Nun warte mal! So ist es eigentlich nicht ...»

«Und wie ist es dann – eigentlich?»

«Du weißt, dass du Hilfe brauchst, Abbie», sagte Jamie sachlich. «Und ich bin bereit dazu. Wir könnten uns zusammentun: du im Haus, wo du hingehörst, und ich ...»

Abbie schnitt ihm mit einer ungeduldigen Geste das Wort ab. Mit der ganzen Würde, die sie aufbringen konnte, stand sie auf. Und mit einer Überheblichkeit, die von ihrem zerzausten Haar und den schmutzigen Streifen auf ihren Wangen nur unwesentlich gemildert wurde, sagte sie klar und deutlich: «Ich brauche dein Herz nicht, ich esse lieber Leber.»

Der dumme Satz, den sie einmal bei einer Schulaufführung gehört hatte, kam über ihre Lippen und hing lächerlich zwischen ihnen in der Luft, als Abbie wegging.

Jamie stand der Mund offen. Er konnte ihr nur noch wortlos hinterherstarren.

Als die Küchentür hinter Abbies spöttischem Lachen zufiel, ebbte seine Verärgerung über ihre überhandnehmenden Probleme rasch ab und wich einem Gefühl der Bestürzung. Was war bloß in ihn gefahren?

Jamie grübelte über seine Reaktion nach und versuchte, sich über seine Gefühle klar zu werden. Der schmerzliche Prozess wurde jedoch abrupt unterbrochen, als ein kleines Mädchen sich in seine Arme warf. Ein schwanzwedelnder Hund sprang an ihm hoch und leckte ihm übers Gesicht, und zwei verschwitzte Jungen ließen sich keuchend und glücklich neben ihn plumpsen, und von ihren schmutzigen Händen baumelten mehrere Erdhörnchenschwänze.

«Hey», sagte einer von ihnen, «wo ist der Eimer? Und das Seil? Wie sollen wir denn jetzt was zu trinken bekommen?»

Als offensichtlich wurde, dass der Eimer samt dem Seil fehlte, beugten sich vier Köpfe über die Brunnenöffnung und starrten in die kühle Tiefe. Weit unten schaukelte der Eimer, und das Seil war an ihm festgebunden.

Jamie murmelte etwas vor sich hin, besorgte sich eine Stange, befestigte einen Haken daran und angelte in der Tiefe, bis es ihm gelang, den verlorenen Eimer ans Tageslicht zurückzuholen. Mit zusammengepressten Lippen band er das Seil sicher am Brunnen fest.

Abbie, die vom Fenster aus zuschaute, war gedemütigt und erleichtert zugleich. Und als Jamie Werkzeug aus dem Schuppen holte, den Fuß des zerbrochenen Zaunpfostens reparierte, ihn wieder in die Erde rammte, mit Grassoden und Steinen befestigte und die ineinander verdrehten Drähte wieder spannte, wuchs die Mischung aus Schuldgefühlen und Dankbarkeit.

Sorglos vor sich hin pfeifend marschierte Jamie wieder nach Hause und blickte kein einziges Mal in Richtung des Hauses.

«Jamie hat gesagt, irgendso ein Depp hat das Seil und den Eimer in den Brunnen fallen lassen», berichtete Corky, als die Kinder ins Haus marschiert kamen.

«Wenigstens hat der Depp ihn nicht zerdeppert», murmelte Abbie, und die Kinder lachten schallend über ihren schwachen Versuch, Humor zu zeigen.

Kapitel 21

Gerade hatte Carolyn noch zugesehen, wie ihre Eltern mit dem Buggy in Richtung Meridian wegfuhren, und Collum half den Tag über bei einem Nachbarn mit. Nun ließ sie das leise Quietschen der Fliegentür den Kopf drehen, und ihre Hände hielten im Seifenwasser inne.

«Micah!»

Trotz ihrer seifigen Hände stürmte sie auf ihn zu und drückte ihn an sich, die Arme um seinen Hals geschlungen und das Gesicht an seine Brust gepresst.

«Ich habe gesagt, dass ich zurückkommen werde», begann er.

«Und ich habe gesagt, dass ich warten werde.» Carolyn legte ihren Kopf nach hinten und blickte ernst in das dunkle Gesicht über ihr. Micahs Arme hatten sie nicht umschlungen, und seine Augen blickten undurchschaubar über ihren Kopf hinweg.

«Und ich warte immer noch. Micah – du musst mir sagen …»

«Darum bin ich hier. Du hast von Cheri gehört.»

«Ich habe sie beim Picknick gesehen – deine Tochter.»

«Ich habe sie aus dem Reservat mitgebracht. Weißt du, ich liebe sie …»

«Und ich liebe *dich*, Micah.»

«Ich hoffe – genug», sagte Micah leise und löste mit seinen Händen ihre Arme von sich.

«Genug», erwiderte Carolyn beharrlich, trat zurück und wartete geduldig.

«Ich war sehr jung», sagte Micah, immer noch mit ruhigem, entschlossenem Ton, «und sehr rebellisch. Du würdest es nicht glauben, aber ich war völlig gegen die Leute hier, denn ich hatte das Gefühl, von ihnen abgelehnt zu werden.»

«Aber ...»

«Ich weiß. Die Leute von Donnybrook sind gut, und die meisten von ihnen sind freundlich. Aber ob es berechtigt war oder nicht, ich fühlte mich anders, und ich nahm es ihnen übel.» Micah holte tief Luft und fuhr fort: «Im Reservat genoss ich zum ersten Mal Freiheit. Ich tat Dinge, auf die ich heute nicht stolz bin. Dazu zählt, dass ich verrückt nach einem Mädchen war – genauer gesagt, nach einer Frau, die älter war als ich.»

«Cheris Mutter.»

«Chee, Cheris Mutter. Doch schließlich kam ich sozusagen wieder zur Vernunft und erkannte, dass ich hierhergehöre, zu meiner Familie und zu meinen alten Freunden.»

«Chee, Micah.» Carolyns Stimme war fest. «Bist du mit Chee verheiratet?»

«Nicht so, wie du dir die Ehe vorstellst, Caro. Nur auf die indianische Weise.»

«Du meinst – du bist frei?»

«Rechtlich gesehen, ja.»

Eine lange Stille trat ein. Irgendwo trällerte eine Wiesenlerche, und irgendwo blökte ein Kalb. Woanders ging das Leben weiter, doch hier schien es einen Moment lang still zu stehen.

Carolyn holte Luft, und zugleich schien die Welt sich wieder zu drehen, und das Leben ging weiter. «Aha», sagte sie.

Die schwarzen Augen richteten sich brennend vor Verzweiflung auf sie, und Carolyn sagte mit überzeugter Stimme: «Es macht nichts, Micah. Es macht nichts.»

Erst jetzt streckte Micah seine Arme nach ihr aus, zog die schmale Gestalt an sich und hielt sie so fest wie ein Ertrinkender, der sich an die kleinste Überlebenschance klammert.

Die Johannisbeersträucher im Jameson-Garten waren schwer beladen mit reifen Früchten. In einer der förmlichen Unterhaltungen, die Jamie mit Abbie führte, wenn es nötig war, hatte er ihr das Obst angeboten. Zu Soßen oder Gelee verarbeitet, würde es eine willkommene Abwechslung bieten gegenüber dem sonst begrenzten Angebot an Früchten im Busch.

Mit Eimern in der Hand liefen Abbie und die Kinder zur Jameson-Farm. Die Johannisbeersträucher standen am anderen Ende des Gartenstücks, und so machten sie sich an die Arbeit.

Als Abbie sich zwischendurch aufrichtete, betrachtete sie Jamies Garten: Er sah verwahrlost aus. Da Jamie auf zwei Farmen arbeiten und dazu seinen eigenen Haushalt führen musste, hatte er den Garten einfach sich selbst überlassen. Es sah aus, als ob die Bohnen und Erbsen auf den Stängeln vertrockneten. Und die Karotten und Rüben mussten dringend ausgegraben werden.

Abbie setzte ihren Eimer ab, ermahnte die Kinder, nicht zu viele Beeren zu essen, und ging zum Haus. Die Tür stand offen, und drinnen war Jamie gerade dabei, etwas zu braten.

Abbie klopfte, und Jamie hob überrascht die Augen. «Was kann ich für dich tun?», fragte er kurzangebunden, während er die Eisenpfanne auf dem Herd nach hinten schob. Seine gebräunten Arme wölbten sich unter den hochgerollten Hemdsärmeln.

Was für eine Muskelverschwendung, dachte Abbie flüchtig.

«Ich wollte nur mit dir reden», sagte sie.

Als Jamie merkte, dass Abbie die Unterhaltung nicht von der Türschwelle aus führen wollte, seufzte er und sagte: «Dann komm herein.» Er fegte einen Stuhl frei, stellte hastig das Geschirr weg, das neben Abbies Ellbogen stand, verscheuchte eine hartnäckige Fliege und warf schließlich ein Tischtuch über den Tisch. Zu spät bemerkte er, wie Abbies Blick auf dem verfärbten Stofffetzen verweilte.

«Kann ich dir etwas anbieten? Einen Tee?», fragte Jamie höflich und hob mit seiner mächtigen Faust eine gesprungene braune Teekanne hoch, als wäre sie aus feinem Silber und als befänden sie sich in einem eleganten Salon.

«Nein, danke», antwortete Abbie, die ihre Gesundheit nicht der zweifelhaften Sauberkeit der Tassen anvertrauen wollte, die in Jamies offenem Schrank hingen, und ihre feinen Geschmacksnerven nicht dem bitteren Gebräu aussetzen wollte, das Jamie sich selbst einschenkte.

«Nun also», sagte er liebenswürdig und ganz nebenbei. Zu liebenswürdig, fand Abbie. Offensichtlich litt Jamie unter der peinlichen Lage, dass Abbie ihn dabei erwischt hatte, wie er die Frauenarbeit ganz unzureichend verrichtete.

«Jamie», sagte sie mit milder Stimme, «dein Gemüse da draußen geht kaputt.»

Jamie, der sich ihr gegenüber hingesetzt hatte, zuckte mit den Schultern.

«Was wirst du im nächsten Winter machen?»

«Oh», entgegnete er gedehnt, «ich komme schon zurecht.»

«Wenn du damit meinst, dass du nicht verhungern wirst, hast du wahrscheinlich Recht.» Abbie warf der Bratpfanne einen verächtlichen Blick zu. «Jamie, was kochst du da eigentlich?»

«Ich bezweifle, dass du davon schon gehört hast», antwortete Jamie, die Augen auf seine Tasse gerichtet.

Abbie schnüffelte. «Schinken – Zwiebeln ...»

«Schinken*speck*», verbesserte Jamie. «Zwiebeln, Rüben, Bohnen und – ein paar andere Sachen.» Mit lauerndem Blick fragte er: «Willst du was davon?»

Abbie schüttelte sich.

«Naja, und dann gibt es immer noch Schweinefleisch und Bohnen.» Jamie deutete auf eine Kiste neben der Tür, die bis obenhin mit leeren Gläsern gefüllt war.

«Jamie, Jamie, Jamie», flötete Abbie. «Was soll nur aus dir werden?»

Jamie zuckte wieder mit den Schultern.

«Du armer, armer Kerl», säuselte Abbie, was Jamie sofort misstrauisch machte. Und aus gutem Grund. Denn Abbie beendete ihren Satz mit: «Du brauchst eine Frau!»

Jamies braune Wangen röteten sich.

«Lass mich dir meine Dienste anbieten», fuhr Abbie fort. «Ich könnte für dich kochen und schrubben und deine Wäsche waschen. Ach ja, und deine Hosen flicken.» Sie warf einen vernichtenden Blick auf den faltigen Flicken am Knie von Jamies Overall. «Und einmachen und Fenster putzen und im Garten Unkraut jäten und die Hühner füttern.» Durch ihre eigenen Worte inspiriert, schien Abbie regelrecht Feuer zu fangen.

Jamie sank auf seinem Stuhl immer tiefer. «In Ordnung, in Ordnung!», murmelte er.

«Eine tugendhafte Frau kann man mit Geld nicht aufwiegen, Jamie. Doch da du ja ein Mann des Gebets bist, hast du sicher schon eine in Auftrag gegeben.»

Mit einer schwungvollen Bewegung, die durch Matthews alte Hosen mit ihrer Ausbeulung an den Hüften und den Johannisbeerflecken nur wenig geschmälert wurde, stand Abbie auf und ging zur Tür. «Ach übrigens, Jamie», sagte sie, während sie sich noch einmal umdrehte und vorsichtig schnupperte, «ich glaube, dein Matschbrodel brennt an.»

Abbie sammelte ihre Küken ein und marschierte mit ihnen nach Hause.

Die gelangweilten Fliegen setzten sich unbemerkt auf das farblose Tischtuch, das fad schmeckende Essen vertrocknete in der Pfanne, und Jamie starrte blind auf die schiefe Naht, die den Flicken auf dem Knie seines Overalls zierte.

Wer kann schon genau sagen, wann der Sommer in den Herbst übergeht? Vielleicht, wenn die Luft am frühen Morgen besonders frisch ist, wenn die Düfte sich fast unmerklich verändern – von sonnendurchflutet zu sonnenverbrannt – und die Beeren vertrocknet sind und das Gras sich braun färbt. Die geernteten Früchte zeugten davon. Das goldene Korn, das schwer an den Halmen hing, und der nachlassende Gesang der Vögel waren weitere Hinweise.

Auf jeden Fall aber bewies der Wiederbeginn des Schulunterrichts das Nahen des Herbstes. Die Kinder zwängten ihre die Freiheit gewohnten Füße wieder in die Stiefel hinein, suchten ihre Bücher zusammen, die schon Staub angesammelt hatten, und schlurften die Wege entlang, auf denen das Gras hochgewachsen war, das nun unter ihren Schritten genauso am Boden lag wie ihre Stimmung.

Willie, der am Holzstapel der Runyons beschäftigt war,

wurde auf eine Bewegung oben auf dem Hügel aufmerksam. Eine schmale, braun gekleidete Gestalt rollte sich unter dem Zaun durch, sprang auf die Füße und stolperte über das Stoppelfeld, lief am Haus vorbei und steuerte auf die Scheune zu.

Von der Schule her drangen Geräusche, die darauf schließen ließen, dass die Kinder sich auf dem Gelände verteilten, um zu essen und eine Stunde lang zu spielen. Willie kannte das alles. Zwar hatte es noch keine Schule gegeben, als seine Eltern sich hier ansiedelten, und seine Mutter hatte ihn zunächst zu Hause unterrichtet, doch später wurde ein kleines Blockhaus errichtet. Anfangs fand der Unterricht nur während der Sommermonate statt. Es gab nur wenige Farmen, die zum Teil entlegen waren, und oftmals besaßen die Kinder keine angemessene Kleidung, um durch bitterkalte Schneegestöber zur weit entfernten Schule zu stapfen. Doch als Willie schließlich die Schule besuchte, war er beim Versteckspiel unter den Geschicktesten und war mit Feuereifer dabei, wenn es darum ging, beim Völkerball andere mit dem selbstgebastelten Ball auszuwerfen. Wenn Simon also bei solchen Pausenspielen nicht dabei war, bedeutete das, dass er Probleme hatte.

Nachdenklich legte Willie die Axt beiseite und ging in Richtung Scheune, wohin die kleine Gestalt verschwunden war. An der Tür zögerte er, doch als über ihm ein Rascheln die Stille unterbrach, schlenderte Willie zur Leiter an der Wand und begann hochzuklettern. Er steckte seinen Kopf durch die Öffnung und sah den Jungen in einer Ecke des Heubodens, wie er mit gekreuzten Beinen auf einem Heuhaufen saß und auf einen Strohhalm starrte, den er in der Hand hielt.

Willie kletterte ganz nach oben, schritt über den staubigen Boden und ließ sich neben dem Jungen nieder.

«Ich geh nicht zurück!», sagte die kleine Stimme, die versuchte, kämpferisch zu wirken, und doch zitterte.

«Nun ja», antwortete Willie und steckte sich einen Strohhalm in den Mundwinkel, «das ist nichts Ungewöhnliches. Ich erinnere mich an einen Tag, an dem ich gar nicht hingegangen bin.»

Simon sah das hagere Gesicht mit großen Augen an. «Du?»

«Klar. Viele Kinder machen es das eine oder andere Mal.»

«Aber ich gehe nie wieder zurück.»

«Hmmmm. Willst du darüber reden?»

«Nein!» Die Antwort kam mit Nachdruck.

Willie lehnte sich auf einen Ellbogen, streckte seine langen Beine aus, legte die Füße übereinander und kaute nachdenklich auf dem Strohhalm.

Simon hantierte nervös an seinem Strohhalm herum. «Ich hasse es!», rief er heftig.

«Herr Fairchild ist wahrscheinlich ein fieser Lehrer.»

«Nein, ist er nicht. Er ist nett.»

«Es macht keinen Spaß, Lesen, Schreiben und so weiter zu lernen.»

Simon zögerte. «Das ist schon in Ordnung, glaube ich.»

«Blöde Mitschüler.»

«Die meisten von ihnen sind nett.»

«Hmmmm ...»

«Alle bis auf einen. Und der sagt – er sagt ...» Simon schluckte. «Er sagt böse Dinge, und ich hasse ihn, und ich gehe nicht mehr hin!»

«Ich verstehe, was du meinst», sagte Willie mitfühlend.

«Du verstehst das?», keuchte der Junge.

«Klar. Als ich ein Kind war und auf dieselbe Schule ging, sagte ein Kerl immer hässliche Dinge zu mir. Ich wollte ihm am liebsten eine runterhauen, doch er war größer als ich.»

Simons nickender Kopf leuchtete in einem Sonnenstrahl.

«Er nannte mich ‹hässliches Entlein›. Wollte nicht damit aufhören. Sagte es immer wieder.»

«Du bist nicht hässlich.»

«Eigentlich hatte er sogar Recht. Ich war hässlich. Aber ich konnte nichts dagegen tun, oder? Also musste ich damit leben, nicht wahr?»

Simon sah unsicher aus.

«Dann kam ich zu dem Schluss, dass es an mir andere Dinge gab, die gut waren, so gut wie bei jedem anderen auch, vielleicht sogar besser. Ich war gut im Sport, ich war gutmütig, hatte ein gutes Zuhause und eine Mutter, die mich liebte, egal, ob ich hässlich war oder nicht. Ich genoss das Leben, abgesehen von diesem Jungen. Ich beschloss, dass ich mir nicht alles von ihm verderben lassen würde. Also beachtete ich ihn einfach nicht. Und bald darauf war er nicht mehr an unserer Schule.»

Simon dachte angestrengt nach. «Er sagt …» Simon zögerte. «Er ärgert mich, weil ich keinen Vater habe.»

«So ein Mist!», sagte Willie. «Ich übrigens auch nicht. Kann mich fast nicht erinnern, jemals einen gehabt zu haben. Aber denkst du, ich lasse mir dadurch mein Leben verderben? Pustekuchen! Ich habe gute Freunde wie zum Beispiel Hubert und Harry, und jetzt habe ich dich.»

Simon betrachtete das kantige Gesicht mit den tiefliegenden, gütigen Augen. «Ich glaube, ich gehe jetzt zurück», sagte er, «bevor die Glocke läutet.»

«Das würde ich an deiner Stelle auch tun.»

Der Mann und der Junge verließen die Scheune gemeinsam. Willie sah zu, wie Simon über das Feld trottete, sich unter dem Zaun durchrollte, sich umdrehte, winkte und schließlich verschwand. Als Willie zum Holzstapel zurückging, sah er Sarah in der Haustür stehen.

Während er die Axt schwang, hörte er, wie die Fliegentür zuklappte und leichte Schritte sich näherten. «Das war Simon», sagte Sarah zögernd. «Was war los mit ihm?»

«Er hatte bloß einen schlechten Tag», antwortete Willie beiläufig, auf die Axt gestützt.

Sarah setzte sich auf den Hackklotz und blickte den Mann, der da über ihr stand, mit traurigen Augen an. Sofort legte er die Axt beiseite, setzte sich zu ihr und ließ seine großen Hände auf den Knien ruhen. Dann sah er die Frau neben sich ruhig und fest an.

Sarahs Blick war ebenfalls fest, genau wie ihre Stimme, als sie sagte: «Willie – ich war nicht mit Simons Vater verheiratet. Das weißt du ja schon.»

Willie machte eine Handbewegung, als wollte er sie unterbrechen, doch sie sagte: «Nein, lass mich weitererzählen. Ich möchte, dass du Bescheid weißt. Ich war noch ein Kind, als meine Mutter starb. Mein Vater, dessen Herz dadurch wohl gebrochen war, ging für eine Weile weg, irgendwohin. Doch bevor er ging, verdingte er mich an eine Farm, wo die Frau krank und bettlägerig war. Ich arbeitete wie ein – wie ein Lastesel, könnte man sagen. Die Farm war abgelegen, es war niemand sonst dort – nur eine kranke Frau, ein grausamer, brutaler Mann und ich. Es gab keinen anderen Ort, wo ich hingehen konnte.»

Sarahs feine Gesichtszüge sahen angespannt aus, und ihre grauen Augen waren schmerzerfüllt, als würde sie von Erinnerungen verfolgt, die zu schrecklich waren, um sie hervorzuholen, und gleichzeitig zu schrecklich, um sie vergessen zu können.

«Ich glaube nicht, dass du weitererzählen musst», sagte Willie sanft.

Sarah beugte ihr Gesicht über ihre ineinandergekrallten Hände und flüsterte mit fragendem Ton: «Du verstehst, nicht wahr? Du verstehst es.»

«Ich wäre ein Idiot, wenn ich es nicht täte», sagte Willie heftig.

«Schließlich», fuhr Sarah mit gedämpfter Stimme fort, «fand meine Großmutter mich und nahm mich mit. Wenn ein Mädchen seinen guten Ruf verloren hat, dann verhalten sich die Leute anders ihm gegenüber. Und die Männer – die Männer glauben, dass sie die Situation ausnutzen können …»

Sarahs Stimme spiegelte ihre Verzweiflung wider. «Für Simon war es allerdings schlimmer als für mich, vor allem, als er zur Schule ging. Er war – er ist – unschuldig. So unschuldig. Und wie kann ich ihm erklären, dass er das Kind eines …?»

Eine große, glänzende Träne fiel von Sarahs Nasenspitze, und andere folgten schnell, bis ihre Schürze voll nasser Flecken war, die ihren Schmerz und ihre Demütigung bezeugten.

«Vergangen», sagte Willie und wiederholte dann lauter: «Vergangen!»

Sarah sah ihn fragend an: «Vergangen?»

«In Christus», sagte Willie, «ist das Alte vergangen. Siehe, Neues ist geworden.»

Willie nahm seine übereinandergeschlagenen langen Beine wieder auseinander, streckte seinen schlaksigen Körper, griff nach der Axt und ging zum Holzstapel zurück.

Sarahs graue Augen, die gewöhnlich als einzige ihre Gefühle verrieten, folgten ihm, und sie leuchteten, während sie vor sich hin flüsterte: «Siehe …»

Kapitel 22

«Jamie», sagte Abbie, als Jamie kam, um das Heu zusammenzuharken, das er zuvor gemäht hatte, «kann ich dir etwas aus dem Laden mitbringen?»

«Heute?»

«Heute Nachmittag.»

«Ich dachte, Sam und Regina helfen heute den Blums beim Dreschen.»

«Das tun sie auch.»

«Aber», fragte Jamie verwirrt, «wer fährt denn dann hin?»

«Ich – wie ich schon sagte», erklärte Abbie mit übertriebener Geduld.

«Du willst doch wohl nicht zu Fuß dorthin gehen? Warte noch einen Tag oder so, dann fahre ich hin und kann dich und die Kinder mitnehmen.»

«Ich habe einen hervorragenden Buggy in der Scheune stehen, Jamie, und da du heute deine eigenen Pferde dabeihast, nehme ich die Schöne.»

Jamie ließ beinahe die Zuggurte fallen, die er gerade befestigen wollte. «Du hast den Buggy noch nie benutzt», sagte er kurzangebunden. «Warte, bis ich Zeit habe, und dann ...»

«Unsinn! Ich bin absolut dazu in der Lage, und es ist alles ganz einfach. Und irgendwann muss ich ja mal damit anfangen. Es wird ein Abenteuer für mich und die Kinder.»

Abbie sagte kein Wort davon, wie sehr die Einsamkeit sie manchmal plagte und wie ihr kontaktfreudiges Wesen immer mehr zu verkümmern schien. Obwohl sie meistens mehr als genug zu tun hatte, gab es doch Augenblicke, in denen die vier Wände ihres Blockhauses und die kaum größeren Wände des Buschwerks ringsum ihr wie Gefängnismauern erschienen. Was die Fortbewegung betraf, so war sie ganz und gar von Jamie und Sam abhängig, und das wurde ihr allmählich unangenehm – und wenn sie schon so empfand, würden Sam und Jamie es vielleicht erst recht so empfinden. Ja, es wurde Zeit für einen weiteren Schritt in Richtung Unabhängigkeit.

Doch hinter dem tapferen Äußeren, das sie Jamie zeigte, lauerte ein beträchtliches Unbehagen. Ihr «ganz einfaches» Vorhaben schien alles andere als leicht. Unter allen Befürchtungen, die Abbie hegte, waren zwei besonders schlimm, und die hatten mit den beiden Enden des Pferdes zu tun: nämlich damit, wie man das Geschirr anlegen sollte, was bedeutete, dass man erstens den Schweif des Pferdes durch den Schweifriemen führen und dem Tier zweitens das Gebiss ins Maul legen musste. In den wilden Albträumen der vergangenen Nächte war die Schöne, die den Schweifriemen hasste (was Abbie ja durchaus verstehen konnte), auf Abbies Füßen herumgetrampelt. Und das Gebiss – ja, auch das mochte die Schöne nicht und warf ihren Kopf so hoch, dass er außerhalb von Abbies Reichweite war. Aus jedem dieser Träume war Abbie schweißgebadet aufgewacht.

Kummet, Geschirrpolster, Einspänner-Sattel, Zughaken, Brustriemen, Zuggurte! Abbie bemühte sich, sie alle irgendwie zuzuordnen, und sie hielt sich mehrmals wie zufällig im Hof auf, wenn Jamie die Pferde an- oder abspannte. Dabei sah sie möglichst genau zu, welche Schnalle wohin kam, wie die einzelnen Teile des Geschirrs zueinander passten und wie es an der Kutsche befestigt wurde. (Und gab es wirklich ein «Ortscheid»? Und wenn ja, wo? Fast war Abbie der Überzeugung, dass Jamie sie damit nur zum Narren hielt.)

Wenn das Geschirr nicht am Pferd war, sondern an einem Nagel in der Scheune hing, war es nichts als ein Gewirr von Lederriemen, Ringen und Schnallen, und der Gedanke daran ließ Abbie erschaudern.

Heute tue ich es, dachte sie voller Entschlossenheit und sah Jamie noch ein weiteres Mal zu. Er war gerade dabei, die Pferde an den Heurechen anzuspannen, mit zusammengepressten Lippen, steifen Schultern und einem grimmigen Gesichtsausdruck. *Armer Jamie,* dachte sie, halb amüsiert über sein Gemurmel und halb verärgert über seine zusammengezogenen Brauen. *Ich bin wirklich eine Herausforderung für ihn. Aber er auch für mich!*

«Viel Glück!», presste Jamie hervor, als er auf den Sitz kletterte. Er knurrte dem Gespann ein «Hüja» zu und ratterte dann über den Hof davon, dorthin, wo sich der Busch zu der dahinterliegenden Wiese öffnete, und die zwanzig Metallzähne des Heurechens glitzerten in der Morgensonne.

Abbie zuckte nur mit den Schultern und wandte sich den Kindern zu: «Also», sagte sie gewitzt, «erledigt eure Arbeiten! Heute Nachmittag fahren wir in die Stadt!»

Nachdem der Jubel sich gelegt hatte und die Freudentänze aufgehört hatten, liefen Corcoran und Cameron in den Garten, um die letzten Sträucher und Ranken abzuernten, und Merry machte sich daran, Eier einzusammeln.

Am frühen Nachmittag rief Abbie die Jungen – die laut protestierten, sie könnten das alles alleine –, um ihr zu helfen. Und so gingen sie gemeinsam zur Scheune, mit einer Aufgabe vor sich, deren Erfolg ungewiss war.

Doch als die Scheunentür sich quietschend öffnete und die Sonnenstrahlen hineinfielen, um den dunklen Raum mit dem Pferd darin zu erleuchten, blieben die drei wie angewurzelt und mit offenem Mund stehen. Die Schöne war komplett angeschirrt!

Die Jungen stießen überraschte Rufe aus und fragten sich, ob hier wohl die Elfen am Werk gewesen waren – manchmal bereute Abbie, dass sie ihnen so viele Märchen vorgelesen hatte. Doch mit einem Kloß im Hals musste sie zugeben, dass hier tatsächlich ein guter Geist ihnen etwas Gutes getan hatte. Überwältigt vor Erleichterung führte sie die Schöne über die Schwelle in den Hof.

Das Anspannen war schwierig, vor allem, das Pferd rückwärts zu führen. Doch das Tier wusste besser als Abbie, was zu tun war, und die Jungen bewegten die Deichseln hin und her, bis alles gut miteinander verbunden war. Als alle Schnallen geschlossen und an dem «wie auch immer es hieß» befestigt waren, führte Abbie das Pferd zum Haus, und sie und die Kinder machten sich fertig zur Abfahrt.

Corcoran, Cameron und Merry warteten fertig angezogen und ungeduldig vor der Tür mit dem Auftrag, sauber zu bleiben. Währenddessen wusch Abbie sich und zog eine Seidenbluse mit gebauschten Ärmeln und einem hübschen, eng anliegenden Kragen an. Dazu trug sie einen schwarz glänzenden, gemusterten Rock mit einem raschelnden Futter, der unten mit Leinen gesäumt war und, wenn man sich schwungvoll drehte, einen Umfang von ganzen vier Metern hatte.

Ihr goldbraunes Haar steckte sie hoch und befestigte auf ihrem Kopf einen bescheidenen turbanartigen Strohhut, der mit drei Federn und Rosetten mit Bändern und Samtknoten verziert war. Ihr Lächeln im Spiegel gefror zu einem Stirnrunzeln, als sie sich vorbeugte und die wenigen Sommersprossen begutachtete, die sich auf ihrem Nasenrücken verteilten. Sie waren zwar am Verblassen, jedoch immer noch nicht ganz verschwunden, obwohl Abbie sie mit einer unauffälligen Schicht Lilienblütenpuder bedeckt hatte.

Seufzend tupfte sie ihr Eau de Toilette «Lilie des Tales» hinter die Ohren, nahm ihre walnussbraune Lederhandtasche, die sie damals auf ihrer Hochzeitsreise gekauft hatte, und wandte sich zum Gehen.

Doch zuvor musste sie noch Holz im Ofen nachlegen und das Brathuhn hineinschieben. Wenn sie heute Abend etwas zu essen bekommen wollten, musste es geplant werden. *Ich komme mir vor wie Aschenputtel, das zum Ball geht,* dachte Abbie kleinlaut, als sie die Tür schloss und in ihre gut gefederte Kutsche mit dem maschinell polierten Ledersitz, dem Samtteppich und dem eleganten goldenen Streifen rundum stieg. Der Augenblick würde kommen, an dem sie ihre hübschen Kleider wieder ablegen musste, um die rauen Pflichten des Alltags zu erfüllen.

Aschenputtel hatte immerhin einen schönen Prinzen, der in den Kulissen auf sie wartete. Abbie schüttelte den Kopf: «Ich entwickle schon fast so eine blühende Fantasie wie die Jungen: Und sie lebten glücklich miteinander bis ans Ende ihrer Tage! ...» – *Schön wär's, aber es sind nichts als Märchen!*

Im letzten Moment vor der Abfahrt warf Abbie noch schnell einen Blick ringsum und stellte fest, dass sie enttäuscht war, Jamie nirgends zu sehen, wo er sie doch «halb Mann, halb Frau» genannt hatte.

Fachmännisch ließ sie die Zügel auf den breiten Rücken der Schönen klatschen und rief «Hüja!», wobei sie Jamies Tonfall nachahmte, und zu ihrer Erleichterung setzte das Pferd sich tatsächlich in Bewegung. Ein leichter Zug an den Zügeln, und sie schlugen den Weg nach Meridian ein. Abbies Selbstvertrauen wuchs.

Die fröhliche Stimmung der Kinder übertrug sich auf Abbie, und die Sorgen der vergangenen Monate fielen von ihr ab. Ein Gefühl der Dankbarkeit, das sie zwar nicht heraufbeschworen hatte, das andererseits aber auch nicht unwillkommen war, kam aus dem Schatten ihres Herzens ans Licht. «Zähl die vielen guten Dinge, die du bisher erfahren hast, und sieh, was Gott getan», summte sie, und bald schon sang sie es laut, und die Kinder stimmten mit ein.

Als es in dem Lied hieß: «Zähl sie alle einzeln auf», deutete Cormoran auf eine Wiesenlerche, die auf einem Zaunpfosten saß, und rief: «Vögel!» Und tatsächlich: Aus dem Busch und von den Wiesen ertönte herrlicher Gesang, als ob die gefiederten Geschöpfe den fröhlichen Klang sammeln und aufbewahren wollten für die bald beginnenden stillen Monate, wenn sie weg waren.

«Der Himmel!», trällerte Merry, die sofort die Stimmung des Spieles aufgenommen hatte. Und wie der wunderbare Himmel sich über ihnen endlos wölbte – wie eine große blaue Decke, und die Wolken segelten darin wie kleine weiße Wattebäusche!

«Duft!», rief Abbie, tief Luft holend, und sie alle atmeten das besondere Aroma des Busches ein. In diesem Moment war es ein Potpourri von vertrocknenden Beeren, gemähten Wiesen, feuchtem Laub und verwelkenden Blumen.

«Essen!», schrie der allzeit hungrige Cameron, und Abbie dachte dankbar an das Hühnchen, das im Ofen schmorte, und an die Regale im Keller, die nach einer reichen Sommerernte im fruchtbaren Buschland mit Vorräten gefüllt waren.

«Freunde!»

Abbies Gefühl der Dankbarkeit wuchs, als sie Gott für die guten Menschen von Donnybrook dankte, für ihre Kraft und ihre Unterstützung: Bruder Victor, Sam und Regina, Jamie. Besonders Jamie. Wieder spürte Abbie einen Kloß im Hals, als sie daran dachte, wie Jamie, ungebeten und ohne einen Dank dafür zu bekommen, das Pferd angeschirrt hatte für eine Frau, von der er wusste, dass sie vor dieser Aufgabe Angst hatte, außerdem gar nicht dazu imstande war und gleichzeitig viel zu stolz war, dies zuzugeben.

Sie fuhren aus dem Busch hinaus, überquerten die Eisenbahnschienen und banden das Pferd dann am Geländer vor dem Laden an. Sie brauchten nur an einer Stelle im Ort haltzumachen, denn der Laden und die Post waren unter einem Dach. Abbie hob ihren Rock an (mit seinen vier Metern Umfang!), damit er nicht staubig wurde, und folgte den herumtollenden Kindern in den überfüllten Laden. Hier gab es alles, was ein Siedler so *brauchte* – allerdings nicht alles, was ein Siedler vielleicht *wollte*. Abbie dankte Gott für alles, was noch in ihrem Schuppen lagerte, und fürchtete sich vor dem Tag, an dem die Kinder aus den Schuhen herausgewachsen sein würden, die sie immer noch von Zeit zu Zeit dort aus den Schachteln herausholte.

Nun kaufte sie die wenigen Dinge ein, die sie brauchte: Zucker zum Einmachen, Gummiringe für die Einmachgläser vom letzten Jahr, Essig und Gewürze für das Einlegen von Gemüse und ein paar Kräcker aus dem offenen Fass, die man auf dem Heimweg naschen konnte.

Auf der Verkaufstheke wurden ein paar Laibe Brot stolz präsentiert. Ein Bäcker aus Prince Albert wagte das Experiment, den Laden einmal pro Woche mit dem Zug zu beliefern. Abbie, die sich etwas Besonderes gönnen wollte, legte einen Laib davon zu ihren Einkäufen und nahm spontan noch einen weiteren dazu, als kleines Dankeschön für einen Nachbarn, der nicht gerne Brot backte und der, nach eigener Aussage, vorwiegend von «Bratkartoffeln mit Schweinefleisch und Bohnen» lebte.

Sie steckte zwei Briefe von «Zuhause» in ihre Tasche und freute sich schon darauf, sie zu lesen, wenn alles ruhig war und sie sich allein fühlte. Dann fragte sie auch nach Jamies Post. Doch es war nur Werbung für die «berühmte patentierte und verstellbare Sherwin Ackerwalze». Abbie verspürte plötzlich Mitleid mit ihrem einsamen Nachbarn, und sie fügte wieder etwas ihrer inneren Liste hinzu, womit sie gesegnet war und wofür sie danken konnte: «Danke, himmlischer Vater, für meine Kinder!»

Die drei «Segnungen» bettelten bald inständig um ein paar Pennies und standen dann begeistert vor der Theke mit den Süßigkeiten. Mit Zitronenbonbons in den schon klebrigen Fingern folgten sie ihrer Mutter schließlich zum Wagen, und es begann eine ruhigere, aber nicht weniger glückliche Heimfahrt.

Corcoran richtete sich auf, um nach einem Kräcker zu greifen, und rief plötzlich erschrocken: «Mama, sieh mal!» Er zeigte mit dem Finger auf ein Rad des Buggys, das schräg stand und während der Fahrt auf der staubigen Straße ein verrücktes Muster hinterließ.

«Brrrr!» Abbie zog die Zügel an. Das Rad hörte auf zu drehen und stand oben schräg vom Buggy ab. Die Schöne wartete geduldig, während Abbie und die Kinder ausstiegen und den Schaden begutachteten. «Kaputt», verkündete Corcoran.

«Irgendwas stimmt nicht damit, das ist sicher.»

«Marode», sagte Cameron altklug.

«Wir können den Wagen nicht mitten auf der Straße stehenlassen», beschloss Abbie, ging zu der Schönen, nahm die Zügel in die Hand und führte sie langsam Schritt für Schritt vorwärts, bis der Wagen mit dem immer wilder eiernden Rad am Rand der engen Straße stehenblieb.

«Wir müssen den Buggy stehenlassen und selbst die Hufe schwingen», sagte Abbie, und die Kinder kugelten sich vor Lachen.

«Die Hufe schwingen. So was wie Hufe haben wir doch gar nicht!»

Doch ihre Fröhlichkeit ebbte schon ab, kaum dass sie ein kleines Stück gegangen waren. Abbie führte die Schöne, und Merry saß mit ihren kurzen Beinen rittlings auf dem Pferd. Abbie war schon froh, dass sie sie überhaupt hatte hinaufhieven können. Die Jungen trotteten in männlicher Tapferkeit hinter Abbie her, die vergeblich versucht hatte, ihnen aufs Pferd hinaufzuhelfen. Ihre Bemühungen bezahlte sie mit einem staubigen Rock und einem verrutschten Hut.

Als Abbie bemerkte, dass die Schöne gar nicht geführt werden musste, nahm sie beide Hände, um den Leinensack zu tragen, den sie nur ungern im Buggy zurückgelassen hätte. Auch die Zwillinge trugen jeder eine Tasche, und Merry drückte die beiden Laibe Brot an sich.

«Wie weit ist es noch, Mama?», fragte Merry.

«Nicht weit, mein Schatz», sagte Abbie so ermutigend, wie sie konnte. Ihre spitzen Schuhe «aus feinstem Ziegenleder, mit handgefertigten Sohlen, modernsten Absätzen, einer patentierten Lederspitze und einem Einsatz von bester schwarzer Seide» quetschten ihre Zehen grausam zusammen. Das besondere Merkmal dieser Schuhe, die laut Werbung in den großen Städten garantiert als der letzte Schrei galten – wobei Abbie ja im Hinterland wohnte! –, war die sogenannte «Viertelspitze», die so schmal war wie der Durchmesser eines 25-Cent-Stückes.

«Diese Dinger sind eine echte Waffe», stellte Abbie grimmig fest, als die spitzen Schuhe bei jedem ihrer Schritte abwechselnd unter dem schmutzigen Saum ihres Rockes hervorstachen. «Ich könnte sogar einen Angriff von Kojoten damit abwehren!»

«Es ist viel zu weit!», verbesserte Cameron seine Mutter. «Wir sind noch nicht einmal bei Mikos Haus angekommen.»

«Die Vaschinskis! Wir können nicht weit von ihrer Farm weg sein.»

Obwohl Abbie schwer beladen war, voller Staub, humpelnd, mit verrutschtem Hut und einen Sack hinter sich her schleifend, fasste sie nun wieder Mut, und sie drängte die müden Kinder zum Weitergehen mit der Aussicht, dass sie auf dem Hof der Vaschinskis Hilfe bekommen würden. Da sahen sie plötzlich, wie über den Kamm eines kleinen Hügels ein Pferd mit einem Buggy angetrabt kam.

«Jamie!», schrien die Kinder. Und er war es tatsächlich.

Jamie war am späten Nachmittag von der Wiese zurückgekommen und hatte gesehen, dass der Buggy nicht in der Scheune war. Er ging nach Hause und rechnete damit, die kleine Familie jeden Augenblick unterwegs zu treffen. Von seinem Stall und später vom Haus aus beobachtete und lauschte er und machte sich allmählich immer mehr Sorgen um Abbie und die Kinder. Schließlich, als die Sonne sich schon dem Horizont zuneigte, spannte er ein Pferd vor den Buggy und fuhr los.

Es bot sich ihm ein trauriger Anblick: Abbie – unter ihrer Last gebeugt, schwer humpelnd, die schönen Kleider beschmutzt und das Haar unter einem schief sitzenden Hut hervorfallend – führte einen kleinen Treck an: ein dahintrottendes Pferd mit einer kleinen Reiterin und zwei müde Jungen, die zwei Säcke in ihren verschwitzten Händen schleppten.

Die kleine Gruppe stand am Wegrand, und die Zwillinge winkten und jubelten laut, als Jamie sich näherte. Abbie lächelte zaghaft.

Jamie hielt seinen Wagen an und betrachtete sie alle, und in seinem Blick lag wohl so etwas wie Mitleid für die tapfere Frau. Und so hob Abbie diesmal nicht ihr Kinn und starrte zurück, sondern lächelte schüchtern und sagte: «Ich hätte es wissen müssen.»

Jamie stieg aus dem Buggy und half Abbie und den Kindern hinauf. Dann hob er Merry vom Rücken der Schönen herunter und zerdrückte dabei unwiderruflich das Brot, das sie umklammert hielt. Er setzte sie ihrer Mutter auf den Schoß und band die Schöne hinten an seinem Buggy fest. Die Jungen plauderten aufgeregt und erzählten ihm von dem beschädigten Buggy, den sie am Straßenrand hatten stehenlassen.

«Ich reite noch einmal zurück und hole ihn», versprach Jamie. *Ich hätte sie nicht wegfahren lassen dürfen, ohne den Buggy vorher zu überprüfen,* ärgerte sich Jamie im Stillen und machte sich Vorwürfe.

Doch Abbie sagte nur: «Ich hätte besser auf dich hören sollen ...»

Jamie war sich nicht sicher, ob ihm eine so demütige Abbie überhaupt gefiel. «Du konntest ja nicht wissen, dass das Rad repariert werden musste», antwortete er, wendete die Kutsche und fuhr zurück.

Als eine erschöpfte Abbie mit ihren Kindern auf ihrem Hof von Jamies Wagen herunterkletterte, nahm sie eines der zerknitterten Pakete aus Merrys Arm. «Für dich, Jamie. Es tut mir leid, dass es in einem so miserablen Zustand ist.»

Jamie nahm das zerdrückte Brot entgegen und sagte, als sei er ein Kronprinz, der die Krone seines Reiches empfängt: «Ich bin stolz, dass ich es bekommen darf.»

Kapitel 23

In einem kleinen Blockhaus gibt es kaum eine Privatsphäre – besonders wenn das Wetter schlecht ist und alle Familienmitglieder an das Haus gebunden sind.

Wenn der Winter sich bedrohlich ankündigte und Frost in der Luft lag, wenn die letzten Gartenfrüchte im Keller eingelagert waren und es nichts mehr einzumachen gab, wenn das Haus sauber und blitzblank war und darauf wartete, dass der Winter wieder zuschlug mit seinem Ruß, Schweiß und anderen Gerüchen, dann waren vor allem die Frauen in ihren weißgetünchten Gefängnissen eingeschlossen, als hätten sich Eisenstäbe um sie herum in die Erde gesenkt.

Im Haus von Familie Morris, das geräumiger war als viele andere – zwei Räume oben und zwei unten –, suchte Carolyn verzweifelt nach Gelegenheiten, allein zu sein, und nach einem Ort, wo sie nachdenken und beten konnte, ohne gestört zu werden. Oder, schlimmer noch, fragenden und besorgten Blicken ausgesetzt zu sein.

«Es macht nichts», hatte sie voreilig zu Micah gesagt. «Es macht nichts», hatte sie gesagt, ohne vorher nachzudenken oder zu beten. Doch nun hatte sie Zweifel. Sie war aufgewühlt und kam innerlich nicht zur Ruhe. In ihrer Unschuld hatte sie ein solches Gefühl nie erlebt, doch sie erkannte es trotzdem. Wenn Waschtag war, wurde es für eine Weile unterdrückt. Beim Abendessen, wenn die Familie sich angeregt unterhielt, verschwand es eine Zeitlang. Und ein gelegentlicher Besucher brachte genug Abwechslung, um es für eine Weile ausblenden zu können.

Doch sobald sie einen Augenblick allein war, schob sich das innere Unbehagen aus dem Unterbewusstsein ins Bewusstsein zurück und forderte Aufmerksamkeit.

Während sie die Hühner fütterte, wälzte sie in ihren Gedanken die Situation hin und her: Micah, der einerseits verheiratet war und andererseits doch wieder nicht. Die Hände ins Spülwasser getaucht, wanderten ihre Gedanken von der Gewissheit, dass Micah sie liebte, zu seiner Verantwortung für die indianische Frau Chee. Als sie das vier Pfund schwere Bügeleisen über die zerknitterten Wäschestücke schob, hielt sie zwar an ihren Worten «Es macht nichts» fest, doch zugleich verzweifelte sie darüber, dass ihr Verstand dagegen rebellierte und ihre Worte Lügen strafte.

Bisher hatte sie «ein ruhiges und stilles Leben in aller Frömmigkeit und Ehrbarkeit» geführt, und ihr Gewissen war nie wirklich beunruhigt gewesen, außer vielleicht durch eine «kleine» Lüge oder eine kindliche Schwindelei. Und daher verstand sie nicht, was sie innerlich so sehr umtrieb, und sie konnte nicht damit umgehen. Als sie in ihrer Verzweiflung in der Bibel Rat suchte, verglich sie die seelischen Qualen des Psalmisten, der sagte: «Alle deine Wasserwogen und Wellen gehen über mich», mit ihren eigenen. Doch einer Lösung war sie noch nicht nähergekommen.

Dass sie sich so ungewöhnlich viel mit dem Wort Gottes beschäftigte, verriet allerdings auch, dass sie Probleme hatte. Mit hochgezogenen Augenbrauen sah ihre Mutter sie ernst und forschend an und vermutete folgerichtig, dass etwas nicht stimmte.

Doch auch Bruder Victors Sonntagspredigt über den Schriftvers «Die Ernte ist vergangen, der Sommer ist dahin, und uns ist keine Hilfe gekommen» half ihr nicht weiter. Arnie Dudley, der sich den Sommer über wilden Ausschweifungen hingegeben hatte und befürchten musste, den ganzen langen Winter über von Gewissensbissen geplagt zu werden, ging reumütig im Gottesdienst nach vorne, um seine Sünden zu bekennen und seine Umkehr zu Gott zu bekräftigen. Carolyn aber wusste, dass Sünde nicht ihr Problem war.

Als der Prediger jedoch am darauffolgenden Sonntag aus der Schrift zitierte: «Friede! Friede!, und ist doch nicht Friede», fand Carolyns Herz eine Übereinstimmung. Hier wurde ihr Problem endlich beim Namen genannt: Es war kein Friede. Und da sie nun allzu gut wusste, was das Gegenteil von Friede war, nämlich ein unruhiges Herz und ein gequälter Geist, war ihr klar, dass sie nicht ruhen würde, bis sie Frieden, vollkommenen Frieden, gefunden hatte.

«Die Antwort», so führte Pastor Victor aus, «finden wir wohl in dem Rat, den der Apostel Paulus den Römern gegeben hat: ‹Lasst uns dem nachstreben, was zum Frieden dient.› Wenn wir Wind säen», fuhr er fort, «so werden wir Sturm ernten. Der Ertrag der Gerechtigkeit aber wird ewige Stille und Sicherheit sein.» Und wie sehr sehnte Carolyns geplagtes Herz sich danach!

Der Retter war gekommen, so erklärte der Prediger, «um unsere Füße auf den Weg des Friedens zu richten». Der Eigenwille sucht seinen eigenen Weg und wird bald merken, was für ein unruhiger Pfad das ist. Doch wer sich dem Willen Gottes unterordnet, sucht den Weg Gottes und wird bald merken, dass dieser ein Pfad des Friedens ist.

Eine nachdenkliche Carolyn verließ den Gottesdienst im Schulhaus, grübelte weiter während des Mittag- und auch während des Abendessens und ging ebenso nachdenklich zu Bett. Hier war der einzige Ort, an dem sie ungestört allein sein konnte, abgesehen von einem verregneten Spaziergang am Nachmittag, für den sie ihrer Familie gegenüber keine Erklärung fand. Sie beschloss, ihren eigenen Weg und ihre eigenen Pläne aufzugeben und sie einer höheren und weiseren Macht anzuvertrauen. Sie kannte die Zukunft nicht, doch sie kannte den Einen, der um ihre Zukunft wusste, und so drehte sie sich um und schlief ein. Endlich hatte sie den Vers verstanden, den sie irgendwann einmal in der Sonntagsschule auswendig gelernt hatte: «Der Herr wird seinem Volk Kraft geben; der Herr wird sein Volk segnen mit Frieden.» Dies war die Kraft, die sie brauchte. Hier fand sie den Frieden, den sie gesucht hatte.

Auch wenn das Kopfkissen am nächsten Morgen tränennass war, so wusste doch niemand davon als nur die müde, aber von Frieden erfüllte junge Frau, die ihr Bett machte und dieses als ihr Bethel erkannte. Das Bethel, wo Jakob einst einen Stein nahm, «ihn zu seinen Häupten und sich an der Stätte schlafen legte» und die Stimme Gottes hörte.

Carolyns Hand war ruhig, als sie eine Nachricht schrieb, die sie beim Gebetstreffen am Mittwochabend Tiger Lilly zustecken würde.

Kapitel 24

Hubert und Harry linsten durch ihre hochgeschätzten Brillen und hielten sich an den Pfosten ihrer Veranda fest, in dem Bemühen, endlich einen Blick auf den Mähbinder zu erhaschen. Als der unstete Wind für einen Augenblick in ihre Richtung drehte, bebten ihre Nasenflügel, und ihre alten Lungen füllten sich mit dem Duft der Ernte, den sie so gut kannten, und sie meinten auch das vertraute Klacken der Erntemaschine zu hören. Doch das Buschwerk von Sauerkirschen, Felsenbirnen und Traubenkirschen, von dem das Feld umschlossen war, verbarg den Erntearbeiter und seine Maschine vor ihren Blicken, abgesehen von dem kurzen, faszinierenden Moment, als er über eine kleine Erhöhung fuhr und dann wieder verschwand.

Hubert scharrte mit den Füßen.

«Denk nicht mal im Traum dran!», warnte Harry.

«Ach Harry, nun komm schon! So weit ist es doch auch wieder nicht.»

«Du armer Kerl», sagte Harry mitleidig. «Du hast wohl Vergrößerungsgläser auf – das Feld ist eine Viertelmeile entfernt. Und das würdest du wissen, wenn dein Denkapparat nicht genauso im Eimer wäre wie deine Sehschärfe.»

«Nicht wenn er auf unserer Seite wendet», konterte Hubert. «Wenn wir jetzt losgehen, kommen wir rechtzeitig an und sehen, wie er noch zwei oder drei Mal wendet.»

Harrys strenger Blick wurde weicher, und plötzlich hatten seine Augen einen sehnsüchtigen Ausdruck.

«Es könnte unsere letzte Gelegenheit sein», drängte Hubert.

Harry gestand es mit einem Seufzen ein.

«Wir könnten Willie seine Pausenmahlzeit bringen. Der arme Kerl muss inzwischen ganz schön hungrig sein. Ist schon fast seit Sonnenaufgang dabei.»

«Willst du das etwa tragen?»

«Ich brauche nur eine Hand für meinen Stock, Harry. Und wie schwer könnte ein Marmeladenbrot schon sein?»

Harry hob kapitulierend die Hände, und Hubert ging zur Tür, die an diesem Tag – einem der letzten warmen Tage des Jahres – offenstand. Dort rief er: «Sarah, Harry und ich bringen Willie seine Brote.»

Mit raschen, leichten Schritten war Sarah an der Tür. Ihr strenger Blick erweichte sich, als sie sah, wie Hubert ihr sein altes Kinn herausfordernd entgegenreckte. Er dämpfte seine Stimme und fügte in einem um Verständnis bittenden Tonfall hinzu: «Und es würde dir einen Gang ersparen.»

«Ich mache es fertig», sagte Sarah.

«Siehst du», wandte sich Hubert fröhlich an seinen Bruder, «sie hält es für eine gute Idee.»

«Du armer Kerl», wiederholte Harry, «du bist heute ganz schön am Ende. Ich muss mitkommen, um sicherzustellen, dass du es überhaupt schaffst. Hey!», rief er alarmiert. «Setz dich bloß nicht hin! Du brauchst so lange, um aufzustehen, dass wir Willie dann schon sein Abendessen bringen können.»

Doch Hubert stieg ächzend die Stufe zur Veranda hinunter, ließ sich langsam darauf nieder und begann, die Schnürsenkel zuzubinden, die lose an seinen Schuhen hingen. «Streck mal deinen Fuß rüber», sagte er, als er damit fertig war, «dann binde ich deine auch zu.»

Harry, der zu der Überzeugung kam, dass dies leichter war, als sich hinzusetzen und wieder aufzustehen, hielt sich am Pfosten fest und streckte erst den einen und dann den anderen Fuß aus. «Vorsichtig», ermahnte er seinen Bruder, «nicht zu fest, sonst schneidest du mir den Blutkreislauf ab.»

«Dein Blut ist doch so müde, dass es sowieso erst morgen an deiner Kniekehle ankommt.»

Sarahs Erscheinen bereitete dem kleinen Schlagabtausch ein Ende, dem besten, den sie seit Tagen gehabt hatten. Sie knöpfte Huberts uralte Strickjacke noch einmal richtig zu, reichte den beiden Männern ihre ausgeleierten Mützen und schlug wie beiläufig vor: «Wie wäre es, wenn ihr Simon mitnehmt? Er ist sonst die meiste Zeit alleine.»

«Gute Idee!», antwortete Hubert erfreut. «Wir könnten ihm erzählen, wie wir das Feld umgegraben haben. Und wie wir unser erstes Korn mit der Sense abgeerntet haben. Früher war das alles nicht so einfach, weißt du.»

Sarah rief, und Simon kletterte aus einer Pappel herunter und kam angerannt.

«Pass auf, die Onkel haben dir ein paar interessante Dinge aus der guten alten Zeit zu erzählen.»

«Oh.» Simon sah wenig begeistert aus. «Das habe ich alles schon mal gehört.»

«Hab ich dir schon von dem Bären erzählt, der genau dort drüben Felsenbirnen gepflückt hat?», fing Hubert an. «Und wie Virgie so wütend geworden ist, weil er ihre Früchte klaute, dass sie ihn anschrie: ‹Husch!›?»

«Ehrlich?», keuchte der Junge, und sein kleines Gesicht hellte sich auf. Er nahm, fast ohne es zu merken, das Essenspaket, das seine Mutter ihm in die Hand drückte, und lieh dem alten Mann seine Schulter, als dieser mühsam die Stufen der Veranda herunterstieg, gefolgt von seinem Bruder.

«Diese Bärengeschichte», sagte Harry und rümpfte die Nase, «ist nichts im Vergleich zu der Sache damals, als ich mich mit der Sense so schlimm am Bein verletzte und über die Weide humpeln musste, und der Bulle roch mich und fing an zu scharren und kam immer näher und näher …»

«Es ist genug Essen für euch alle drin!», rief Sarah den dreien hinterher, als sie über den Hof gingen und der kleine Junge fasziniert von einem gesprächigen Mann zum anderen blickte.

Lächelnd setzte Sarah sich auf die Stufe, lehnte sich zurück, schloss die Augen und atmete tief durch. Beinahe wünschte sie, sie hätte die beiden Onkel und den Jungen begleiten können. Die kühle Herbstluft, erfüllt mit dem Duft von getrockneten Beeren, frisch gemähtem Heu und Getreide, und das letzte Aufblühen der Blumen lockten nach draußen, zu einem Spaziergang durch die brauner werdenden Gräser auf den Wiesen und das fallende Herbstlaub des Busches.

Die Ernte war die Krönung der Arbeit eines ganzen Jahres. Überall im Buschland und in den weiten Prärien des Südens zog es die Farmer nach draußen, mühten sie sich von Sonnenaufgang bis Sonnenuntergang ab, um die Ernte einzubringen. Wenn alles sicher eingelagert war, verlor der bevorstehende Winter ein wenig von seiner Bedrohlichkeit, wurden ausstehende Rechnungen bezahlt, notwendige Dinge eingekauft und – wenn die Arbeit des Jahres im Großen und Ganzen vollbracht war – genoss man Feste und Zusammenkünfte, zumindest für den kurzen und schönen Zeitraum zwischen dem hektischen Sommer und Herbst und der erzwungenen Untätigkeit im Winter.

In diesem Jahr hatte der bevorstehende Winter mit seiner Einsamkeit für Sarah nichts Schreckliches an sich. Im Gegenteil: Die Abgeschiedenheit des kleinen Blockhauses mit seinem warmen Feuer, dem gefüllten Keller und der angenehmen Gesellschaft lockte die junge Frau mit der

Verheißung von Frieden und Geborgenheit. Die dunklen Jahre lagen endlich hinter ihr. Hier, in der Zuflucht der Wälder, hatte sie Ruhe und Zufriedenheit gefunden. Hier, so fühlte sie, wollte sie den Rest ihres Lebens verbringen – ihres einsamen Lebens.

Denn trotz der Gesprächigkeit ihrer beiden Onkel empfand Sarah eine gewisse Leere in ihrem Leben. Und auch wenn sie ein lebhaft plauderndes Kind hatte, fühlte sie sich doch im Stillen allein.

Dennoch war ihr jetziges Leben um so vieles besser als zuvor, frei von Angst, heilsam in seiner Verheißung von besseren Zeiten. Und so fand sie in den kleinen Segnungen, die ihr gewiss waren, Geborgenheit und schätzte sich glücklich.

Wenn der Frühling kam, so plante sie nun, würde sie eine eigene Hühnerschar halten. Und vielleicht sogar eine Kuh? Und wenn man einen Teil des Heus und des Getreides behalten könnte, ein Pferd ...

Sarahs Gedankengang wurde unterbrochen durch das Geräusch eines nahenden Wagens, der in ihr Tor einbog. Unwillkürlich führte sie ihre Hand zum Kopf, um ihr Haar zu ordnen, stand auf und schüttelte ihren Rock aus. Dann beobachtete sie das Pferd und den Buggy, auf dem nur ein einziger Mann saß.

Abgesehen von den Gottesdiensten, ein paar Fahrten nach Meridian und zwei oder drei Besuchen bei verschiedenen Frauen in Donnybrook hatte Sarah den Sommer auf der Farm ihrer beiden Onkel verbracht. Und außer dem Wagen von Willie und dem des Predigers war bisher keine andere Kutsche hergekommen. Folglich sah sie dem Pferd, das rasch auf sie zu trottete, neugierig entgegen.

Lächelnd trat sie aus dem Schutz der Veranda, doch das «Guten Morgen» erstarb auf ihren Lippen, ihre Kehle schnürte sich zu und ein ungläubiges Entsetzen durchströmte sie. Es konnte nicht sein …

Und doch war es so.

Die Hand des Mannes spielte mit der Peitsche. Allein dies, so dachte sie instinktiv, hätte sie schon misstrauisch machen sollen, denn wer in Donnybrook benutzte auf einer Familienkutsche eine Peitsche? Nun schob der Mann seinen Hut nach hinten, begutachtete sie von Kopf bis Fuß mit seinen Schlitzaugen, die unter buschigen Augenbrauen lagen, und aus seinen vollen Lippen, mit denen Sarah die schlimmsten Erinnerungen verband, kamen die Worte: «Ist schon eine Weile her.»

Sarahs Hand ging an ihre Kehle.

Ächzend hievte der Mann sich vom Sitz seiner Kutsche herunter. «Ist das alles, wozu du imstande bist? Nach der langen Zeit? Wie lang ist es her, Sarie?»

Immer noch sagte Sarah nichts, brachte kein Wort heraus.

«Nun, wie alt ist der Junge?», fragte er ungeduldig. «Du hättest nicht gedacht, dass ich von ihm weiß, oder?»

«Ich … ich …»

«Sprachlos wie immer, ich sehe schon», sagte der Mann. «Ich dachte, das würde sich geben, wenn du erwachsen bist. Lass mal überlegen – wie alt warst du? Ein Kind, Sarie – ein unschuldiges Kind …»

Sarahs blasses Gesicht wurde noch blasser.

«Sieben Jahre, Sarie. Sieben Jahre ist es her, seit du abgehauen bist. Hast mich mit einer kranken Frau im Stich gelassen. Und mit der ganzen Arbeit. Doch was soll's.» Seine Stimme wurde freundlich. «Hier bist du also, ganz erwachsen geworden.»

«Was wollen Sie?», fragte Sarah, die endlich ihre Stimme wiedergefunden hatte, verzweifelt.

«Na, dich natürlich», erwiderte der Mann mit einer hochgezogenen Augenbraue. In seinem Gesicht blitzte ein schmieriges Grinsen auf.

«Mamie ist tot, weißt du. Verstehst du, was das bedeutet?»

Sarah blickte verständnislos drein.

«Es bedeutet, dass wir heiraten können.» Mit einem Satz war er bei ihr, und sein fleischiges Gesicht drückte sich an ihres, und seine Stimme flüsterte: «Keines von den Mädchen, die ich nach dir eingestellt habe, war so gut wie du, Sarie ...»

Sarah wich vor der großen Gestalt zurück und wusste endlich, was sie sagen sollte: «Verschwinden Sie von hier! Verschwinden Sie, habe ich gesagt!» In ihrem letzten, noch lauter gesprochenen Satz schwang eine Panik mit, die sie nie wieder zu spüren gehofft hatte.

«Erinnerst du dich noch an die hier, Sarie?», raunte er und fuchtelte mit der Peitsche herum. «Bring mich nicht dazu, sie wieder zu gebrauchen.»

Doch plötzlich kam etwas angezischt, prallte wie ein wütend geschleuderter Ball gegen den Bauch des Mannes und nahm ihm den Atem. Simon, der umgekehrt war, um zu sehen, wer da kam, hatte den verzweifelten Ausruf seiner Mutter gehört. Hinter ihm betraten Hubert und Harry die Arena, mit zitternden Beinen, doch mit einer Kraft, die ihnen ihr Zorn verlieh.

«Lassen Sie meine Mutter in Ruhe!» Simon trat zurück. Seine Wangen waren rot vor Wut, und die kleinen Fäuste hingen geballt herunter.

«Oho – das ist also der kleine Mayer! Noch ein Welpe!»

«Mein Name ist Simon», sagte der Junge zornig. Sarah stellte sich neben ihn und legte den Arm um seine Schultern. Zitternd wie Espenlaub flehte sie: «Bitte, Mr. Mayer, lassen Sie uns in Ruhe! Bitte, bitte gehen Sie!»

«Nicht ohne dich und den Jungen. Du kannst freiwillig mitgehen», drohte Dieter Mayer, «oder …»

Sarahs Antwort war ein verzweifelter Klagelaut.

Als Hubert und Harry – die bisher vor Verblüffung und Traurigkeit reglos dagestanden hatten – die Angst in der Stimme ihrer Nichte hörten, kamen sie mächtig in Bewegung. Zumindest für ihre Verhältnisse.

«Also Sie da, wer auch immer Sie sind, verschwinden Sie von hier!», rief Harry schrill und stapfte vorwärts, seinen Stock bedrohlich schwingend.

«Los, Harry», knurrte Hubert, «wir zeigen dem Mister Großmaul mal, wer hier der Boss ist!» Und die Brüder gingen mit drohend erhobenen Stöcken auf den Fremden zu, der sie mit verächtlichem Gesicht empfing.

Am Ende war die Peitsche der «Boss». Ein geschickter Schwung, und Harry und Hubert waren in ihrem Leder eingewickelt und gefangen. Ein heftiger Ruck, und sie taumelten und fielen hin.

«Onkels!», keuchte Sarah und warf sich neben die beiden auf die Knie. Vergeblich versuchte sie die beiden von der Peitsche zu befreien. Harry und Hubert wälzten sich kraftlos im Staub.

«Nein, oh nein, oh nein. Ihr Lieben, bleibt still liegen, bis ich …»

Sarahs Schluchzen mischte sich mit Huberts und Harrys Stöhnen und Simons Schreien. Im allgemeinen Durcheinanderrufen überhörte Sarah die Verzweiflung in der Stimme ihres Kindes, bis sie aus dem Augenwinkel ein Paar kleine Beine wild in der Luft zappeln sah.

Gerade wollte sie das Blut von Huberts Wange wischen, mit der er auf einem Stein aufgeschlagen war, nun aber drehte sie sich zu Simon um, der sich zwar wehrte, aber hilflos im eisernen Griff des kräftigen, großen Mannes gefangen war. Bei dem verzweifelten Versuch aufzuspringen verwickelten sich ihre Beine in den Stoff ihrer Röcke und sie fiel neben ihren gefesselten Onkeln der Länge nach hin.

Dieter Mayer stieg mit dem Jungen unter dem Arm den eisernen Tritt zur Kutsche hinauf.

«Das Pferd, Sarah!», krächzte Harry.

Sarah war aufgesprungen und losgerannt. Doch sie wusste, dass sie gegen den kräftigen Mann nichts ausrichten konnte. Als sie Harrys Zuruf hörte, lief sie zum Pferd hin und langte nach den Zügeln.

Doch der Mann schrie bereits «Hüja!», schnalzte brutal mit den Zügeln und ließ sie mehrmals so heftig auf die bebenden Flanken des Pferdes klatschen, dass dieses vor Schreck die Augen rollte und sich aufbäumte, so dass Sarah nicht mehr an das Zaumzeug gelangen konnte.

Mit seinem kräftigen Schenkel drückte Dieter Mayer den kleinen Jungen in die Ecke des Buggy-Sitzes, und mit seinen zwei freien Händen schlug er den Rücken des Pferdes mit dem Zügelende, riss das erschrockene Tier herum und raste über den Hof davon.

Simons Schreie waren das Letzte, was Sarah hörte. So schnell, wie alles begonnen hatte, war es vorüber. Die Sonne schien, irgendwo trällerte ein Vogel, und es herrschte Stille, abgesehen von einem leisen, fernen Klacken. Das schwache Geräusch bekam langsam, wie durch einen Nebel hindurch, eine Bedeutung – Willie.

Die beiden Onkel hatten im selben Moment denselben Gedanken.

«Willie!», sagte Harry und spuckte Dreck aus.

«Schnell, Sarah!», drängte ein blasser Hubert. «Hol Willie!»

Sarah, die sich schon umdrehen und loslaufen wollte, hielt inne und blickte auf die beiden gestürzten Männer.

«Mach dir um uns keine Gedanken!», sagte Harry schnell. «Ich habe ein Messer in der Tasche …»

«Oder wir rollen uns einfach zur Seite, bis wir frei sind», sagte Hubert und setzte seine Worte gleich in die Tat um. Er hob den Kopf, betrachtete die Peitsche, die um seine Hüfte gewickelt war, und wies seinen Bruder an: «Also, wenn du dich nach Backbord drehst und ich mich nach Steuerb…»

«Sag Willie, dass es Rudys Pferd war!», prustete Harry, während Hubert schon anfing, sich zu rollen. Sarah raffte ihre Röcke zusammen und lief los.

Willie, der wohl damit rechnete, dass ihm bald seine Pausenmahlzeit gebracht wurde, hatte den Mähbinder an der Stelle, die dem Haus am nächsten lag, abgestellt und schlenderte auf den Zaun zu. Doch als er Sarah sah, die wie von Sinnen angestolpert kam, fing auch er an, ihr entgegenzulaufen. Lange bevor er sie erreicht hatte, konnte er ihr verängstigtes Gesicht erkennen und sie rufen hören: «Er hat Simon – er hat Simon …!»

Willie fing die taumelnde Gestalt in seinen Armen auf und fragte aufgebracht: «Wer, Sarah? Wer hat Simon?»

«Mayer – Dieter Mayer.»

Der Name sagte Willie nichts, doch er ahnte sofort, um wen es sich handelte.

«Erzähl es mir …»

Heftig keuchend und schluchzend erklärte Sarah ihm, was geschehen war. «Ich weiß nicht, wohin er ihn mitnimmt», sagte sie schließlich mit gebrochener Stimme, «doch Harry sagt, es war Rudys Pferd und Wagen.»

Rudy war der Bahnhofsvorsteher von Meridian.

«Dann fährt er also nach Meridian», schloss Willie,

stellte Sarah wieder auf ihre Füße und lief mit langen Schritten zum Mähbinder. Mit geübten Griffen spannte und schirrte er die Pferde ab, warf das Geschirr auf den Boden und beließ nur das Zaumzeug.

«Nimm Min mit zum Haus», ordnete er an und schwang sich auf den Rücken des jüngeren, leichteren Pferdes. Er gab der überraschten Stute die Fersen und lenkte sie nicht zur Straße hin, sondern quer über das Stoppelfeld.

Sarah sah zu, wie die Erdklumpen unter den Hufen des Pferdes wegflogen und wie die schlanke Gestalt des Reiters sich tief über die wehende Mähne beugte, bis beide jenseits des Feldes in die Stille des Busches verschwanden und von dort, wie sie wusste, zur dahinterliegenden Weide gelangten. Von da aus …

«Er will ihn am Pass abfangen», vermutete Hubert, als Sarah mit Min zum Haus zurückkam. Harry, der auf der Stufe saß und mit zitternder Hand durch sein zerzaustes Haar fuhr, nickte.

«Er wird natürlich bei der Farm der Dwyers herauskommen. Herbie arbeitet bestimmt auf dem Feld. Sie werden zusammen weiterreiten und unterwegs Shane O'Hara mitnehmen.»

«Willie kennt jede Farm in Donnybrook so gut wie seine eigene», fuhr Hubert fort. «Er hat überall beim Dreschen geholfen. Und er kennt jede Abkürzung von hier bis Meridian. Er wird unterwegs eine stattliche Zahl Männer gesammelt haben. Und dann werden sie gemeinsam ganz schön drauflosdreschen!» Hubert zwinkerte mit einem Auge, das im Begriff war, zuzuschwellen und sein ganzes Gesicht zu entstellen. Ein Gesicht, das einen grimmigen Ausdruck hatte.

Sarah war am Boden zerstört und völlig in sich zusammengesunken. Hubert und Harry sahen einander vielsagend an.

«Komm hierher zu uns, meine Liebe», sagte Harry und klopfte neben sich auf die Stufe. «Wir haben eine noch größere Hilfe, als wir ahnen.»

Sarah kroch zu ihren Onkeln hinüber, ließ sich zwischen ihnen auf die Stufe fallen und stützte den Kopf auf ihre Hände. Harry und Hubert legten ihre Arme beschützend um ihre Schultern. Auch wenn sie selber gebrechlich waren und nach allem, was sie durchgemacht hatten, immer noch zitterten, so konnten sie Sarah nun trösten und waren für sie wie ein Fels in der Brandung. Gemeinsam neigten sie den Kopf.

«Denkst du, du kriegst es dieses Mal hin?», fragte Hubert.

«Jawohl, das denk ich.»

Und so erhob sich eine Stimme, und drei Herzen schlossen sich einem schlichten, aber aus tiefster Seele kommenden Gebet an: «Himmlischer Vater, bitte bring unseren Jungen wieder zu uns nach Hause.»

Kapitel 25

Die Schatten wurden schon länger, als Simons Welpe plötzlich aus der Küche schoss, über die rauen Bretter der Veranda tapste und dann dem Pferd mit seinen beiden müden Reitern entgegenflitzte, das von Ferne auf der Straße zu sehen war. Die große Gestalt des Mannes war über das Kind gebeugt, das schlaff auf dem Pferd hing: Simon, halb eingeschlafen, hatte sich an Willies Brust geschmiegt.

Das helle Gebell des Hundes ließ das müde Pferd den Kopf heben und weckte den Jungen auf. Sarah, die dem Welpen schnell hinterhergelaufen war, streckte die Arme sehnsüchtig aus, und Simon glitt aus Willies Armen heraus in die ihren. Überwältigt von Freude und Erleichterung wiegte Sarah ihr Kind hin und her.

Irgendwann ließ Simon seine glückliche Mutter los, ging zu seinem Welpen, um dessen überschäumende Freude zu genießen, und schließlich auch zu den beiden alten Männern, die für ihre Verhältnisse mit Höchstgeschwindigkeit gefolgt waren und Simon mit feuchten Augen wortlos umarmten und ihm auf die Schulter klopften.

Sarah wandte sich von Simon zu Willie, als dieser vom Pferd stieg. Sie schlang ihre Arme um seine Taille, begrub ihr Gesicht an seiner Brust und flüsterte: «Will. Oh, Will.»

Willie hob seinen Kopf mit dem zerzausten Haar. Seine tiefliegenden Augen blickten mit ungläubigem Staunen über Sarah hinweg.

Sein ganzes Leben lang war er Willie genannt worden. Mal «Willie Winzig», dann «Willie-will-nicht», «Willie, die Bohnenstange», als er heranwuchs, und schließlich, als er erwachsen war, hieß es: «Ach, Willie», «Na los, Willie», «Biiiitte, Willie», «Hey, Willie», «Willie wird's schon machen», «Frag Willie», «Ruf Willie», «der gute alte Willie» – dies alles waren geflügelte Worte in Donnybrook. Manchmal hörte man sogar den Satz: «Was würden wir nur ohne Willie machen?» Oder: «Willie ist eine Gebetserhörung.»

Doch in mehr als dreißig Jahren hatte niemand ihm die Würde verliehen, ihn «Will» zu nennen.

Sanft – so sanft, wie er nur konnte – schlang Willie seine langen Arme um die junge Frau, die sich an ihn geschmiegt hatte, und legte seine schmale Wange einen Augenblick lang auf ihren Kopf. Dann ließ er sie los und ging zusammen mit ihr zum Haus.

Als der müde Simon zu Bett gebracht war, setzte sich Sarah mit den beiden Onkeln zusammen an den Ofen und trank eine Tasse Tee. Willie hatte das liegengelassene Geschirr und sein zweites Pferd Min geholt und war erschöpft nach Hause gegangen. Denn ganz gleich, wie müde ein Mann war, die notwendigen Arbeiten am Abend mussten auf der Farm erledigt werden.

«Ich sehe es regelrecht vor mir», schwärmte Hubert bereits zum zehnten Mal, «Willie und Herb und Shane und Dowell …»

«Und Curtis und Collum …»

«Und Jamie und …»

«Na, jedenfalls die ganze Truppe! Alle warten schon am Bahnhof von Meridian, als Mister Peitschenschwinger ankommt.»

Sarah lächelte matt, dann erschauderte sie.

«Mach dir nur keine Sorgen, mein Liebes», sagte Harry. «Dieser Schurke wird seine Nase hier im Busch nie wieder blicken lassen!»

«Dowell hat gerade Heu aufgeladen, als Willie vorbeikam», sagte Hubert zum zehnten Mal, «und er hat einfach seine Heugabel mitgenommen. Gordon hatte seinen knurrenden Hund dabei, und Sam hat seinen Schmiedehammer gepackt. Mann! Da wäre ich gern dabei gewesen!»

«Einer hatte eine Hacke», fuhr Harry mit einem diebischen Grinsen fort, «und ein anderer seine Mistgabel. Jamie hatte seine Winchester, und ein paar andere Jungs nahmen auch ihre Gewehre mit. Sogar Rudy hat nach seinem berühmten belgischen Hinterlader gegriffen!»

«Willie hat mit keinem Wort verraten, was er eigentlich zu diesem fetten Entführer gesagt hat, doch die ganze Mannschaft hat den Kerl in den Zug gejagt, und ein paar haben sogar mit ihren Waffen herumgefuchtelt, um ihm klarzumachen, dass er es ja nicht wagen soll, hier noch mal aufzukreuzen.»

Wie es schien, hatte Willie Tucker an diesem Tag alle Gefallen eingefordert, die ihm die Leute schuldig waren. Wie der berühmte Rattenfänger war er durch Donnybrook geeilt, und ohne zu fragen oder zu zögern, hatten die Männer des Distrikts – mindestens ein Dutzend – alles stehen- und liegenlassen und waren ihm gefolgt.

«Und all das für Simon – und für mich», sagte Sarah leise.

«Ja, so sind die Leute hier im Busch zu dir», bekräftigte Hubert. «Und über kurz oder lang wirst du schon Gelegenheit bekommen, dich zu revanchieren. Irgendwo wird es eine Geburt geben, oder jemand wird krank oder stirbt, und dann wirst du tun, was du tun kannst.» Bert sprach mit Überzeugung.

«Gott sei Dank, dass es Will gibt», sagte Sarah gefühlvoll.

Harry und Hubert tauschten erstaunte Blicke aus. «Will?»

«Ohne ihn hätte ich Simon heute Abend nicht wiederbekommen. Ja, Gott sei Dank für Will!»

«Gott sei gedankt», stimmten die beiden Männer leise ein, «für Will.»

Auf dem Weg zum vereinbarten Treffpunkt sah Carolyn von weitem das erschöpfte Pferd heimtrotten, auf dem Willie Tucker saß und eine kleine Gestalt im Arm hielt, und so wusste sie, dass die Mission erfolgreich gewesen war. Ihr Vater und ihr Bruder waren am Vormittag vom Hof geprescht und hatten noch gerufen, dass Simon entführt worden war und dass sie helfen wollten. Sam sah so finster aus wie eine Gewitterwolke, und Collum, eigentlich ein sanftmütiger Mensch, fuchtelte mit dem Hufmesser herum, mit dem er gerade die Hufe des Wallachs beschnitten hatte.

Zweifellos würden die Männer bald wieder zu Hause sein, und hoffentlich nutzten sie die Gelegenheit, um die Post abzuholen und ein paar Einkäufe zu machen, solange sie in Meridian waren. Ihre Rückkehr und ihr Bericht über das Geschehene würden für genug Aufregung sorgen, so dass ihre Abwesenheit nicht so schnell bemerkt würde. Doch wenn es Zeit fürs Abendbrot war, würde sie gebraucht werden, und so eilte sie über die duftende, frisch gemähte Wiese mit dem Heuhaufen, schlüpfte unter dem Zaun durch und lief zum Birkenhain.

Ihr Herz klopfte schneller, als es durch die Anstrengung des Laufs eigentlich erforderlich gewesen wäre. Vor ihr lag sowohl ein Ende als auch ein Neuanfang. Wenn sie das Ende betrachtete, setzte die Verzweiflung ein. Doch wenn sie ihre Gedanken auf den Neuanfang richtete – auf das Gute, was Gott für sie bereithielt –, verspürte sie eine Gewissheit, die ihrem Herzen ein wenig Frieden schenkte und ihre Glieder stärkte, die ihr am liebsten den Dienst versagt hätten.

Wie durch einen Nebel nahm sie wahr, dass das tote Laub, das unter ihren Schritten raschelte, den Träumen ähnelte, denen sie in der letzten Zeit nachgehangen war: erst sprühend vor Leben, nun vergänglich. Doch der Frühling würde wiederkommen. Er hatte es immer getan und würde es weiterhin tun, solange die Erde bestand, und mit ihm würde auch die Hoffnung zurückkehren. Für alles gab es eine Zeit: «Geboren werden hat seine Zeit, Sterben hat seine Zeit … Töten hat seine Zeit, Heilen hat seine Zeit … Abbrechen hat seine Zeit, Bauen hat seine Zeit … Weinen hat seine Zeit, Lachen hat seine Zeit … Klagen hat seine Zeit, Tanzen hat seine Zeit … Herzen hat seine Zeit, Aufhören zu herzen hat seine Zeit … Behalten hat seine Zeit, Wegwerfen hat seine Zeit … Lieben hat seine Zeit …»

Als Farmerstochter wusste sie, was es bedeutete: «Pflanzen hat seine Zeit. Ausreißen, was gepflanzt ist, hat seine Zeit.» Eine Zeitlang, im Frühling, war die Liebe aufgeblüht und hatte einen nie gekannten Duft mit sich gebracht. Doch nun, so schmerzlich es auch war, musste die Blüte entfernt, «gepflückt» werden. Doch wenn Gottes gute Zeit nahte, würde es ein neues, besseres Pflanzen geben.

Das Wissen darum würde Carolyn Kraft geben in der kommenden Stunde, während des einsamen Winters und in den hoffnungsvollen Frühling hinein.

Doch als sie in den anmutigen Kreis der Birken trat und Micah sah, der auf sie wartete, die Schulter an einen Baum gelehnt und ihr entgegenblickend, stockte ihr das Herz. Doch ihre Schritte stockten nicht.

Ahnte er etwas? Er kam ihr nicht entgegen. Doch er richtete sich auf und betrachtete ihr Gesicht so intensiv, dass sie es fast spüren konnte.

«Hallo, Micah.»

Verriet ihr Ton sie? Die schwarzen Augen verengten sich. Und er streckte nicht seine Arme nach ihr aus. *Er ist ein stolzer Mann,* dachte Carolyn, *und ich darf und werde das nicht zerstören.*

«Micah ...» Sie holte tief Luft und bedauerte, dass sie ein Zittern in ihrer Stimme unterdrücken musste.

Ein dunkler Schatten fiel über seine Augen und ließ sie – falls dies überhaupt möglich war – noch dunkler erscheinen. Sein schön geschwungener Mund wurde fast unmerklich schmaler. Als Carolyn dies sah, drohten ihre Augen sich mit Tränen zu füllen. Es würde nicht einfach werden. Oder vielleicht doch?

Micah nahm Carolyns Hände und zog sie zu sich heran. Er blickte lange in ihr Gesicht, das sie ihm zugewandt hatte und in dem verräterische Tränen funkelten.

«Es ist nicht gut, nicht wahr?»

Nun strömten die Tränen hervor und rannen ihr übers Gesicht. Micah zog sie einen Augenblick dicht an sich und ließ sie weinen.

Schließlich trat Carolyn einen Schritt zurück und nahm das Taschentuch, das er ihr reichte. Sie wischte sich die Augen, kämpfte mit sich und sagte schließlich: «Nein, Micah. Ich kann es nicht für gut halten, so sehr ich mich auch darum bemühe und egal, wie ich es drehe und wende.»

Er schwieg eine Weile. Dann sagte er leise, halb beschämt und halb zornig: «Es war keine echte Ehe, weißt du. Ich hatte gehofft ...»

«Du musst ihr doch etwas versprochen haben, Micah. So wie sie es versteht und wie ihr Volk es versteht, ist sie ... deine Ehefrau geworden.»

«Ich war doch erst ein Junge.» Seine feine Nase wurde noch schmaler, und sein Kinn schien sich zu verhärten.

«Ich wusste nicht, was Liebe war. Jetzt weiß ich es. Ich weiß es, und es ist zu spät.»

«Es ist nicht zu spät für das Glück, Micah», sagte Carolyn sanft. «Doch du findest es nur, wenn du tust, was du tun solltest. Geh zurück zu Chee. Dorthin gehörst du. Und du hast deine Tochter. Sie verdient eine Mutter und einen Vater.»

Micahs trauriger Blick ging über Carolyns Kopf hinweg, doch sein Mund war weicher geworden, als sie sein Kind erwähnte.

«Nimm sie und geh mit ihr zu deiner ... Frau zurück», drängte Carolyn ihn sanft. «Oder bring beide hierher und zieh dein Kind in Donnybrook groß. Sie wäre hier glücklich, Micah. *Du* könntest glücklich sein ...»

Carolyn trat noch einen Schritt zurück.

Dann wandte sie sich um, stolpernd und blind vor Tränen, doch die leise Stimme ließ sie innehalten: «Ich wollte dich niemals betrügen. Ich liebte dich – deine Unerschrockenheit, deine Freundlichkeit, deine Schwäche und deine Kraft. Noch bevor ich überhaupt wusste, was mit mir geschah.»

Wieder war es ihr, als ob ihre Knie unter ihr nachgaben. Doch zugleich spürte sie, wie eine Kraft ihr Rückgrat stärkte, ihre Schultern gerade und ihre Stimme fest werden ließ.

«Leb wohl, Micah.»

Kapitel 26

Als die Stoppeln auf den Feldern glänzten und die Ranken im Garten den ersten Frost abbekamen, nahm Jamie Jameson die wenigen Unterlagen, die er hatte, und ging zur Rooney-Farm, um die Abrechnungen vorzulegen.

Die drei Kinder waren draußen und nutzten noch einen der letzten schönen Tage aus. In dem kleinen Raum war es still, als Abbie sich gemeinsam mit Jamie über die verschiedenen Rechnungen und Quittungen beugte, die auf dem Eichentisch lagen.

Jamies große Hand hielt den Bleistiftstummel, während er die Unterlagen durchsah. Abbie hörte seinen Atem und fühlte das pulsierende Leben in ihm, und als sie auf ihr eigenes Herz hörte, merkte sie, dass ihre Welt sich veränderte.

Vielleicht war es diese Hand – abgearbeitet, mit Schwielen bedeckt und kräftig. Diese Hand, so dachte sie plötzlich in einer merkwürdigen Gefühlswallung, hatte für sie und die Kinder gearbeitet. Diese Hand hatte ihnen viel Gutes getan. Mit einem Mal schien sie ein Symbol für einen verlässlichen, aufrichtigen, gottesfürchtigen Mann zu sein, so wie Jamie einer war.

Jamie arbeitete weiter. Abbies Blick fiel auf eine Wunde an seiner Hand, einen kleinen Riss, einer von vielen, die er sich wahrscheinlich bei der Arbeit zugezogen hatte. In diesem Moment kam ihr seine Faust so verletzlich vor. Ihre Augen füllten sich unerwartet mit Tränen. Sie blinzelte heftig, senkte den Kopf über den Tisch und wunderte sich über sich selbst.

Nach einem letzten Bleistiftstrich lehnte Jamie sich zurück. «Das da kommt raus, Abbie», sagte er und deutete auf eine Zahl. «Nicht schlecht, würde ich sagen. Hast du noch irgendwelche Fragen?»

«Wodurch hast du dich verletzt?»

Jamie folgte ihrem Blick. «Das da? Keine Ahnung. Ich rede von der Ernte.»

Abbie blinzelte. «Die Ernte. Nun ja, es sieht alles gut aus.»

«Sicher?»

«Sicher.»

«Na dann ...» Jamie raffte die Papiere zusammen. «Dann sollten wir wohl über das nächste Jahr sprechen. Über die Ernte, meine ich.»

Abbie sah ihn überrascht an. «Ich dachte, wir könnten einfach so weitermachen wie bisher.»

Jamie zögerte.

Abbie fühlte Panik in sich aufsteigen. In diesem Augenblick wurde ihr sonnenklar: Ihre sogenannte Heldenhaftigkeit war reine Fassade.

Die Wahrheit sprang ihr ins Auge. Ihr Verhalten war nichts als eine Pose gewesen, eine Rolle, die sie gut spielte, eine Verteidigung gegen eine Welt, die dazu neigte, eine alleinstehende Frau zu bemitleiden. Um dem zu entgehen – egal, wie freundlich die Hilfe angeboten wurde –, hatte sie gelächelt, wenn doch eigentlich Tränen ihre Gefühle viel besser zum Ausdruck gebracht hätten. Sie hatte einen zuversichtlichen Ton angeschlagen, obwohl sie sich eigentlich furchtbar unsicher fühlte. Sie hatte Probleme angepackt, mit denen sie eindeutig überfordert war. Und die Sicherheit, die sie nach außen zeigte, war nur vorgespielt.

Abbie war eine hervorragende Schauspielerin gewesen. Nun aber, als sie mit der Möglichkeit konfrontiert wurde, dass Jamie ihr nicht länger helfen würde, erkannte sie, wie sehr sie von ihm abhängig war. Er war ihre Bastion gewesen gegen ihre schlimmste Angst: die vor dem völligen Versagen.

Sie wusste, dass sie nur deshalb so weit gekommen war, weil Jamie da war. Die beängstigende Dunkelheit ihres einsamen Weges war nur zurückgewichen, weil Jamie mit ihr gegangen war. Und nun sah sie, fast zu ihrem Entsetzen, dass sie ihn in ihrer Unwissenheit fast dazu gebracht hatte, einen Narren aus sich zu machen. Und das alles nur, damit sie die Farce, die Heuchelei ihrer stolzen Selbstgenügsamkeit, aufrechterhalten konnte.

Jamie war immer für sie da gewesen. Abbies stolze Flagge der Unabhängigkeit hatte im sicheren Hafen seiner Fürsorge und seiner Hilfe geweht. Als Abbie nun diese hart arbeitende, sanfte Hand betrachtete, erkannte sie das alles.

«Jamie», begann sie unsicher, «ich habe dir nie richtig gedankt für alles, was du getan hast. Ich weiß nicht, wie ich das alles geschafft hätte ...» Ihre Stimme stockte.

«Unsinn», erwiderte er schroff und faltete die Papiere zusammen.

«Jamie – ich meine es ernst», sagte sie aufrichtig.

«Du wärst auch ohne mich gut klargekommen», fuhr Jamie schnell fort. «Das ist gar keine Frage.»

Abbie verließ der Mut, als sie merkte, wie gut sie ihre Rolle gespielt hatte. «Das stimmt nicht, und das weißt du», protestierte sie leise.

«Natürlich stimmt es. Du hast Großartiges geleistet.»

«Nicht wirklich ...»

Jamies schwarze Augenbraue zuckte, als er sagte: «Diese Demut – das klingt ja gar nicht nach dir, Abbie.» Und obwohl seine Worte bissig klangen, war sein Ton freundlich.

Abbie sah, dass Jamie aufbrechen wollte. Und er nahm

die Vorstellung mit, dass Abbie eine selbstgenügsame, stolze, unabhängige Frau war, und ahnte nicht, dass sie dies nur aufgrund seiner eigenen Beständigkeit, Güte und Zuverlässigkeit sein konnte.

Abbie gab einen leisen Laut von sich, sprang vom Stuhl auf und begann, auf dem kleinen Stück Linoleum hin und her zu gehen. Jamie hielt inne, und in seinen Augen war Besorgnis zu lesen.

«Hör mir zu, Jamie. Ich bin nicht so, wie du denkst – tapfer und all das. Im Grunde meines Herzens bin ich eigentlich ein Feigling.»

«Schluss jetzt damit!», widersprach Jamie in strengem Ton. «Das passt nicht zu dir.»

«Doch, das tut es! Es passt zu mir – teilweise jedenfalls.»

«Abbie, wenn du mich auf diese Weise dazu bringen willst, dass ich die Farm noch ein weiteres Jahr führe, dann ist das nicht nötig. Ich wollte dir vorschlagen, dass du jemand anderen suchst – vielleicht den jungen Collum Morris –, aber ich würde dich niemals im Stich lassen. Wenn du mich brauchst, dann mache ich weiter.»

Abbie verbarg die Tränen, die ihr plötzlich in die Augen schossen, indem sie sich zum Fenster wandte, den Vorhang öffnete und blind hinausstarrte.

«Die Wahrheit ist – ich brauche dich so sehr.»

Jamie sah skeptisch aus – verständlicherweise.

Als Abbie sich wieder umdrehte und seinem misstrauischen Blick begegnete, stöhnte sie innerlich. Nun musste sie die Suppe auslöffeln, die sie sich selbst eingebrockt hatte. Natürlich zweifelte Jamie an ihren Worten, und das mit gutem Grund. Zu oft war sie ihm gegenüber überheblich gewesen.

«Nun», sagte er und seufzte, als er seinen Stuhl zurückschob und seine Unterlagen einsammelte, «ich mache es.

Ich übernehme die Feldarbeit für ein weiteres Jahr. Ist es das, was du willst, Abbie?»

Merkwürdigerweise war es das nicht. «Jamie, warte! Du hörst mir gar nicht richtig zu! Warum willst du mir nicht glauben, dass es Zeiten gibt, in denen mir alles über den Kopf wächst, Zeiten, in denen ich einsam bin?»

Jamies Gesichtsausdruck war entsetzlich skeptisch.

«Wirklich, Jamie», sagte Abbie, und es war ihr gleichgültig, ob ihr Ton flehend klang, «ich bin nicht die Amazone, für die du mich hältst! Und ich habe es satt, in diesen Hosen herumzulaufen!»

Nun zuckte es um Jamies Lippen. Wie es schien, würde er sie niemals ernstnehmen.

Da warf Abbie jede Vorsicht über Bord. Sie griff zu einem drastischen Mittel, in der Gewissheit, dass er dann endlich zuhören würde: «Ich habe Angst, Jamie!»

Jamies Lächeln verblasste. Langsam stand er auf.

Abbie begrub ihr Gesicht in den Händen und linste hoffnungsvoll, aber auch mit etwas Verzweiflung, auf Jamies plötzlich aufmerksamen Gesichtsausdruck.

«Soll das heißen», fragte er, «dass die Aufgabe für dich größer war, als du mir oder irgendjemand anderem gegenüber zugegeben hast?»

Abbies Schluchzen klang echter, als sie erwartet hatte.

«Ich verstehe das nicht», sagte Jamie, der verwirrt war und damit zu kämpfen hatte, dass er sein Bild von der über allem stehenden Abbie würde ändern müssen.

«Ich war – und ich bin noch immer – voller Tränen», gab Abbie endlich ehrlich zu. «Ich habe Angst vor dem Busch. Angst vor dem Alleinsein. Angst, dass ich es nicht schaffe. Deshalb habe ich so getan, als ob alles in Ordnung wäre. Es war meine einzige Wahl, sonst wäre ich untergegangen.»

Jamies Reaktion war so typisch für ihn, dass Abbie, die sich dessen ganz neu bewusst wurde, fast geweint hätte.

«Dann», so sagte er langsam, «bist du ja noch mehr zu bewundern, als ich dachte.»

Sein Blick war sanft, der ihre – was sie nicht wissen konnte – flehend.

Das Stück Linoleum, das zwischen ihnen lag, schien die Größe eines Weizenfeldes anzunehmen. Das rhythmische Ticken der Uhr betonte die Stille umso mehr – oder war es, so fragte sich Abbie, das Klopfen ihres Herzens?

«Abbie», begann Jamie schließlich, «ich schäme mich. Wenn ich ganz ehrlich bin, habe ich versucht, dich zu entmutigen. Anscheinend hatte ich es nötig, dich auf eine Größe zu reduzieren, die meinen Vorstellungen von einer Frau entsprach.» Jamie rang nach Worten. «Und meine Vorstellungen waren zu klein, für dich jedenfalls. Verstehst du, was ich sagen will?»

«Ein wenig.» Abbies Lächeln zitterte. «Ich glaube, du meinst, dass du mein Scheitern wolltest, damit du Recht behieltst. Und ich meine, dass ich mich weigerte zu scheitern, damit ich Recht behielt. Und wir haben uns beide dabei ziemlich dumm benommen.»

«Hören wir also mit diesen Dummheiten auf, oder?» Jamies Lächeln war wieder das alte. «Und leben wir weiter.»

«Oh ja ...» Abbie schien bereit für seinen nächsten Schritt.

Doch Jamie zögerte.

Und plötzlich erkannte Abbie seine Verletzung – die schmerzhafte Demütigung, die er erlitten hatte, als er ihr damals jenen Heiratsantrag gemacht hatte und kläglich gescheitert war. Und so machte *sie* den ersten Schritt.

Da umrundete Jamie den Tisch mit einer solchen Geschwindigkeit, dass sein Stuhl hinter ihm durch die Luft flog. Er streckte die Hände nach den ihren aus, und sie trafen sich in der Mitte des Raumes. Voller Sehnsucht schloss er sie in seine Arme, und Abbie legte ihre Wange mit einem tiefen Seufzen an seine breite Brust.

Der auffrischende Wind, der um die Ecken des Hauses heulte, schien nicht mehr mit Angst und Einsamkeit zu drohen. Es war, als ob er von warmen Kaminfeuern sang, von glücklichen Familien und von Herzen, die einander liebten.

In einem letzten energischen Aufflammen vor dem Ende des Tages warf die Sonne einen Lichtstrahl durch das Fenster, quer über den Boden, fast zu ihren Füßen.

«Sieh mal, Abbie», sagte Jamie, «es glänzt wie das Licht am Morgen.»

Und obwohl Abbie ihr Gesicht zu ihm aufgehoben und ihre Augen geschlossen hatte, antwortete sie glücklich: «Ich sehe es.»

Über die Autorin

Ruth Vogt Glover wurde in der zentralen kanadischen Provinz Saskatchewan geboren. Dort im Buschland wuchs sie auf, und dort spielt auch ihr inspirierender Liebesroman «Und die Herzen zieht's nach Westen» aus der Zeit der Pioniere.

«Das Buch erzählt von den kleinen Farmen in Donnybrook-Wildrose, dem Schulbezirk, in dem ich geboren wurde – in der Nähe von Macdowall und Prince Albert», erklärt Ruth Glover. «Für die Erwachsenen war es ein hartes Leben, doch für mich als Kind war es paradiesisch. Es ist ein wunderschöner Ort.»

Als junge Frau zog die Autorin nach Vancouver im US-Bundesstaat Washington. Dort lernte sie Hal Glover kennen, der gerade seinen Dienst in der Armee beendete. Später heirateten die beiden und besuchten dann gemeinsam das Pasadena College (inzwischen Point Loma Nazarene College), wo Hal Glover seinen Master-Abschluss erwarb. Als Pastor betreute er viele Jahre lang Gemeinden in Kalifornien und in den nordwestlichen Bundesstaaten der USA, während Ruth sich dem Schreiben von christlicher Literatur widmete. Sie verfasste mehr als fünfzig Beiträge für namhafte christliche Zeitschriften in den USA.

Viele Male kehrte Ruth Glover in ihre Heimat Saskatchewan zurück, um die Landschaft zu genießen und Verwandte zu besuchen. Sie lebt mit ihrem Mann in The Dalles im US-Bundesstaat Oregon, am westlichen Ende des Oregon Trail. Pastor Glover betreute eine Gemeinde dort, während seine Frau ihn dabei unterstützte und sich weiter dem Schreiben widmete. Sie haben drei Kinder und sieben Enkel.